北伐戰爭

長篇
歷史紀實小說

朱士奇——著

本書涉及的主要歷史事件

一九一一年十月十日，武昌起義爆發，辛亥革命成功；中華民國臨時政府成立，孫中山先生就任臨時大總統，清帝退位；孫中山公佈《中華民國臨時約法》，袁世凱繼任臨時大總統；中國同盟會改組為國民黨。

一九一六年六月六日，袁世凱猝逝後，無人統馭北洋軍閥，北洋軍閥遂形成直、皖、奉等三大派系。

一九一九年，五四運動爆發；中華革命黨改組為中國國民黨。

一九二〇年，軍閥混亂戰爭塗炭中華，孫中山被迫下野；中國人民在帝國主義的瓜分和反動軍閥的欺壓下，面臨著亡國滅種的危機，孫中山陷入困境，苦思救國之出路。

一九二一年，中國共產黨成立；孫中山任非常大總統。

一九二二年，中國國民黨召開第一次全國代表大會，孫中山重新解釋三民主義，建立聯俄、容共、扶助農工的三大政策，改組國民黨，提出了打倒帝國主義、打倒軍閥的正確方針。

一九二三年二月，中國國民黨員與共產黨員展開自發性合作，領導「二七大罷工」，罷工失敗後，國民黨看到了共產黨在工人運動中的作用，共產黨則提出了聯合孫中山領導的國民黨反對軍閥，如何開展農民運動，結成工農聯盟的重要問題；六月，中共三大會議做出《關於中國共產黨同國民黨關係問題的決議》，決定共產黨員以個人身分加入國民黨。

一九二四年一月，國民黨第一次全國代表大會在廣州開幕，孫中山以國民黨總理的身份擔任大會主席，李大釗參加大會主席團；六月十六日，陸軍軍官學校——即「黃埔軍校」成立開學，蔣介石任校長，廖仲愷任黨代表，戴季陶任政治部主任，稍後，周恩來任政治部副主任並繼任政治部主任；七月，陳廉伯的反動商團於廣州造反，構築街壘，封鎖市區，張貼「孫文下野」、「打倒孫政府」等標語，在周恩來的支持下，黃埔學生首次出戰，平定了叛亂。

一九二五年元旦，在李宗仁等人的領導下，廣西聲明擁護廣州革命政府，準備出師北伐；一月，黃埔軍校師生東征，打擊陳炯明的叛亂；二月，毛澤東回到韶山領導和開展農民運動；三月十二日，孫中山先生逝世；四月二十八日，中國共產黨的創始人李大釗被張作霖處以絞刑；八月二十日，國民黨領袖廖仲愷被刺犧牲；十月，在打擊陳炯明的二次東征戰爭中，共產黨員陳賡救蔣介石性命。

一九二六年初，湖南人民掀起討伐吳佩孚、驅逐趙恆惕的革命運動；五月一日，葉挺率領獨立團誓師出征；五月，毛澤東來到廣州擔任農民運動講習所所長；六日十九日，共產黨領導發動「省港大罷工」；七月，國民革命軍北伐誓師大會在廣州召開，蔣介石任總司令；七月，葉挺獨立團首戰告捷，平江戰役大獲全勝；八月初，北伐軍勝利完成江西上饒戰役；二十六日凌晨，北伐軍發動湖南汀泗橋戰役，隨即，乘勝發動賀勝橋戰役，消滅了吳佩孚的全部主力軍；二十八日，北伐軍發動江西戰役，開始進攻孫傳芳；九月十七日，在中國共產黨和蘇聯的動員和支持下，馮玉祥舉行「五原誓師」，參加北伐戰爭；十一月八日，北伐軍攻克南昌；十一月十六日，共產黨領導下的湖北省農工勞動童子軍團成立；十一月二十七日，李虎臣、楊虎城所領導的西安保衛戰勝利結束。

一九二七年一月三日，國民黨召開中央政治會議第六次臨時會議，決定遷都武漢；一月十一日，北伐軍決定向上海、南京發動攻擊；三月十日，國民黨二屆三中全會在武漢召開，共產黨聯合國民黨內部的反蔣派別同蔣介石集團進行鬥爭；三月二十日，武漢國民政府正式成立；三月二十一日，在周恩來的領導下，上海舉行第三次武裝起義；二十三日，程潛率領北伐軍攻佔南京；二十四日，英美軍艦炮轟南京，兩千多中國軍民死於炮火之下，程潛下令第六軍開炮還擊；四月八日，鑑於國民黨中央和國民政府在武漢成立，中共中央同時從上海遷到武漢，以支持國民黨的團結，以支持國民政府的統一，以支持正在取得偉大勝利的北伐戰爭；三月二十三日程潛率領「江右軍」佔領南京城；四月五日，汪精衛與陳獨秀在上海發表了一個聯合宣言：陳獨秀重申共產黨接受孫中山的三民主義，汪精衛說將共產黨開除出黨等純屬謠言；四月十日，蔣介石在上海向宋美齡求婚；中國共產黨的理論主張和行為實踐超越了中國國民黨的容忍極限，蔣介石在英美列強和國內各種政治力量的聯合支持下，與中國共產黨決裂，開始了「分共」與「清黨」。

本書涉及的主要歷史人物

中國國民黨方面：孫中山、宋慶齡、蔣介石、宋美齡、廖仲愷、李宗仁、程潛、李虎臣、楊虎城、馮玉祥、于右任、戴季陶、郝夢齡、鄧演達、白崇禧、何應欽、賀衷寒、衛立煌、張治中、譚延愷、吳稚暉、唐生智、宋希濂、張發奎、吉鴻昌、汪精衛、孔祥熙、薛嶽、楊杏佛。

中國共產黨方面：毛澤東、楊開慧、周恩來、陳獨秀、李大釗、彭湃、葉挺、蔣先雲、陳賡、周逸群、陳延年、林伯渠、何叔衡、曹淵、曹策、周士第、方志敏、鄧中夏、羅亦農、蘇兆徵、何耀全、劉伯堅、劉堯宸、栗裕、彭公達。

軍閥方面：吳佩孚、孫傳芳、陳炯明、陳廉伯、趙恆惕、葉開鑫、盧香亭。

外國方面：蘇聯顧問米哈伊爾・瑪律科維奇・鮑羅廷、共產國際代表馬林。

社會著名人士：邵飄萍。

縮寫的歷史

一九一一年十月十日，夜晚，武漢中和門內，紫陽湖畔，孫中山先生領導的新軍工程營戰士們，手持炸藥槍支，埋伏在岩石及樹木後面，革命志士劉復基、彭楚藩、楊洪勝等人以目光最後地交換了一下決心，劉復基一聲令下，全營官兵一起開火，炸藥在武昌城牆上連鎖爆炸，劉復基、彭楚藩、楊洪勝高喊造反起義口號，率領全體官兵衝鋒陷陣。

武昌城頭，楚望臺上，監守官李克果聽到起義的槍炮聲驚慌失措，急忙下令抵抗。起義軍經過一夜血戰，東方黎明時，終於佔領總督府，隨即武昌全城克復，一面醒目的鐵血十八星大旗，在黃鶴樓頭迎風招展。

十月十一日，革命黨人決定立「中華民國」為國號，革命黨人做出決定：一、湖北革命領導機關定名為中華民國軍政府湖北都督府；二、稱中國為中華民國；三、以本年為黃帝紀元四六〇九年；四、暫用黎元洪名義，佈告地方及通電全國；五、革命軍旗為十八星旗。

十月十二日，革命黨人以黎元洪的名義，促請同盟會領袖居正、黃興、宋教仁等人前來武漢，並請其轉電孫中山先生從速回國，主持大計，同時通電全國，告以武昌光復，請各地同盟會員即時回應。

十月十四日，居正自上海來到武漢，代表同盟會頒布了《軍政府暫行條例》，使革命黨人的力量得到增強。

十月十五日，革命軍政府發出佈告，宣佈將湖北境內一切惡稅雜捐即行豁免，永遠裁撤，各界人士舞龍跳獅，萬眾歡騰。

十月十六日，軍政府頒佈了中國歷史上第一部具有憲法性質的《中華民國鄂州約法》，規定人民一律平等，擁有各種民主自由權利，如言論、出版、通訊、信教、居住、營業、保有財產、保有身體、保有家宅等等，並擁有選舉和被選舉的權利。

自十月十七日開始，全國各地的革命黨人開展各種行動，紛紛回應武昌首義。

孫中山在美國得知辛亥革命成功的消息後，為爭取歐美各國支持革命和切斷清政府的外援，在美、英、法等國進行一系列外交活動。

十二月下旬，孫中山回國，立即被十七省代表，推舉為「中華民國臨時大總統」。

一九一二年元旦，孫中山在南京就任臨時大總統，並組成中華民國臨時政府。

二月十二日，清朝宣統皇帝溥儀被迫宣佈退位，中國結束了長達兩千多年的君主專制制度，建立了共和國。

二月十三日，孫中山向臨時參議院辭去臨時大總統一職，讓位於袁世凱。

三月十一日，孫中山頒佈帶有資產階級共和國憲法性質的《中華民國臨時約法》。

一九一二年八月，同盟會改組成國民黨，孫中山被推舉為理事長。

七月，孫中山發動反袁世凱復辟的「二次革命」，很快失敗，再度流亡日本。

一九一四年六月，孫中山在東京組織中華革命黨，希望發動「三次革命」。

十月二十五日，孫中山在東京與宋慶齡結婚。

一九一六年六月十六日，袁世凱在全國人民的唾罵聲中死亡。袁世凱死後，北洋軍閥分裂為直、皖兩系，奉系軍閥和其他地方軍閥也相繼形成。

一九一七年七月，以段祺瑞為首領的北洋軍閥，解散國會並廢棄《臨時約法》。孫中山率海軍南下，號召國會議員共赴廣州，聯合西南軍閥建立軍政府。

九月，孫中山被推舉為大元帥，進行護法戰爭。

孫中山在軍政府內部，備受軍閥、政客的排擠，無法推行三民主義，不得不於一九一八年五月，辭去大元帥職務，攜宋慶齡經日本轉赴上海。

十月，陳獨秀在《新青年》上大量宣傳共產主義思想。

一九一八年十二月，李大釗與陳獨秀聯合創辦《每週評論》，宣傳馬列主義。

一九一九年五月四日，北京爆發了一場反帝愛國群眾運動，史稱「五四運動」。

「五四運動」掀起的革命浪潮，迅速席捲全國，各界民眾同仇敵愾，共同奏起一曲浩氣長存的時代壯歌。

孫中山旗幟鮮明地支持了「五四運動」。

一九二〇年春天，浙江義烏縣分水塘村一間破舊的茅草房裡，從日本留學回國的陳望道，翻譯完成了中文版的《共產黨宣言》。

一九二〇年春天，包括毛澤東在內的一大批革命青年，通過《共產黨宣言》接觸到馬克思主義，並開始對中國革命的前途進行新的思考。

一九二〇年春天，孫中山舊三民主義失敗，屢遭挫折，苦悶之中，他也開始認真探索拯救中國的新途徑。

一九二〇年春季，李大釗、陳獨秀等人，進行建立中國共產黨的探索和醞釀。

八月，陳獨秀、李漢俊、李達、陳望道、邵力子等人，率先在上海成立了中國共產黨的發起小組，上海共產主義小組。

幾天後，李大釗、張國燾、鄧中夏在北京；毛澤東、何書衡等在湖南；董必武、陳潭秋等在湖北；譚平山、陳公博等在廣東；王盡美、鄧恩銘等在山東；張申府、趙世炎、周恩來等在法國也都相繼建立了共產主義小組。各地共產主義小組建立以後，開展了多方面革命活動。

一九二一年七月二十三日，中國共產黨第一次全國代表大會在上海召開，宣告了中國共產黨的成立。

縱觀歷史，中國的時況是：辛亥革命的成功沒有改變舊中國的社會性質和人民的歷史命運，面對帝國主義的侵略，以袁世凱為首的新生反動統制集團對外投降獻媚，對內專制壓迫的行為，在各個帝國主義的指使下，各系軍閥之間為爭奪地盤，擴充實力而連年混戰，使得自一八四八年鴉片戰爭以來，始終處於外侮內患的中國，已經陷入了崩潰的深淵，飽受壓迫的中國人民已經到達忍無可忍的地步，中華民族面臨著亡國滅種的危險。

因此，打倒北洋軍閥，結束封建軍閥的黑暗統治，成為當時四萬萬中國人民最為迫切要求。

對此，孫中山先生、廖仲愷先生等革命領袖開始了思考，年輕的中國國民黨開始了思考，剛剛成立的中國共產黨也開始了思考，但是，終於揭開這場波瀾壯闊的反對帝國主義，反對北洋軍閥序幕的是偉大的中國產業工人……

目次

一

一九二三年一月五日，京漢鐵路總工會第三次籌備會議在鄭州召開。

一九〇五年即加入中國同盟會的國民黨著名工人運動領袖楊德甫，被推選為京漢鐵路總工會籌備委員會委員長，共產黨黨員施洋、林祥謙、李震瀛等人也應楊德甫的邀請參加了會議。

會上，代表們彙報了各地工會的情況，起草了《京漢鐵路總工會章程》，決定於二月一日在鄭州召開京漢鐵路總工會成立大會。

京漢鐵路縱貫河北、河南和湖北三省，是連接華北和華中的交通命脈，有重要的經濟、政治和軍事意義。京漢鐵路的運營收入是軍閥吳佩孚軍餉的主要來源之一。

因此，吳佩孚乃至他身後的英帝國主義都對京漢鐵路總工會的成立感到反感和恐慌。

一月二十八日，鄭州警察局長黃殿辰率領員警多人，來到了總工會籌備委員會，向籌備委員會主任楊德甫宣佈吳佩孚電令，禁止鐵路工人在鄭州舉行大會。

一月二十九日，吳佩孚電令部將反動軍閥靳雲鶚集合軍隊，對鐵路工會活動實行監視。

就在吳佩孚調動軍隊的同一天，英帝國主義的代表威爾遜，登門面見了吳佩孚。

威爾遜未作絲毫寒暄，便心急火燎地對吳佩孚說道：「尊敬的大帥，我希望你能夠明確地知道，我們英國非常重視在京漢鐵路的權利，絕不會坐視京漢鐵路被工人控制！我今天代表英國正式表態，如果大帥可以將鬧事的工人加以有效的制止，我們英國將今後不加選擇地全力支持您吳大帥！」

吳佩孚原來是將制止京漢鐵路總工會成立視為自己與英國方面合作的天然義務之一的，沒有想到威爾遜竟然主動說出了這樣一番話來，他克制著心中的竊喜，立刻裝出一副可憐樣，對威爾遜說道：「尊敬的威爾遜先生，我吳子玉非常重視工人鬧事的問題，已經派兵出去了！可是，京漢鐵路線上總共有三四萬個工人啊！處理好這件事，我吳子玉心夠！槍不夠！錢不夠！」

威爾遜二話沒說，爽快地將一份清單遞給了吳佩孚：「都為您準備好了！尊敬的大帥！」

二

一月三十日，楊德甫以委員長的身份派遣共產黨員李震瀛、史文彬、李煥章以及工人代表凌楚藩等人，與自己一併組成代表團，代表京漢鐵路全體工人，到洛陽面見吳佩孚。

楊德甫、李震瀛、凌楚藩、史文彬、李煥章五個人剛剛走到吳佩孚的巡閱使署的大門口，吳佩孚的副官便迎上前去，客客氣氣地問道：「請問五位就是鄭州工人大會籌備會的領袖人物吧？」

楊德甫有些驚訝：「你是如何得知我們的呀？」

吳佩孚的副官笑著說道：「大帥剛好在客廳，你們幾位請進吧！」

楊德甫、李震瀛、凌楚藩、史文彬、李煥章五個人走進巡閱使署的客廳，吳佩孚背著雙手走了過來，擺出儒將的風度，招呼楊德甫五人坐下。

這位佔據了中國半壁江山的大帥嘴上兩撇八字鬍修得整整齊齊，裝出一副對工人代表十分尊嚴的面孔開了口：「你們的來意我很清楚。京漢鐵路的員工都是我的部屬，難道說，你們還不知道我一向是視部屬如子弟的嗎？只要與你們有好處的事，我哪一樣不同意呢？不過，現在的民氣也是太囂張了，北京的學生打了教育部，據報還有人要推翻黎大總統，我是軍人，我有保衛國家維持治安的責任，我不准在我的防地內有任何騷亂，你們把各處的人都邀集到鄭州開會，你們能保證這些人中沒有壞人嗎？我已下了命令不准開會，我還能夠收回成命嗎？軍令如山，你們不知道嗎？我准你們成立工會，就是不准你們開甚麼成立大會，免得動搖人心，招致叛亂。」

楊德甫聽了，馬上說道：「大帥，這些工人是守法的公民，開會也不是違法行動。根據《中華民國臨時約法》，人民有集會結社的自由，而且，『勞動立法，保護勞工』的通電是你發的，是你四大政治主張之一，大帥總不能出爾又反爾吧？」

吳佩孚聽了不高興，翻眼看了楊德甫一眼，半晌無語。

李震瀛也跟著楊德甫的態度對吳佩孚說道：「我們事先已得到您的同意，才向全國各地通知。現在，各地來報到參會的人員，相繼到齊。這個時候突然禁止開會，我們如何向全國工人解釋？」

吳佩孚眼睛一轉，狡猾地說：「鄭州是個軍事區域，豈能開會？你們不開會不行麼？你們改個地方不行麼？其實，大家會個餐亦可算是開會，這樣吧，我出一萬大洋，你們讓工人們分頭會個餐吧！我是宣言保護你們的！豈能和你們為難？」

楊德甫仍想據理力爭，誰知吳佩孚冷笑幾聲，便站起身來：「如今，罷工風潮，越鬧越大，京漢路成立總工會，乃是得寸進尺之舉，假如你們執迷不悟，一意孤行，就別怪我血染京漢線！」

吳佩孚硬棒棒地扔下這話，看都不看楊德甫等五人，便大步離去。

三

走出巡閱使署的大門，楊德甫氣憤地對其他代表們說道：「說個實在的話，我們與軍閥走得是兩條道，我們今天的開會，其實根本用不著與吳佩孚商量！我們的最終目的是為工友謀幸福，是要革軍閥惡霸們的命。工人要組織工會，就是武裝自己，求得解決，是要付出相當代價的，吳佩孚、靳雲鶚、趙繼賢、馮沄、黃殿辰及大小員司都是壓迫我們的人，都是我們解放事業的障礙，如我們成立工會都要得到他們的批准，以後還都要乖乖地聽他們的話，那末我們的工會就沒有什麼作用了！」

李震瀛想了一下，也開口說道：「我認為吳佩孚在群眾壓力之下，不得不承認京漢鐵路工人成立工會，在這一點，工人是勝利了。既然是合法的，工會成立大會就不能說不合法。不過為了息事寧人敷衍吳佩孚的面子起見，成立大會的形式可以修改一點，節目少一點，時間短一點，早開早散，盡可能避免同軍警衝突！」

工人代表凌楚藩一向是個梗直脾氣，說出話來如同打鐵一般：「我以為今天要考慮我們自己的決心和估計自己的力量，如果我們有決心有力量，工會的招牌已經掛出了很久，事實上工會是已經成立了，根據既定事實，來開成立大會，還有甚麼話說呢？誰說一個不字，誰就是我們的敵人，我們就同他幹！如果不這樣，我們就把工會的招牌摘下來，大家散攤，不就完了嗎？」

說到這裡更加激動，凌楚藩眼圈紅了，雙手發抖，幾乎掉下淚來。

大家聽了都很受感動，於是，幾個人便齊聲支持。

史文彬高聲說道：「我同意凌楚藩的意見，我們自己成立工會，不必看誰的臉色，聽誰的命令！」

楊德甫稍加思忖，下了決心：「那好！既然各位有如此信念，那就照原定計劃，於二月一日舉行京漢鐵路總工會的成立大會！」

四

二月一日凌晨，夜風大作，漢江水面波濤洶湧。

一聲聲尖利的哨音迎風響起。

一隊隊全副武裝的軍警上街頭。

一枝枝長槍閃亮著刺刀。

鄭州軍警當局宣佈全城內外緊急戒嚴令，沿街排列武裝士兵，荷槍實彈，如臨大敵。

鄭州大通路上，浩浩蕩蕩的隊伍，如同一條鋼鐵的河流，在大街上緩緩行進。

長長的隊伍，紅旗飛舞，鑼鼓喧天，口號陣陣。

突然，遊行隊伍被軍警攔住，鄭州第十四師師長靳雲鶚帶著鄭州市警察局長黃殿辰走過來，靳雲鶚橫蠻地揮手，惡狠狠地對工人代表們說道：「奉吳巡閱使的命令，不准你們遊行！不准你們開會！」

走在隊伍前面的楊德甫氣憤地責問：「為什麼不准我們遊行？為什麼不准我們開會？為什麼出爾反爾？」

靳雲鶚、黃殿辰不答話，兇狠地一揮手。

軍警端起長槍，橫在隊伍的面前。

站在隊伍前面的楊德甫氣憤至極，奮力推開軍警橫攔的長槍，一邊高呼口號，一邊向前猛衝：「勞工萬歲！衝啊！」

代表們群情激憤，一同高呼口號：「京漢鐵路總工會成立大會萬歲！」

軍警防線被衝垮，許多工人代表衝了出來，直奔會場。

軍警馬上將衝出去的人又包圍起來，他們仗著人多有武器，強行將工人代表手中的牌匾砸斷，扔在路上。

工人代表們怒不可遏，拼死往前衝……

大會會場上，楊德甫沉著地走上主席臺，大聲宣佈：「各位代表、各位來賓！今天的情形，大家都親眼看到了，親身經歷了，我們為著勞工的利益與民族的復興而努力著！現在我宣佈，京漢鐵路總工會的成立大會，現在開始！」

與會代表爆發出熱烈的掌聲，經久不息。

「人民有集會結社的自由！」

「工人大團結萬歲！」

「京漢鐵路總工會萬歲！」

就在高昂的口號聲中，一群兇神惡煞的軍警闖進了會場，警察局長黃殿辰一馬當先，跑上主席臺大吼：「奉吳大帥令，禁止你們開會，限你們五分鐘內自行解散，如有反抗的，軍法從事！」

黃殿辰的話音剛落，兇惡的軍警，便端起雪亮的刺刀，衝了上來驅趕會場的代表……

五

京漢鐵路總工會成立大會橫遭鎮壓，激怒了廣大京漢工人。

經楊德甫、凌楚藩提議，總工會決定舉行罷工，以示抗議。

立刻，京漢鐵路總工會成立了總罷工委員，楊德甫被選舉作委員長。

罷工的口號是：為爭自由奮戰，為爭人權奮戰，只有前進，絕無後退。

一九二三年二月四日九時，武漢江岸機器廠鍋爐房工人黃正興，拉響了鍋爐房的汽笛，那聲音雄渾而悠長，頓時，長達一千二百公里的京漢鐵路全線停電、停水、停運……

震撼中外的京漢鐵路工人大罷工開始了。

取代往昔繁華的是數萬工友所高聲唱響的《勞工神聖》雄壯的歌聲：「這裡聚集過太多的苦難和黑暗，這裡沸騰著父兄們不屈的　喊！起來！不願做奴隸的人們！工人階級聯合起來頂天立地！先驅們在罪惡的謀殺中就義，流淌的熱血化成真理的烈焰！嘹亮的汽笛奏起永不消失的回聲！你們就在我的身邊！永遠……永遠……」

六

罷工開始的當天，總工會發表宣言提出五項條件：一，要求將京漢路局長趙繼賢、黃殿辰等人撤職查辦；二、要求賠償總工會的損失；三、要求將被扣留的匾額，以軍隊奏樂的形式送還並向總工會道歉；四、要求星期日休息，並照發工資；五、要求陰曆年放假一星期，並照發工資。

罷工工人組成宣傳隊，向那些因為罷工而滯留的旅客們散發傳單，說明工人的自由權被摧殘，不得已而罷工，以便取得旅客的同情和支持，並發表通電，向全國各界揭露吳佩孚等反動軍閥的罪行。

工人糾察隊執行總工會的命令維持秩序。

吳佩孚糾集曹錕等反動軍閥，在威爾遜的指使下，準備鎮壓罷工工人。

四日，吳佩孚採用高壓手段強迫工人復工，工人們義正辭嚴地拒絕。二月四日，共產黨員賀道培領導全清路工人，舉行旨在支援京漢鐵路工人的同情罷工。五日，吳佩孚在鄭州逮捕了鄭州鐵路工會委員長高斌、劉文松、王宗培、錢能貴等人，對他們軟硬兼施、威脅利誘、嚴刑拷打，威迫他們開車復工。被捕人士不屈不撓，堅持宣稱：「非有總工會命令，不能開車！」高斌慘遭酷刑，不久犧牲。信陽分工會委員胡傳道，面對敵人的殘酷迫害，拒不復工。七日，吳佩孚下達命令，對京漢鐵路全線的罷工工人，實行了大規模的鎮壓，製造了震驚中外的「二七慘案」。

慘案發生後，中華全國一片震怒，中國國民黨多位領袖發表抗議。中國共產黨立即發出《為吳佩孚慘殺京漢路工告工人階級與國民書》，中國勞動組合書記部發表了《告全國工人書》、《警告國民書》，全國鐵路工會籌備會、青年團中央也發出通電和宣言，譴責吳佩孚的罪行，揭露吳佩孚一夥的反動面目，號召全國工人和民眾聯合起來，打倒帝國主義，打倒軍閥。

「二七大罷工」充分顯示了中國工人階級最勇猛的奮鬥精神和最偉大的犧牲精神，「二七大罷工」以工人的頭顱和鮮血，喚醒了中國人民，使人民認識到帝國主義勢力和封建軍閥，是中國各族人民不共戴天的敵人。

罷工的失敗和慘案的事實，使中國共產黨明白了一個簡單的道理——要推翻帝國主義的侵略，要推翻反動的軍閥統治，僅靠工人階級的孤軍奮戰是不行的，必須聯合一切可以聯合的力量。

於是，二月中旬，中國共產黨召開特別會議，提出了一個重要問題：如何聯合孫中山領導的中國國民黨，以借助國民黨的軀殼，注入共產黨的靈魂。

由是，中國歷史上第一次國共合作的格局誕生了。

七

中國共產黨的這次特別會議，引起了中共中央的重視。

一九二三年六月二十日，廣州東山恤孤院路後街三十一號，中國共產黨召開了第三次全國代表大會。

陳獨秀、李大釗、毛澤東、蔡和森、陳潭秋、惲代英、瞿秋白、張國燾、李立三、項英、張太雷等十九位代表出席了大會，共產國際代表馬林應邀列席並擔任了會議記錄。

中共中央委員會總書記陳獨秀率先發言，他很是激動地說道：「中國人民長時期忍受著各國列強及北洋軍閥的兩層壓迫，國家生命和人民自由，都已然危險到了極點！我堅決地認為，本黨所號召的打倒軍閥、打倒國際帝國主義之國民革命運動，不是一條錯誤的道路……」

李大釗立即站起身來，打斷了陳獨秀的發言：「沒人說我黨二大以來的道路是錯的！諸同志僅是不同意馬林與你提出的『一切工作歸國民黨』這一口號。把反帝反軍閥作為當前中心任務，是共產黨人鑑於國際國內的狀況，服從中國人民的要求，所做的完全無私行動……」

在經歷了一場又一場激烈的辯論與爭吵之後，張太雷終於開始宣讀《關於中國共產黨同國民黨關係問題的決議》：「一、我們加入並且留在國民黨裡，與左派結合為密切的聯盟，幫助他們發展國民黨，並且反對右派，但是我們自己不可以代替左派；二、我們自己的黨在政治上要更加獨立起來，這種決議的理由，是因為我們看國民黨的性質是各種社會力量的政治聯盟，並且仍舊認為國民黨的發展及我們參加國民黨的指導，是中國革命勝利的前提之一；三、我們在國民革命中的策略，應當更加明確規定，一方面我們的黨，應當更加加緊在政治上表現自己的獨立，確立自己在工人及多數農民中的勢力，取得革命化的一般民眾中的政治影響；四、我們要從別的方面組織這些小資產階級的革命潮流而集合之於國民黨，以充實其左翼，更加以無產階級及農民的群眾革命力量影響國民黨，這樣去和左派國民黨結合強大的鬥爭聯盟，以與資產階級爭國民運動的指導，如此才能保證無產階級政黨爭取國民革命的領導權。所以現時我們在國民黨內的政策，應當是擴大左派與左派密切的聯合，和他們共同的應付中派，而公開的反攻右派，以便著力發展中國共產黨的力量……」

由張太雷所宣讀的這份決議，清晰地標榜了年輕的中國共產黨，當時加入中國國民黨的動機與目的，也為中國共產黨後來加入陸軍軍官學院，加入國民革命軍，加入偉大的北伐戰爭，領到了通行證。

八

七月驕陽紅似火，好像可以把清涼的湘江曬得沸騰起來。湖南湘潭第一中學的教室裡面，儼然一個蒸籠。

本地鄉紳盧老太爺的二小姐盧婉亭，坐在課堂上，盧家長工肖大山，坐在教室外面牆根的一個馬札上，拿著書本，在窗外偷偷聽著先生羅致公在講臺上的講課。偶爾，他會站起來悄悄張望一番教室裡面那位早已汗流浹背，還得正襟危坐的東家二小姐，以及其他那些難忍炎熱，不停抓耳撓腮的富貴書生們。每逢此時，肖大山的心底便會不由自主地飄蕩起一絲喜悅——沒錢的窮伢子，也倒有些窮好處，牆根下涼爽，自在，論及課業，老哥哥所學到的，未必就比你們少，而且，還不會像你們一樣去挨先生的竹板。

教室內，羅致公先生合上教案，高聲說道：「文化課就到這吧，下面，我講一講政治，中國之革命發軔於甲午以後，盛於庚子，而成於辛亥。然列強之帝國主義如潮驟至，武力的掠奪與經濟的壓迫，使中國喪失獨立，陷於半殖民地之地位。當時之實際，乃適不如所期，革命雖號成功，而為情勢所迫，不得已而與反革命的專制階級北洋軍閥之首領袁世凱謀求妥協。此種妥協，實間接與帝國主義相調和，遂為革命失敗之根源。袁世凱既死，革命之事業仍屢遭失敗，其結果使國內軍閥暴戾恣睢，自為刀俎，而以人民為魚肉，一切政治上民權主義之建設，皆無可言，軍閥本身，與人民利害相反，不足以自存。故凡為軍閥者，莫不與列強之帝國主義發生關係。當今所謂民國政府，已為軍閥所控制，軍閥即利用之結歡於列強，以求自固。而列強亦即利用之，資以大借款，充其軍費，使中國內亂糾纏不已，以攫取利權，各占勢力範圍。列強在中國利益相衝突，乃假手於軍閥，殺吾民以求逞。內亂又足以阻滯中國實業之發展，使國內市場，充斥外貨，中國之實業，即在中國境內，猶不能與外國資本競爭。其為禍之酷，不止吾國人政治上之生命為之剝奪，即經濟上之生命亦為之剝奪無餘矣。環顧國內，自革命失敗以來，中等階級瀕經激變，尤為困苦。小企業家漸趨破產，小手工業者漸致失業，淪為遊氓，流為兵匪。農民無力以營本業，以其土地廉價售人，生活日以昂，租稅日以重。如此慘狀，觸目皆是，怎得不謂已瀕絕境乎？軍閥之專橫，列強之侵蝕，日益加厲，令中國深入半殖民地之泥犁地獄。此全國人民所為疾首蹙額，而有識者所以彷徨日夜，急欲為全國人民求一生路者也。然所謂生路者如何乎？國民之主義維何？即孫先生所提倡之三民主義是已！所以，追隨總理孫先生之後，高揚立國之本的三民主義，勇敢革命，推翻三大軍閥之壓榨，實乃有為學子之正途……」

九

黃昏，從縣城回返鄉間的小路上，肖大山護衛著盧婉亭，兩個人快樂地相伴而行。

盧婉亭一陣陣激情澎湃：「國家在危亡之際，人民在水火之中——羅先生講得真是太逼真了！」

肖大山急忙詢問：「二小姐有什麼想法？」

盧婉亭高聲回答：「革命，要掀起一場很大的革命波浪，使三民主義，真正得以履行！」

肖大山嘿嘿一樂：「要是革命把你們家的財產，都革光了呢？」

盧婉亭堅定不移：「那也要革！一直革到國家不受外強的欺侮，人民不被衣食所困難！」

兩個人一路說著，走到了那條熟悉的小河邊上，肖大山習慣地脫下草鞋，挽起褲腳：「來，二小姐，要過河了，我來背你！」

盧婉亭也脫下鞋來，挽起了褲腳：「不，從今以後，我自己過河，也不許你再叫我二小姐了！」

肖大山一愣：「為什麼？」

盧婉亭英姿颯爽，對著山川河谷高喊了一聲：「因為，革命開始了！」

十

一九二三年十月六日，廣州的一間酒店中，蘇俄顧問米哈伊爾・瑪律科維奇・鮑羅廷與孫中山開始了一場最終影響了中國政局的誠懇交談。

鮑羅廷：「孫博士，恕我直言，您的這個黨目前確實是糟透了！您在中國革命中的領袖地位，是不言而喻的，即被國際布爾什維克所高度尊重，也是為中國共產黨所承認的。但是，您所創建的這個黨，目前已經不能適應形勢的發展。共產國際和中共同志建議您改組國民黨，純粹是出於真誠的願望。我想，孫博士也一定知道這場改組的緊迫和重要！所以，才會如此鄭重地邀請我來！」

孫中山：「中華民國成立以來，我們已多次受到軍閥叛變的禍殃，民國的綱領無法推行，三民主義的精神，只能在我的心中燒燃，而那些軍閥們，卻把我的主義當作了他們擴充勢力的虎皮，充當著他們爭奪地盤的工具。舉目中華，在青天白日的旗幟下，革命的人們竟無立足之地，孫文痛徹骨髓呀！」

鮑羅廷站起身來，一針見血地說道：「那裡因為你的手裡沒有炮！人們稱呼你為『孫大炮』，可是你手中卻沒有大炮，面對軍閥，大炮才是最有發言權的！」

孫中山點頭同意：「是的！還要有一批掌握大炮的人們，要有一批使用三民主義之精神操縱大炮的人們！」

十一

一九二三年十月二十五日，廣州禮堂，中國國民黨中央召開了一次「懇親大會」。會上，群情激動，議論紛紜。

面對一些反對聯俄、容共、扶助農工的人，孫中山舌戰群雄，會議氣氛十分緊張。

國民黨元老馮自由的發言最為尖銳，他站在會場上，幾乎是在咆哮：「總理，您是知道的，當年，為反對康有為而支持您，我改名為『自由』！我今天還想自由發言，我贊成革命，我非常贊成革命，但如把國民黨改組成第二個共產黨，把中華民國統一成第二個蘇維埃，這樣的革命，即使成功，我們也不希望！」

孫中山寸步不讓：「馮自由，這就是你的自由呀？你們若不贊成改組，可以退出國民黨呀！」

馮自由老淚縱橫：「總理呀，孫文啊，我追隨您三十年呀！」

孫中山眼中含淚，卻斬釘截鐵地說道：「你們若不贊成改組，又不願退出國民黨，我可以解散國民黨，自己一個人去對聯俄、容共、扶助農工！」

在會議就要陷入絕境的時候，廖仲愷挺身而出，果斷地發言支持了孫中山：「民國成立已十餘年，孫先生的三民主義還不能實現，這明明是本黨的組織存在著問題，不改能行嗎？我可憐孫先生奮鬥一生，還未能夠實現他的主義，所以，為國家，為本黨，我國民黨非改組不可……」

十二

一九二四年一月二十日，中國國民黨第一次全國代表大會，在廣州開幕，七十三位代表出席了會議。

孫中山以國民黨總理的身份擔任大會主席。

胡漢民、汪精衛、林森、謝持、李大釗五人組成的大會主席團，端坐在孫中山的後面。

孫中山興奮而又莊嚴地說道：「今天在此開中國國民黨全國大會，這是本黨自有民國以來的第一次！也是自有革命黨以來的第一次！我們革命黨用了三十年功夫，犧牲無數，才推翻滿清，建立民國，但在這三十年中，我們在國內從沒有機會，召開我們的全國國民黨大會，所以，今天這個盛會，是本黨堂堂正正召開的第一次大會，也是我們中華民國新紀元……」

十三

一九二四年一月二十八日，黎明，黃埔島對岸，蔣介石站在堤壩上，隔海眺望著殘破的長州要塞，鄧演達站在蔣介石的身旁。

兩人佇立良久之後，鄧演達誠懇地對蔣介石說道：「建立陸軍軍官學校的事情，孫總理決心已下，我黨的一大，也對建立軍校有所決議，挑選你出任軍校籌備委員會委員長，是孫總理親自提出的，你怎能輕易推卻呢？」

蔣介石望著珠江口的滾滾波濤，憂心忡忡地說：「擇生，我擔心自己力不勝任哪。況且，在這荒廢多年的黃埔島上，辦軍官學校，也實在是艱難得很！」

鄧演達積極地鼓勵著蔣介石說：「有孫總理的堅定決心，有本黨同志的全力以赴，又有蘇俄和共產黨的幫助，何事不可以成就一番呢？你要善用機會啊，中正同志！」

蔣介石思索了一下，說道：「善用機會？」

鄧演達連忙答道：「是呀，現在蘇俄和共產黨既然幫助我們建立黨軍，我們不應該善用機會嗎？」

蔣介石又思索了一下，突然問道：「擇生，你說，袁世凱在小站訓練新軍同我們開辦黃埔軍校，有沒有相似的地方啊？」

鄧演達的臉上閃出一絲疑慮：「中正同志，你怎麼想到袁世凱了？」

十四

一九二四年六月十六日清晨，陸軍軍官軍校七百零六名入伍生，莊嚴列隊於黃埔島上。

孫中山、廖仲愷等人，迎著初升的陽光走來。

蔣介石正步走向孫中山，在一個標準的敬禮之後，蔣介石響亮地說道敬禮：「報告總理，陸軍軍官學校第一期全體學生集合完畢，校長蔣中正，代表政治部周恩來主任、教授部葉劍英主任，請總理訓示！請廖仲愷黨代表訓示！」

孫中山興高采烈地對同行的廖仲愷先生說道：「仲愷同志，請把我們的旗幟升上天空，讓它在我們頭上高高地飛揚！」

青天白日旗漸漸地升起，孫中山帶著兩行熱淚，昂首目送著高揚的旗幟。

當那面旗幟高高升頂的時刻，蔣介石動情地大喊了一聲：「全體立正，向黨旗敬禮！向總理敬禮！」

全體學員一跺腳，齊整如一地舉起手臂。

孫中山衝動地上前一步，高聲說道：「尊重的各位來賓，尊重的各位教官和學生諸君，我們為什麼一定要開辦這個陸軍軍官學校呢？諸君要知道，中國的革命，有了十三年，現在得到的結果是，只有民國年號，沒有民國事實。所以中國十三年的革命完全是失敗，今天開這個軍官學校，獨一無二的希望，就是創造革命軍，來挽救中國的危亡。什麼叫做革命軍呢？就是要學革命黨的奮鬥。所以要諸君不怕死，步革命先烈的後塵，用這幾百人做基礎，造成理想上的革命軍，我們的革命便可以大告成功，中國便可以挽救，四萬萬人便不至滅亡。只有革命黨的奮鬥，而沒有革命軍的奮鬥，革命便不能完全成功。今天，我們開辦這所軍校，就是要成立我們的革命軍，去打擊軍閥，去打擊帝國主義，這所軍校，是我們的黨聯俄、聯共的結晶，是扶助農工的軍事力量準備。我號召你們養成和發揚革命黨人以一當百、視死如歸的革命精神，為推翻帝國主義和封建統治，完成革命事業而努力奮鬥！」

蔣介石的雙眼之間淚光閃爍，他面向操場上莊嚴肅立著的入伍生們，鄭重地行了一個軍禮，然後，大聲說道：「從這一刻開始，你們便成為了光榮的革命軍人！你們乃是本黨第一批革命的軍人！軍人當有軍人為誓言，我請大家與我一起莊嚴宣誓，宣誓革命軍人的誓詞——盡忠革命職務，服從本黨命令，實行三民主義，無間始終死生，遵守五權憲法，只知奮鬥犧牲，努力人類平等，不計成敗利鈍……」

山呼海嘯一般的宣誓剛剛落聲，廖仲愷便伸出手臂，高呼了一聲：「來吧，親愛的同學們！讓我們一起唱響我們的校歌！」

操場上，七百餘名學員熱血沸騰，《陸軍軍官學校校歌》頓時響徹雲霄：「莘莘學子，親愛精誠，三民主義，是我革命先聲。革命英雄，國民先鋒，再接再厲，繼續先烈成功。同學同道，樂遵教導，終始生死，毋忘今日本校。以血灑花，以校作家，臥薪嚐膽，努力建設中華……」

十五

一九二四年初春，一個風和日麗的好天氣，湖南湘潭的盧家，卻掀起了一場風暴。

盧老太爺站立在院子中央，揮舞著拐杖痛罵盧婉亭：「若是讀一讀子曰詩云、四書五經也就罷了，一個女娃娃，居然去學造反，成何體統？這個學是死活不准再上了！」

盧婉亭高聲反駁：「爹，三民主義，總理所倡，國之大綱，為什麼不能讀？」

盧老太爺氣得渾身發抖：「你還什麼平均地權……你想把家裡的田產，都分給那些泥腿子嗎？」

盧婉亭毫不相讓：「把田地分給泥腿子，有什麼不好？耕者有其田，天下大同嘛！」

盧老太爺被頂得面紅耳赤：「這還了得？爹千辛萬苦地把你養大……你卻想造爹的反……」

盧婉亭理直氣壯：「爹說的不對！是肖大山他們這些長工們勞苦耕作，才把我養大的！」

盧老太爺忍無可忍，舉起手中的拐杖，追著盧婉亭要打，盧母連忙撲上前去，一把奪過拐杖：「下月初五，她就要嫁人了，你打壞了她，讓她怎麼上轎啊？」

盧婉亭聞言大吃一驚：「上轎？上什麼轎？」

盧母趕緊拉過盧婉亭說道：「上縣城保安大隊候司令的花轎啊！那可是打著燈籠都找不著的人喲……」

盧婉亭頓時氣急敗壞：「誰說我要嫁人了？誰說我要嫁人了？你們跟我商量過嗎？」

盧母臉色一沉：「跟你商量什麼？自古以來，女兒家出嫁，還不是全都憑著父母之命、媒妁之言嗎？」

盧婉亭眼淚汪汪，咬牙切齒：「你們這些老頑固！現在早已經是民國了，你們還搞封建包辦！告訴你們，我才不嫁什麼狗屁候司令呢！」

盧母被盧婉亭的這句話，給頂得差一點摔倒：「唉呀，唉呀，人家當司令的人你不嫁，難道你還能嫁給長工嗎？」

盧婉亭雙腳一跺，扯開嗓子大喊大叫：「嫁給長工怎麼了？要嫁，我還就要嫁給他肖大山！肖大

山！肖大山……你過來……快過來娶我……過來娶我……」

盧婉亭此言一出，盧家父母　那間全驚呆了。

盧母心驚肉跳地問道：「我的娃！你們沒出事吧？」

盧老太爺急得大喝了一聲：「還愣著幹什麼？趕快綁到屋裡面去，給我驗一驗身哪……」

盧母一邊死命地拉住盧婉亭往房間裡拖，一邊破口大罵：「快來人啊！把那個遭天殺的肖大山，扔到江裡邊去……造孽的狗伢子……」

十六

蔣介石的辦公室位於軍校唯一的一幢二層小樓上。

這裡，既是校本部辦公地點，也是蔣介石來軍校後臨時居住的地方，樓上正中那間大辦公室右側，有一個只幾平方米的小間，經過簡單打掃後，擱下了一張床鋪。

軍校訓練生活十分緊張。

當時的廣東國民政府，面臨著四周敵人的包圍和威脅，叛軍陳炯明退據惠州和潮梅一帶蠢蠢欲動，北方軍閥吳佩孚、張作霖、孫傳芳，勾結在香港的英帝國主義，也朝夕圖謀他們的一統天下。

面對這種險惡的形勢，孫中山迫切地希望黃埔軍校快出人才，早出人才。

所以，身為一校之長的蔣介石經過苦思冥想之後，不得不打破常規，將國外正規軍事院校三年才能完成的訓練內容，壓縮在了半年之內，他希望，努力於最短時間之內收到最大之效果。

黨代表廖仲愷毫不猶豫地支持了校長蔣介石這種因時施教的方式。

經過與教官，甚至是學生代表的反覆研究，黃埔軍校在課程設置上，首先選定了最急需的學科和術科。

軍校學科設置初以步兵操典、射擊教範、野外勤務令等基本軍事學識，繼則是戰術、兵器、交通、築城等現代戰爭中急迫需要的四大教程。

術科方面，舉凡托槍、下槍、裝退子彈、上下刺刀，各種姿勢的射擊等自然是首當其衝，而黃埔軍校開天闢地的教育則是野外演習，從單人戰鬥動作到班排連營進攻與防守、行軍宿營、聯絡勤務、土工作業、爆破，包括夜間演習，夜間實彈射擊等等，是黃埔學生最為重要的訓練。

黃埔軍校作為黨軍的訓練地，作為區別於其他各種舊式軍校和講武堂最為顯著的特點，還有與軍事訓練同等比重的政治教育——以三民主義進行國民革命。

這些高密度的訓練和教育內容，將學生們從每天早晨起床到晚上熄燈的每一分鐘，都擠得滿滿當當。

與此同時，學生們每天起床後，都得把背包打好放在床頭，打好綁腿，背包上別上一雙草鞋，隨時準備好，只要一聲令下，即以最快的速度拉出去。

當時，黃埔校園中，師生們最容易聽到的聲音，是蔣介石經常掛在嘴上的一句話「愛兵在於莫怠！」

十七

湖南湘潭的鄉下，午夜時分，肖大山偷偷從暗處溜到盧家院外的後窗，聽了聽周圍沒有什麼動靜，便踮起腳尖，輕輕地敲著窗櫺。

屋內，盧婉亭立刻翻身而起，低聲呼喚：「大山哥！」

肖大山把嘴貼到窗櫺上：「你打算怎麼辦？二小姐！真要嫁給那個司令嗎？」

盧婉亭也把自己的嘴貼到窗櫺上：「你想不想娶我呀？大山哥！」

肖大山高興地說道：「當然想了！我喜歡你！我一直都喜歡你！二小姐！」

盧婉亭：「那你就想辦法把我弄出去！」

肖大山：「弄出去以後，你又打算怎麼辦呢？俗話說，躲得了一時，躲不了一世啊！」

盧婉亭頓時急了：「那你說怎麼辦？反正，我是寧死也不會嫁給那個什麼候司令的！大不了，一條繩子一條命……」

肖大山連忙搖頭：「別瞎說！二小姐，你還記得羅老師給我們講過的，孫中山先生在廣州成立了一個軍官學校的事情嗎？」

盧婉亭：「記得！可是那又怎麼樣？軍官學校還能管到我爹媽頭上？還能管到我嫁不嫁什麼候司令的事情上來嗎？」

肖大山：「他們管不到我們這裡，我們可以去找到他們那裡呀？」

盧婉亭眼睛一亮：「你的意思是？」

肖大山一咬牙：「上廣州，投軍校，鬧革命！」

盧婉亭一陣興奮：「好！我聽你的！咱們就上廣州！投軍校！鬧革命！等革命成功了，我就嫁給你……」

十八

一九二四年七月五日，廣州英國領事館內，大買辦陳廉伯痛哭流涕地，衝著領事叫嚷著：「孫中山孫大炮要赤化廣州了，我們買幾條槍來保產護市，卻被沒收了！孫中山還通緝我陳廉伯！」

英國領事帶著一副打抱不平的樣子，有意挑撥：「如果你能領導商團，反對這個孫中山政府，我們英國便支持你組織商人政府，你陳廉伯就是中國的華盛頓！」

陳廉伯捶胸頓足：「我要罷市！要讓整個廣州，成為一座死城！我要組織十萬人大遊行，包圍這個孫中山的大元帥府！」

英國領事立刻拍了胸脯：「我們的香港艦隊，將在商團總罷市開始後，開進珠江白鵝灘！」

十九

一九二四年七月十日，陰沉沉的天，一向繁華的廣州，所有的店鋪都關上了大門，商團的兵到處行走，許多地方都設了街壘和關卡。

初來乍到的盧婉亭與肖大山，目睹這一切，臉上充滿了迷惑。

化裝偵察情況的黃埔軍校入武生連長陳賡，走了過來，肖大山冒冒失失地上前借問：「請問，那些兵是不是革命軍呀？」

陳賡一驚，急忙伸出手來示意肖大山放低聲音，警惕地問道：「你們是什麼人？有什麼事情嗎？」

肖大山趕緊說道：「我們是從湖南來的，是學生，想參加革命軍！」

陳賡頓時一笑，親熱地說道：「你們是湖南人，那我們是老鄉了！噓！小心一點！那些兵是受帝國主義指使的反革命商團！」

肖大山連忙壓低了聲調：「那，革命軍在那裡呢？」

陳賡附耳對肖大山說道：「在黃埔島上！」

肖大山一點頭：「那你也是革命軍吧？帶著我們去，好嗎？我們就是來投革命軍的！」

陳賡神祕地笑著一搖頭：「我是從湖南來的測字先生，我在你的手心上面寫兩個字，你到了黃埔以後，找陸軍軍官學校，給那些穿灰布軍裝的人看，保證管用！」

二十

一九二四年盛夏的一個白天，湖南省長沙市第一師範學校的校園裡，馬上就要畢業的莘莘學子們如同開了鍋的水，一片沸騰，一片熱烈。

汪江萍和自己的同學兼男朋友高明達，手挽手、肩並肩，行走在一片小樹林中，意氣風發，豪情似海。

汪江萍帶著一種崇拜的神情，對高明達說道：「明達，我們的學長毛潤之先生，所創辦的《湘江評論》，你看過沒有？」

高明達點了點頭，回答：「看過！『世界什麼問題最大？吃飯問題最大！什麼力量最強？民眾聯合的力量最強！什麼不要怕？天不要怕！鬼不要怕！死人不要怕！官僚不要怕！軍閥不要怕！資本家不要怕！』，五六年了，我至今還清楚地記得他在《湘江評論》的創刊號上，所寫下的這一句話！」

汪江萍狡猾地考問高明達：「那麼，你覺得他的這句話，說得有道理嗎？」

高明達略加思忖，鄭重地說道：「若只是論及道理麼，那當然是對的！不過，自古儒生空疾首，將軍奮臂挽狂瀾！我認為，以今日中國之現狀，恐怕更加需要的，不是幾篇宣言，幾篇文章，而是拿起刀槍，向欺壓凌辱了中國近百年的帝國主義反擊！向那些騎在民眾們的頭上，只顧個人升官發財，而無視於民族、民權、民生的北洋軍閥們進攻！」

汪江萍又問：「你說得似乎也有道理！馬上，我們就要畢業了，畢業之後，你打算怎麼辦呢？」

高明達不假思索，脫口而出：「投考孫中山先生剛剛創立的軍官學校，當一名革命軍人，與軍閥們真刀真槍地幹上一場！」

汪江萍聽了，衝動地轉過身來，緊緊地擁抱住了高明達：「好！明達！我為你驕傲！你不愧是一個有志氣，有抱負的熱血兒郎！我支持你！」

高明達趁機在汪江萍的額上輕輕一吻，關切地問道：「萍！那麼你呢？你怎麼辦？要不，乾脆我們兩個一起走！」

汪江萍連連搖頭：「不！不！不！明達！你是知道的，我的爸爸一心一意想把我培養、造就成一名教師！父親一向的主張，是教育救國，他認為，中國一切弊端的基礎原因，就是教育落後，致使民眾只知思自己，不知思國家，而唯有教育，方可改變我中華民族一盤散沙之弊端！」

高明達稍有反對：「萍！你沒有聽到『五四運動』中，北京大學的學生們所發出的吼聲嗎？北京之大，已經容不下一張平靜的書桌了！我覺得，豈止是北京，其實，整個中國之大，都已經容不下一張平靜的書桌了！軍閥混戰，民不聊生，國家將亡，民族瀕死，何以讀書，又何以教書啊！」

汪江萍堅持不懈：「父親說了，一個民族，一個國家，其最終的強大和崛起，全賴於教育的普及，全賴於教育的提高啊！」

高明達終於妥協：「萍！江老前輩繼承祖業，而不謀自己一家一戶的發達，傾盡財產而興辦教育，真是當代武訓，令人敬仰啊！也好！你就到集賢小學，去當校長，助江老前輩一臂之力吧！」

汪江萍又一次緊緊地擁抱住了高明達，剛才指點江山的萬丈豪情，卻頓時化作了一絲柔美的眷戀：「明達！你真的要走嗎？」

高明達再次吻向汪江萍：「要走！我要拿起刀槍，為你打出一張平靜的書桌來……」

二十一

黃埔軍校門口，盧婉亭與肖大山死纏爛磨地圍著招生處的幾名軍官求情。

盧婉亭情急之下，淚眼汪汪，幾乎要哭出聲來：「長官，我們兩人是一起來投奔革命的，你們怎麼能收了他，卻不肯收我呀？」

爭執之間，周恩來走了出來，軍官們趕緊起立，紛紛向他敬禮。

盧婉亭立刻感覺到這個人是一位大官，於是，她趁人不備，突然衝到周恩來面前，向他鞠了一個躬。

周恩來被盧婉亭的冒失嚇了一跳，急忙問道：「唉，這位小姐，你有什麼事情嗎？」

盧婉亭趕快挺身回答：「我現在已經不是什麼小姐了，我是和他一起來參加革命的！」

周恩來望了望盧婉亭，又望了望周圍的招生軍官，馬上醒悟到盧婉亭的心思：「噢，大概是他們不肯收你，是不是？」

盧婉亭連連點頭說道：「是，是，是，他們歧視女性，是封建主義！」招生軍官趕快立正向周恩來報告：「肖大山鳥槍打的很準，文化考試也通過了，因此而被錄取！但是，依照條例，軍校不收女生！」

周恩來點點頭，對肖大山和盧婉亭說道：「原來是這樣！那你們兩個是同學，還是老鄉呢？」

肖大山連忙回答：「她叫盧婉亭，是我們鎮裡大財主的二小姐，我是她家的長工，天天送她上下學，所以，也偷著聽了幾年課。」

周恩來一拍雙手：「好啊，封建地主家的二小姐，都出來擁護革命了，這大革命還有不成功之理嗎？」

盧婉亭一喜：「那你同意收下我了！」

周恩來連連搖頭：「不行，不行，有條例，有條例你明白嗎？這樣，我建議你到廣州一個叫學宮的地方去，噢，那裡也叫孔廟啊……」

盧婉亭一聽，趕緊搖頭：「不去！不去！我是來參加革命的！我才不去那種三從四德的鬼地方哪！」

周恩來聽了哈哈大笑：「哈哈！那裡現在不講三從四德了，孫中山先生在創辦陸軍軍官學校的同時，在那裡辦了一個農民運動講習所，許多立志於革命的青年學生，都跑到了那裡參加學習呀！我還兼任著那裡的教員呢！」

盧婉亭聽了一喜，隨即又顯出一臉的擔憂：「那，他們會不會也同你們軍官學校一樣，歧視女性，不肯要我呀！」

肖大山靈機一動，急忙說道：「長官！要不然，你也學那個測字先生，在她的手心上面寫上兩個字吧！」

周恩來聽了大笑不止：「哈哈！好，好，好，不過，我可沒有你們碰見的那個測字先生道行大，寫兩個字，恐怕不管用，盧婉亭同志，請你伸出手來，我給你寫三個字吧……」

二十二

一九二四年七月十日，廣東韶關，孫中山與幾位高級官員激烈爭論著。

孫中山情況激動地說道：「同志們啊，我們已經妥協了！可陳廉伯仍然強行罷市，造成廣州經濟的全面崩潰，硬逼著廖仲愷同志辭掉了廣東省長，陳廉伯居然在中華民國國慶紀念日上，向工人、學生和市民們開槍了！毫無辦法，我們必須要堅定不移地對陳廉伯反動商團加以鎮壓！」

一位軍官起立，提出了擔憂：「陳廉伯商團有五萬餘人，他們的武裝很好！戰鬥力很強！總理，我們沒有兵啊！」

孫中山異常堅決地說道：「我們掀起革命的目的是打倒列強！打倒軍閥！與他們所擁有的那些強勢相比，我們的軍力充足嗎？但是，我們敢於向他們革命！我們到韶關幹什麼來了？北伐！我們是想以一軍一師的兵力，進行北伐，去打擊吳佩孚、孫傳芳的幾十萬大軍！這樣巨大的力量對比，你們誰害怕了？你們之中有誰害怕了？為什麼，對陳廉伯卻害怕呢？打，一定要打！」

另一名軍官顯然是被孫中山的堅定不移點燃了激情，起立說道：「那好！我帶一支隊伍開拔廣州，不消滅陳廉伯，我們還談什麼北伐！」

孫中山稍加思忖，又說道：「打電報給蔣中正，告訴他，陸軍軍官學校裡面的入武生要全體出動，消滅陳廉伯，保衛我們革命的根據地！」

二十三

一九二四年七日十四日，黃埔軍校的辦公室內，蔣介石、廖仲愷、周恩來三人嚴肅地進行著討論。

蔣介石以一校之長的身份首先發言：「孫總理的電報，你們已看過了，我很願意聽一下兩位的意見！」

周恩來馬上站起來說道：「軍校學生全體出動，消滅市區陳廉伯商團是有把握的！我的意見是打！」

廖仲愷一揮手臂，高聲說道：「孫先生已派軍隊回師廣州，彭湃專門向我表示了，農講所堅決支持我們！我主張打，堅決打掉反動的陳廉伯！」

蔣介石輕輕一拍桌上：「兩位意見同我完全一致，打不掉陳廉伯，我們連立足之地都沒有，打！」

周恩來連忙說道：「我已向軍校的共產黨員發出動員令，戰鬥打響後，衝鋒在前，絕不退卻！」

蔣介石聽完周恩來的話，衝著廖仲愷微微一笑：「好啊，好啊，那就通知下去，吹號，全體集合……」

二十四

一路詢問打聽，盧婉亭終於走到廣州農民運動講習所大門口。

一名身穿長衫的青年男子向盧婉亭問道：「這位小姐，你有什麼事情嗎？」

盧婉亭向著青年男子伸出了手掌：「有一位長官推薦我來，我是湖南湘潭的學生，我要報考農講所！」

青年男子看到盧婉亭手心上周恩來的簽名，高興地說：「啊！原來是恩來介紹來的，我叫彭湃，是農講所主任，歡迎你！」

盧婉亭遲疑地問道：「我的老鄉毛澤東呢？」

彭湃微笑著說道：「潤之同志有更加重要的事情，暫時還來不了廣州。」

盧婉亭一聽，感到有些遺憾，輕輕地說道：「唉，那麼說我是見不到他了！」

彭湃連忙問道：「怎麼？你同潤之很熟嗎？」

盧婉亭搖搖頭：「那倒也不是，毛澤東是我的老鄉，我很喜歡他創辦的《湘江評論》，要是能夠見到他，可以當面請教啊！」

彭湃神祕地一笑：「別著急，我向你保證，你一定能見到你的這個老鄉！」

課堂上，彭湃講解如何聯絡並領導農民，開展反帝反封建鬥爭問題，盧婉亭認真聽講。

操場上，軍事顧問對學員們進行著嚴格的軍事訓練，盧婉亭一身英氣地，學習射擊及拼刺刀。

二十五

與廣州那一片欣欣向榮的革命氣氛完全相反，同一時刻，反動軍閥趙恆惕軍閥統治下的湖南長沙，卻充滿了一片白色恐怖。

傍晚，正被軍閥通緝的蔣先雲來到長沙，走出車站，他急忙上了黃包車：「去湘江中學。」

中共湘區委員會在湘江中學附近的祕密地點，蔣先雲敲敲窗櫺。

戴副眼鏡，留著八字鬍的何叔衡從門裡出來，打個手勢，請他進去，然後，何叔衡又朝門外兩邊望瞭望。

屋內，何叔衡笑著說：「我正在擔心你來不了呢！我黨中央剛剛召開了一次特別會議，黨做了一個決議，要求我們選派一些年輕有為的黨員、團員，到廣州軍校去學習，以便來培養我們中國共產黨人的武裝骨幹，潤之和我，都希望你能夠順便再帶一批我們共產黨湖南省委推薦的考生去！」

蔣先雲毫不猶豫地說道：「我堅決服從組織安排！」

何叔衡點了點頭說道：「那麼，好！你儘快準備一下，先到上海，找潤之去！」

蔣先雲聽後非常高興：「太好了！又能見到潤之了，有好幾年，我們沒有見過面了！他還是我的入黨介紹人呢！」

何叔衡與蔣先雲兩人正說著，有人敲門，打開門之後，一下子湧進來了好幾個女學生，她們一見到何叔衡，就叫嚷開了：「何先生，我們女子，幾時才能像男子一樣去投考軍校呀？」

何叔衡指指窗外，深沉地說道：「你們要是看到城門上，被反對派砍頭的人們中間有了女性，你們就能去投考軍校了！」

一位女學生不服氣地說道：「打倒帝國主義，打倒軍閥，拯救我們的中國，女性和男子們有著同等的責任！何先生為什麼要區別對待呀？」

何叔衡指指蔣先雲誇獎道：「好！紅顏有志不讓鬚眉！有骨氣！就像他蔣先雲一樣，軍閥在懸賞他的頭顱，他卻要拿起槍去還擊！」

另一位女學生敬佩地說道：「我知道蔣先雲！堅定不移的共產主義者，是我們革命青年的楷模啊！」

蔣先雲連忙謙虛地擺著手說道：「哪裡！哪裡！我個人哪裡有什麼本領？全是何先生的教誨之德！共產黨的培養之功啊！」

何叔衡贊許地說道：「先雲說得對！只要我們一心一意跟著共產黨走，每一位有志的青年，都會成為民族的先鋒！國家之棟樑啊！」

二十六

夜深人靜，蔣先雲從湘江中學出來後，在路口徘徊片刻，朝自己的家中走去。

蔣先雲來到家門，輕輕地敲響了大門，母親剛剛將門打開，蔣先雲急急忙忙地側身進到房中。

母親意外地見到因為反對軍閥趙恆惕被員警全省通緝，到處東藏西躲的兒子，頓時，撲上去，激動地緊緊抱著蔣先雲，老淚縱橫。

蔣先雲連屋子都沒有進，就這樣在院子裡面站立著，讓自己的母親摟著說了幾句安慰的話，便帶著衣衫上所浸滿的那兩襟慈母之淚，走向了國民革命的征程。

當時，無論是他的母親，還是蔣先雲自己，都沒有想到，家門中那匆匆忙忙的一晤，竟然是他們母子一世的永別。

二十七

長沙至廣州的輪船碼頭，隨著一聲汽笛的響起，汪江萍與高明達依依惜別。

高明達高聲呼喊著：「萍！我走了！保重！你放心，我高明達向你保證，不出三年，一定在中山先生的率領之下，為你，為湖南，為全中國的學子們，打出一張平靜的書桌來！」

汪江萍面對正在離岸的輪船，使勁揮舞著手臂：「明達！保重！保重……」

二十八

一九二四年八月九日，廣州農民運動講習所內，盧婉亭與彭湃促膝談心，結合自己家庭的情況和在農講所學習到的革命道理，表示與封建家庭決裂，堅決投身革命的決心。

盧婉亭攜帶著極大的真誠對彭湃說道：「彭主任，我是一個封建地主家庭出身的人，以前，我父親、我母親總是對我說，是我們家養活了佃戶和長工，說是如果那些佃戶和長工不給我們家做工，他們就沒有飯吃了！我也一直覺得，的確是我們家在養活佃農和長工們！比如肖大山吧，如果我不給他臘肉吃，他就根本吃不上臘肉！現在，我總算是徹底明白了，如果，肖大山他們一家不為我們家做牛做馬，佃戶和長工們如果不為我們家做牛做馬，那麼，真正沒飯吃的，不是他們，而是我們家！」

彭湃聽完盧婉亭的這一番話，高興地鼓勵她說：「小盧啊！你的認識很深刻！你的比喻，也很形象！明天，在講習所的課堂上，你上臺把這個道理講給大家聽！好嗎？」

盧婉亭連連點頭稱是：「好！彭主任，我聽你的！」

彭湃一擺手：「不是聽我的！應該聽黨的！」

盧婉亭趕快說道：「我已經下定了決心，一生一世跟著共產黨走！」

二十九

一九二四年八月二十一日，廣州農民運動講習所的大殿內，全體師生整整齊齊地站立著。

孫中山站在主席臺上，向大家在做農民運動講習所的首次演說：「學生諸君，你們學習到畢業之後，便應到各鄉村去聯絡農民，這是我們國民黨做農民運動所辦的第一件事！我們從前做革命事業，農民參加進來的很少，你們以後到各鄉村去聯絡農民，首先，便要讓一般農民，知道對於國家負有什麼責任，農民仰望於國家的有什麼利益，農民是我們中國人民之中的最大多數，如果農民不參加革命，就是我們革命沒有基礎。國民黨這次改組，要加入農民運動，就是要用農民來做基礎，如果這種基礎不能鞏固，我們的革命便要失敗！諸君在這裡學了幾個月，已經知道我們革命，是要根據三民主義，大家到各鄉村去宣傳，便要把三民主義傳到一般農民。中國向來把社會上的人分成為士農工商四種，這四種人比較起來，最辛苦的是農民，享利益最少的是農民，擔負國家義務最重的也是農民，我們現在革命，要仿效俄國這種公平辦法，也要耕者有其田，要農民將來可以享幸福，便要諸君趕快去宣傳聯絡，農民都聯絡了之後，我們的革命才可以大成功……」

台下，盧婉亭仰起漂亮的臉龐，如饑似渴地聽著，她覺得，能夠當面聆聽到孫中山總理的教導，對自己這樣一個剛剛走進革命大潮中的山鄉女學生來說，真的是受益匪淺啊！

彭湃也在相當認真地聽著孫中山先生的講演，然而，作為馬克思主義的忠實信徒，他忽然想到了——能不能在某一個地方，以共產主義的形式，建立一個由農村無產階級來擔任領導者的蘇維埃政權呢？

彭湃覺得，這是一個劃時代的目標，為此，他太值得去奮鬥一番了……

三十

一九二四年八月的一個白天，長沙市「汪記綢緞莊」的店堂裡，汪江萍的母親張玫英坐在掌櫃的位置上，七八個夥計們正忙著招呼顧客，突然，兩個大兵闖了進來，大喝一聲：「嚴師長到！」

張玫英和幾個夥計們嚇了一跳，還沒有來得及反應，一位貌似斯文的將軍，已經昂首闊步地走了進來。

綢緞莊裡面的顧客們頓時啞了聲音，悄悄地溜了出去。

張玫英趕快站起身來，張開笑臉招呼：「喲！這位老總，您是要買綢緞嗎？都在這呢？請老總隨便挑！」

嚴哲雲站在店堂的中央，四下打量了一番，沒有說話。

張玫英見狀趕快催促夥計：「唉！你們還傻愣著幹什麼呀？快去給老總沏茶去呀！」

嚴哲雲客氣地笑了笑：「不要客氣！不要客氣！這位是汪伯母吧？啊？」

張玫英臉色微微一震：「唉喲，我一個賣綢緞的女人家，哪裡當得起老總的如此稱呼呀？老總隨便看看，看中了哪塊料子，吩咐一聲，讓夥計們扯給老總就是了！」

嚴哲雲又一次十分客氣地笑了笑：「汪伯母，我嚴某人今天前來，並不是買綢緞的！」

張玫英一愣：「汪伯母？老總啊！你這樣稱呼我，我實在是不敢當啊！老總看上哪一種綢緞，儘管開口，我們奉送！我們小店奉送給老總了……」

嚴哲雲非常親切地一笑，然後一揮手，向門外喊道：「抬進來！」

四個大兵聞聲而動，立刻抬著一個紮著紅花的大箱子走了進來。

張玫英和夥計們大吃一驚。

嚴哲雲對著張玫英深深地鞠了一個躬：「汪伯母！我嚴某人也是一個讀書人，當兵吃糧乃無奈之舉啊！久聞令嫒汪江萍小姐美貌動人，知書達禮，嚴某人仰慕多時，我今日登門，是專程來向汪伯母送聘禮來的！請汪伯母笑納！哈哈，請汪伯母笑納呀！」

張玫英大驚失色，手中的茶杯，掉在地上，摔了個粉碎：「老總！你……」

嚴哲雲連忙上前，一把扶住張玫英：「唉，您千萬別左一個老總、右一個老總的！您是長輩，這門親事成了，我還應該管您叫媽呢！對不對呀？汪伯母！」

張玫英忙不迭地掙扎了嚴哲雲的手，驚慌失措地說道：「不！不！不！老總！你聽我說，你聽我說，我們家的萍兒，已經有人家了！真的！已經有人家了……已經有人家了……」

嚴哲雲一聲冷笑：「我知道！我知道！不就是那個第一師範的那個同學高明達嗎？汪伯母，那高明達兩個月前不是投考廣州的軍官學校去了嗎？汪伯母，我也是軍校出來的，保定陸軍軍官學校，畢業的時候，只是一個見習排長，混到一個少將師長，您知道，得打多少仗嗎……」

張玫英急忙打斷嚴哲雲的話，幾近於哀求地說道：「老總！老總！真的是不行……真的是不行啊……老總……」

嚴哲雲又是一聲冷笑，然後，向張玫英說道：「怎麼不行？汪伯母是以為那位高明達，考上了黃埔軍校，便必有出將入相的那一天吧？先不說廣州的那個軍官學校辦不辦得下去，也不說那個高明達能不能畢業，就算是真的畢了業，想熬到一個少將師長，至少也得打上十年仗，而且，他還得保證自己每一仗，都得活下來……」

張玫英打了一個哆嗦，她搖晃了一下，差一點兒跌倒，嚴哲雲一個箭步衝上去，扶住張玫英：「汪伯母！您老人家怎麼啦？」

張玫英一把推開嚴哲雲，堅定不移地高聲說道：「老總！老總！不行！真的不行！真的是不行啊！」

嚴哲雲的臉上帶出一片真誠，他懇切地對張玫英說道：「汪伯母，您老人家，是不是覺得我嚴某人是想納妾呀？我告訴您！我的太太三年前得肺病，死了！我這可是真正的明媒正娶呀！汪伯母！」

張玫英慌忙地擺著雙手：「不！不！不！不行！真的不行！真的是不行啊！老總！」

嚴哲雲聽來聽去有些奇怪，他收斂起笑容，鄭重地向張玫英詢問道：「汪伯母，您老人家能不能說說，到底是怎麼個不行法？」

張玫英牙關一咬：「老總！我們家的萍兒……我們家的萍兒……她……她已經不是個姑娘……她已經破身了……」

沒想到，嚴哲雲聽了之後，輕鬆地一笑：「汪伯母，我是個當兵的！沒那麼多講究！告訴您，我根本不在乎！」

張玫英淚如雨下：「老總！不行！我們家的萍兒……她懷孕了！她已經懷上了高明達的孩子！」

嚴哲雲仰頭向天，哈哈大笑：「哈哈……那好啊！我嚴某人連老婆帶孩子，哼，一塊娶……」

三十一

黃埔軍校的大禮堂中，高明達端端正正地坐在椅子上，與全體同學一起，全神貫注地聽著蔣介石的訓話。

蔣介石面對眾多的學生們，顯得有些興奮，他站在臺上，熱情洋溢地做著演講：「今天，新舊學生聚在一起，我最願意的，就是大家不要分新舊與彼此的界限，大家都要團結起來，把現在這裡的全部同志，當作一個人，不要當作九百幾十個人。因為精神不團結，就如散沙一般，什麼事都不能成功，那還能做什麼革命運動呢？陸軍軍官學校，就是要把全國的有志青年團結在一塊。本校的校訓是『親愛精誠』，就是凡同學都要相親相愛、誠心誠意、精益求精地來團結的意思，這是我多次說過的，請大家不要忘記。現在，因為當前內外形勢的逼迫，我們畢業的時間或者會提早一點，但只要自己能夠用功，自然能夠造成大才的。如果不能用功，不要說六個月不能學到多少東西，就是六年恐怕也學不成什麼！各位應當要加倍地刻苦耐勞，不曉得的要問官長，免得將來離開了這裡，上了戰場，要問也問不成了！希望各位同學努力，認定我們的『三民主義』去做，無論在什麼時候與什麼地方，總不要忘記我們的校訓……」

高明達聽得有一點發傻，他覺得，自己在長沙城裡，也算得上是名貫一時的姣姣者了，可是，入了黃埔軍校之後才發現，什麼叫做天外有天！忍不住，高明達在心裡長歎了一下——黃埔聖地，實乃人才濟濟，千萬千萬得用心來學習啊！

臺上，蔣介石繼續說：「本黨從事國民革命幾十年，今天，終於有了自己的軍隊。這是本黨有史以來開天闢地的大事情，標誌著中國革命從此有了新的開端。我們今天雖然只有幾千人，卻擔負著未來國民革命的重擔，是本黨的全部依靠和希望。以這幾千人作為基礎，將來，我們可以發展成為幾萬、幾十萬乃至上百萬真正的革命軍，我們的國民革命就一定能夠取得最後的成功！你們中的許多人，都是從黃埔軍校籌辦那一天就來了，在本黨受教育都不是一時半日，今後，我會把本黨的第一支軍隊交給你們，你們應明白本校長對你們所寄予的一切，更應該明白，從今以後，你們大家肩上所承擔的分量，我希望你們今後要團結全體革命的官兵，保持和發揚黃埔軍校的精神，精誠團結，拼死奮鬥，把一切獻給孫中山先生所領導的偉大國民革命事業！」

聽著聽著，高明達覺得自己全身的血液都在沸騰，僅僅一瞬間，他便決定了自己未來一生的路程——他要毫無保留地將自己的整個生命，投入到這一場反帝反軍閥的偉大鬥爭中去，而且，不再僅僅是為自己所鍾情的汪江萍打出一張平靜的書桌！高明達突然覺得自己的胸膛裡面亮起了一道閃電，那閃電　那間照亮了他所有的思想，他發誓，自己將在今後這場波瀾壯闊的歷史大革命中拼死奮鬥！他知道，按照校長的訓令，那是使命。他更知道，對於二十三歲的高明達自己而言，那是幸福！

蔣介石的演講，在上千名黃埔師生一陣高過一陣的掌聲之中結束了。

蔣介石的演講結束之後一小時，高明達整飭軍裝，邁著正步，走進了黃埔軍校校長辦公室，鄭重地伸出雙手，將一份《志願加入中國國民黨申請書》呈遞給了他所崇拜的蔣介石。

三十二

湖南長沙，天上無星無月，地上無車無人。

雖然早已夜深人靜了，汪江萍的家中依然亮著燈火。

汪江萍的父親汪伯軒和母親張玫英憂心忡忡，小聲地商量著對付嚴哲雲的事情。

汪伯軒不安地說道：「看來！這個嚴哲雲，是把咱們家的事情，都打聽清楚了？」

張玫英急得直哭：「我看是！那個姓嚴的，是有備而來呀！」

汪伯軒只有好言安慰張玫英：「有備而來也好，打聽清楚了也罷，我們的女兒，我們不答應，他總不能派兵來搶人吧？」

張玫英連連擺手：「唉喲，我怕得就是這個呀！那些個帶兵的老總，有幾個好人？什麼缺德的事情，他們幹不出來呀？我看，還是趕緊讓萍兒，出去躲一躲吧！」

汪伯軒一聲長歎：「唉，這兵荒馬亂的，一個女兒家，上哪去躲呀？這樣吧？咱們汪家在長沙城裡，也算是有頭有臉的人了！上上下下的，也認識一些場面上的人！明天，我去找一下省參議員曹老先生，託他疏通一下，咱們再賠上一大筆禮儀，也許，事情也就了結了吧……」

三十三

湖南長沙城裡，嚴哲雲的官邸，白髮蒼蒼的省參議員曹老先生，坐在嚴哲雲旁邊的一個太師椅上。

一場索然無味的寒暄結束之後，曹老先生開了腔：「哲雲老弟！聽我一句勸告，你堂堂一位少將師長，看中了哪一家的姑娘，那還不是哪一家人的福氣呀？既然，汪家的那個姑娘有了主，你又何苦非認準了她不可呢？」

嚴哲雲搖了搖頭說道：「福氣？我哪裡有什麼福氣？這不是在汪家那裡碰到釘子了嗎？」

曹老先生急忙賠著笑臉：「算了！哲雲老弟！你就買我曹某的一個面子，算了！改日，我親自為你做媒人……」

嚴哲雲打斷了曹老先生的話說道：「曹參議，不是我不買你老的面子！我的確是看中那位汪江萍小姐啦！」

曹老先生雙手一攤：「可是，人家的確是有人家了呀！這於你哲雲老弟來說，並不體面啊！另外，俗話說得好，這捆綁不成夫妻，人家不願意，你總不能派兵把人家綁回來吧？」

嚴哲雲一聲冷笑：「哼，我還真的是打算派兵，把她給綁回來！我就不信，我嚴哲雲堂堂一個少將師長，就比不上一個什麼狗屁軍校的入伍生！」

曹老先生急得一下子從椅子上站了起來，衝著嚴哲雲連連擺手：「不可！萬萬不可！你這樣做，會落下一個千夫所指的罵名啊！哲雲！」

嚴哲雲又是一聲冷笑：「千夫所指？我早就已經是千夫所指了！不是早就有人罵我，說我嚴哲雲是趙恆惕的家奴，吳佩孚的走狗了嗎？噢，對了，罵我的人當中，就有那個高明達跳的最高，叫聲最大！他一個白面書生，竟然敢在《長沙日報》上寫文章，指名道姓地辱罵我！哼，好啊，他惡我的名聲，我搶他的女人，這也算是一報還一報了……」

三十四

一九二四年十日十五日凌晨，嘹亮的軍號，在漸逝的星辰照耀之下，驟然響起。

黃埔軍校的操練場上，八百名入伍生持槍立正，莊嚴列隊。

校長蔣介石、黨代表廖仲愷、政治部主任周恩來等人，身穿整齊的軍裝，英姿勃勃地站在同學們的對面。

蔣介石望向那一群威武的青年，望向那一片剛毅的面孔，不知不覺中，嗓音竟有了一絲哽咽：「同學們！中國國民黨陸軍軍官學校親愛的同學們！我們所信仰的三民主義，正在受到嚴重的挑戰，陳廉伯倚恃武力，樂為帝國主義者效忠，已成革命公敵，因此，我命令你們出戰討伐，你們有沒有這個勇氣？」

八百學生一同奮臂高呼，響亮的吼聲有如雷鳴：「有！」

廖仲愷上前一步，激情澎湃地說道：「中國人民一切艱難困苦之總原因，完全在於帝國主義之侵略及其工具賣國軍閥之暴虐，以往只有革命黨的奮鬥，而沒有革命軍的奮鬥，所以，革命便不能成功，今天，我們終於擁有了一支革命的軍隊！此次出擊，便是對我們革命軍人的第一次洗禮和檢閱！作為我中國國民黨的代表，我廖仲愷的鮮血，願意與你們一起流淌至最後的一滴！」

八百學生再次立正高呼：「踏平商團！光復廣州！」

廖仲愷衝動地高聲說道：「凡我本黨同志，請向前一步！」

一大批入武生正步跨出佇列。

周恩來不甘落後，隨即也吼了一聲：「中共黨員同志們，請出列！」

又有一批師生整齊地向前跨了一步。

周恩來看了看身旁的廖仲愷，高聲說道：「我命令你們，嚴格地服從命令，英勇地進行戰鬥，做先死的模範！」

共產黨員們齊聲高喊：「是！」

蔣介石懷著極大的激情，走向後排的入武生，親切地為他每一個人端正軍帽，整飭戎裝，他走到肖大山的面前，輕聲問道：「你入校多久了？」

肖大山刷地一個立正，響亮地回答：「報告校長，第二期學員肖大山，入校十九天！」

蔣介石盯住肖大山的雙眼，鄭重地詢問：「我們就要打仗了，你誠實地告訴我，你怕死不怕？」

肖大山昂首挺胸：「報告校長，升官發財請往別處，貪生怕死勿入斯門！」

蔣介石低聲說了一句：「你叫肖大山，我記住你了！」

說完之後，蔣介石急忙轉過身去，快步離開。

站得筆直的肖大山沒有看到，匆匆離去的校長那兩眶閃閃發光的淚珠。

蔣介石走到高明達的面前：「高明達，我認得你，你是向我遞交入黨申請書的第一人，告訴我，你入校多久了？」

高明達眼含熱淚，立正敬禮：「第二期學員高明達，入校二十三天！」

蔣介石點了點頭，又問：「那你，怕死不怕呢？」

高明達大聲答道：「報告校長，黃埔學生沒有一個怕死的！正在申請加入中國國民黨的高明達更不怕死！」

蔣介石忽然立正，舉起手來，向著高明達敬了一個標準的軍禮：「去戰鬥吧！勇敢地去戰鬥吧！待你勝利歸來，我介紹加入中國國民黨！」

三十五

啪！啪！啪！一陣槍響。

廣州市區，一隊黃埔軍人從晨曦中衝殺過來，幾名商團丁中槍倒地。

一個黃包車工人拉著車，興奮地向黃埔軍人們跑去：「你們是來打陳廉伯的吧？」

高明達急匆匆地對他說道：「是！我們黃埔學生！是革命軍人！這位工友，你快閃開！」

黃包車工人將車子一扔，興奮地說道：「不！那些團丁把我們害苦了！我帶著從後面去抄他們的老窩……」

一間鎖閉著大門的倉庫裡，一大群商團的官兵們架著機關槍，將槍口從現鑿出來的射擊孔中伸出來，正拼命地向前方的街道掃射。

高明達急了，抱著幾顆手榴彈衝到門口，拉著了導火索，放在了大門下邊，轟隆一聲，倉庫的那兩扇大門倒下了。

高明達不等那兩扇大門落地，便瞄準裡面的機關槍手開了槍……

三十六

英國領事館內，尚在夢中的領事被槍聲驚醒，正要憑窗瞭望，武官已經匆匆忙忙地闖了進來。

英國領事急切地問道：「外面發生了什麼事情？」

武官有些慌亂：「孫政府的軍隊進攻廣州了！」

英國領事連連搖頭：「不對，不對，孫政府哪裡來的軍隊？」

武官趕快解釋：「是黃埔島上的那些軍校學生，還有幾夥兒工人自衛隊！」

英國領事一臉傲慢，嗤之以鼻：「這些人可以打仗嗎？這些人可以戰勝陳廉伯嗎？」

武官急忙擺手：「不，他們很有戰鬥力，尤其是黃埔軍校學生！領事先生，我要正式地請示您，我們的海軍要支援陳廉伯嗎？」

英國領事把自己的頭，搖得像一個撥浪鼓：「不，不，不，不，陳廉伯的商軍團，五倍於他的對手，我們完全沒有必要為他擔心！」

三十七

珠江邊上，黃埔軍人們在英勇無畏地向前衝鋒。

盧婉亭帶領著一隊支前的青年們，舉著「打倒軍閥」的紅綠小旗，高喊著助威的口號。

商團的指揮部，陳廉伯叫人將一箱銀元倒在地上：「我這裡有賞！打死一個軍校的學生，賞三塊銀元！打死一個工人自衛隊員，賞兩塊銀元！打死一個……」

誰知，陳廉伯的話，還沒有說完，一個團丁便跌跌撞撞地跑進來，驚慌失措地叫嚷起來：「報告團總！我們頂不住了！那些黃埔學生軍太厲害了……他們已經攻上來了……」

陳廉伯惱火地抓起了一把銀元，狠狠地砸在那個團丁臉上：「什麼頂不住了？仗還沒打呢，怎麼就頂不住了？我這裡有賞，叫他們頂住！」

三十八

十字路口上，肖大山手持步槍，以打鳥一般的姿式，一連擊斃了幾個團丁。

路口的角落，商團街壘中，一挺重機槍，拼命地向黃埔學生軍掃射，幾名學生及支援革命軍的市民倒在血泊中，革命軍的衝鋒被阻止了。

一名軍官從硝煙中衝了出來，衝著肖大山大喊大叫：「肖大山！肖大山！」

肖大山急忙回答：「到！」

那個軍官指著進攻道路上犧牲了的革命軍屍體，焦急地對肖大山下達了命令：「想辦法，瞄準打，一定要把那挺可恨的重機槍，給我幹掉！」

肖大山領命連發數槍，子彈全都落在重機槍的護板上。

肖大山急了，他不顧一切地站起身來，舉目環顧前方，看見了那個重機槍陣地的旁邊有一個小樓，肖大山立刻爬上房頂，機靈地從這間屋頂，跳到那間屋頂，勇敢地向著那個小樓衝了過去。

軍官一陣興奮：「好！肖大山，我用火力掩護你！」

肖大山勇敢地在屋頂上攀登，跳躍著，如雨的子彈在他的身邊呼嘯而過，他卻毫不畏懼。

眾多助戰的市民紛紜在向他呼喊，為他叫好。

盧婉亭的眼淚在激動之中拼命地流淌，她大聲地呼喚著肖大山的名字：「大山哥！我愛你！大山哥！小心啊……」

槍林彈雨中，肖大山終於爬到了街壘上方的小樓頂上，但是，由於角度的障礙，肖大山始終找不到射擊的位置。

盧婉亭緊張地高喊著：「大山哥！開槍啊！快開槍啊！」

助戰的群眾也不停地催促著肖大山：「開槍啊！快開槍啊……」

情急之中，屋頂上的幾包生石灰引起了肖大山的注意，他拼命地搬過一包，用步槍上的刺刀將包裝劃破，雙手舉起來，從小樓頂上拋撒了下去，街壘中白灰迷漫，團丁大亂，重機槍頓時停止了射擊……

軍官興奮地從地上一躍而起：「同學們！衝啊！」

軍校學生們同聲高呼：「衝啊！衝啊……」

三十九

英國領事館內，氣氛緊張而尷尬，領事與武官討論著對策。

武官一臉迷茫地對領事說道：「不可思議！完全不可思議！您是否可以告訴我，陳廉伯，怎麼會一下子就失敗了呢？」

英國領事惱火地攤開雙手：「我沒有辦法告訴你任何事情！我連個思索問題的時間都沒有，告訴你些什麼呢？陳廉伯連觀察戰局的時間，都沒有留給我們！」

武官遲疑了一下，又對領事說道：「可是，我們對這位陳廉伯先生是有過承諾的。您說，是不是考慮讓我們的海軍登陸，或者從香港調一些士兵過來……」

英國領事連忙擺手，近於粗暴地打斷了武官的話頭：「現在不是一八四〇年，並且，今日的國王不再是維多利亞那個令人尊敬小姑娘！沉穩的喬治五世，不可能讓英國第三次與中國開戰！」

武官有些想不通：「不，不，不，我們不必去找喬治！只要你同意了，我馬上就可以調動香港的水兵……」

武官的話再一次被領事打斷：「不！你永遠都不要再考慮讓聯合王國的水兵在中國登陸的問題！」

武官仍然想不通：「可是，到底為什麼？領事先生！」

英國領事一再搖頭：「難道你還沒有從陳廉伯在一瞬間覆滅這個事實面前，領悟出什麼來嗎？」

武官則一頭霧水：「您究竟希望我領悟到什麼呢？尊敬的領事先生！」

領事十分坦率地說道：「我已經從陳廉伯的失敗之中，清晰地看到，中國這個巨大的睡獅，今天已經醒來了！打擊陳廉伯，只是這個睡獅，在醒來的一瞬間打的一個噴嚏！我想，陳炯明、孫傳芳、吳佩孚，都將會在很短的時間內，重蹈陳廉伯今天的覆轍，醒來的中國，不可能再讓他們指手劃腳了！」

武官思索了片刻，點頭說道：「我相信您的判斷是準確的，儘管我非常不願意看到這種事情發生。」

領事站起身來，走到視窗，望著外面紛紜的人群，良久之後，突然說道：「我願意看到的是，在今天的勝利者中，會出現我們未來的朋友……」

四十

勝利的黃埔軍人排著整齊的隊伍從市區穿過，工人和市民興高采烈地向他們歡呼。

盧婉亭在人群中踮起腳尖，伸出頭來，一眼便看見了昂首闊步行走在隊伍中的肖大山，她不顧一切地衝了上去：「大山哥！大山哥！你好捧啊！」

肖大山驕傲地看了盧婉亭一下，隨著隊伍繼續前進著。

帶隊的連長走過來問道：「肖大山，這個漂亮的女學生是你的妹妹？」

肖大山連忙回答：「不是，她是我們家鄉一個大財主的二小姐！」

連長微微一愣：「噢，二小姐！可我看她對你蠻親熱的嘛！」

肖大山那仍然沾有一些石灰的白臉，突然變得有點發紅：「我們……我們從小一起長大的，現在又一起投奔了革命！」

連長恍然大悟：「啊，原來是青梅竹馬呀！那她眼下在哪裡呀？」

肖大山趕緊回答：「她現在是農民運動講習所的學員！」

連長高興地點了點頭，說道：「好！好！我放你兩天假，你去看看她，順便也去聽一聽彭湃同志講的課！」

肖大山聽了忙問：「彭湃同志？連長，你是共產黨吧？你說，共產黨與國民黨有區別嗎？」

連長稍加思忖後說道：「現在兩黨都是幹革命的，但是，還是有一些區別的！我以後慢慢地給你講！」

四十一

深夜，皓月如燈，軍校操場上，肖大山一個人在苦苦練習刺殺動作。

蔣介石無聲無息地走到肖大山的身後，靜悄悄地觀察著肖大山的動作。

肖大山突然之間發現了蔣介石，急忙收槍立正敬禮：「報告校長，學生肖大山正在練習刺殺！」

蔣介石帶著明顯的嘉許，伸出手來將肖大山高舉的右臂扶了下來：「好！好！好！我來問一問你，當一名好的軍官，最重要的是什麼呀？」

肖大山再一次立正：「報告校長，不怕死！敢犧牲！打仗勇敢！」

蔣介石望著肖大山掛滿汗水的臉，親切地搖了搖頭：「不！當一名好的軍官，最重要的是服從主義！絕對地服從我們自己所選擇的主義！一切的行為都要以三民主義為中心！我送一句話給你——革命軍人的根本精神，就是為主義而死！」

四十二

長沙城裡，天還沒有大亮，汪江萍的家中便打開了門。

汪江萍手上提著一隻皮箱，臉上顯出一副依依不捨的模樣。

汪伯軒和張玫英憂一齊伸出手來，用力把汪江萍推出了門外，憂心忡忡地催促她說道：「趕快走吧！趕快走吧！黃包車就在後門外面，上車後一定要把簾子放下來！一路上，千萬要小心啊！」

汪江萍上了黃包車，黃包車夫拉起車子。在黎明時分那空無一人的馬路上飛快地跑了起來。

長沙潮宗門城門口，一個少校副官禮貌地伸手攔住了黃包車。

汪江萍只好打開簾子，故作鎮靜地問道：「長官，你有什麼事嗎？」

少校副官客氣地向汪江萍行了一個軍禮：「請問，是汪江萍汪小姐吧？」

汪江萍微微一愣，馬上故作驚訝地說道：「汪江萍？汪江萍是誰呀？」

少校副官取出一張汪江萍的照片，雙手舉到汪江萍的面前：「那麼，請小姐仔細地看一看，這個照片上的美貌女子又是誰呢？」

無可奈何之下，汪江萍反而不怕了，她把臉一抬，憤怒地說道：「我就是汪江萍！怎麼啦？難道，光天化日之下，你們還想搶人不成？」

少校副官又給汪江萍行了一個禮：「哪裡！哪裡！汪小姐誤會了！我哪裡敢搶你汪小姐呢？是我們的嚴師長想和汪小姐敘談、敘談……」

四十三

黃埔軍校中，一個普普通通的夜晚，熄燈號早已經吹過了很久。

宿舍裡漆黑一團，可是，高明達、肖大山、蔣先雲、賀衷寒這同住一室的四名學生，仍然圍坐在簡易的書桌旁，各持己見地爭論著中國的未來命運和國共兩黨的政治主張。

賀衷寒把腦袋儘量地伸向桌子的中間，努力克制的激動的情緒，壓低了聲音說道：「我讀過四書五經、左傳、資治通鑑，五四運動時，我就被選為學生領袖，二二年，湖南第一紡紗廠發生工潮，工人代表、共青團員黃愛和龐人銓，被趙恆惕逮捕殺害，我賀衷寒以極大的義憤發表了《黃龐案之真相》一文，不僅替死者鳴冤，還大罵了趙恆惕，你們說，誰能否認，我是一個不顧黨派成見，一心一意想讓自己的祖國強大起來的人？」

蔣先雲也伸出腦袋，黑暗之中，幾乎與賀衷寒頭頂頭撞在一起：「一九二〇年冬天，你還參加過董必武和陳潭秋，在武昌組織了一個馬列主義學習小組，還拜過我黨領袖陳獨秀同志為師學習俄語，二一年九月，你被選為東方勞工代表大會代表，與張國燾同志前往莫斯科開會，雖然，你沒有參加中國共產黨，但是，我們中國共產黨人從來都視你賀衷寒為同志、為戰友，我們黃埔同學也沒有否認你是一個願意為國家、為民族而努力奮鬥的人呀？」

賀衷寒一下子提高了嗓門：「那麼，你蔣先雲為什麼要攻擊我們『孫文主義學會』？為什麼要攻擊我們『白花書社』？為什麼要攻擊我賀衷寒呢？」

蔣先雲的聲音地陡然升高了：「那是因為你賀衷寒首先挑撥國共合作！那是因為你們『白花書社』不斷地演出侮辱共產黨、誹謗共產黨的節目！那是因為你們『孫文主義學會』完全背叛了中山先生聯俄、容共、扶助農工的三大政策！你已經拋棄了當初那種為了國家前途和民族命運而求大同、存小異的政治風度！」

賀衷寒生氣了，憤憤然說道：「什麼政治風度？我有鐵一般的事實，證明你們共產黨人不講道德！不講信用！出爾反爾！」

蔣先雲的頭，終於頂到了賀衷寒的腦袋：「你說得是張國燾吧？共產黨是一個組織，並不是任何一個個人所能代表的！張國燾和你在莫斯科的糾紛，不過是你們兩個人之間的恩怨而已！」

賀衷寒一絲一毫也沒有退縮：「個人之間的恩怨？那麼，你們中國共產黨的中央委員會總書記陳獨秀公開宣佈，開除我中國代表團的團籍，也是個人恩怨嗎？」
蔣先雲的頭一下子縮了回來，聲音也不由自主地放低了下來：「哼，那是因為你在莫斯科的言行，有惡毒攻擊蘇聯共產黨的傾向！有反對布爾什維克的傾向！」
肖大山趁機插話：「我說，你們兩位學長不要再爭了好不好！共產黨也好，國民黨也好，大家不都是為了反對帝國主義，都是為了反對軍閥嗎？」
高明達也連忙勸道：「是啊！大家都是一校學友，在平息陳廉伯反動商團的戰鬥中，你們都能夠並肩作戰，彼此掩護，為什麼，在宿舍裡，居然不能友好相處呢……」
賀衷寒的聲音頓時和緩了幾分：「戰火中凝聚的親情，校園裡結成的友誼，我賀衷寒自當會銘心刻骨！但是，主義之爭，關係著國家前途、民族未來，我賀衷寒更不敢有一絲動搖！」
蔣先雲卻一步也不肯相讓：「好啊！那就讓以後的實踐，來檢驗我們今日的辯論吧！」

四十四

第二天早上出操之後，蔣介石親自點了蔣先雲的名，把他請到了主席臺上來。
蔣介石親切地對蔣先雲問道：「我今天，想請你給同學們談一談你對當前中國時局的看法！」
蔣先雲在立正敬禮之後，毫不猶豫地說道：「從這幾年革命黨一次次失敗的情形來看，要求得中國的獨立和強盛，就要打倒帝國主義，就要打倒反動軍閥！而要打倒這兩個兇惡的敵人，僅僅依靠革命黨人的努力是不足夠的！甚至，僅僅依靠革命軍的努力，也是不足夠的！帝國主義與反動軍閥是全中國四萬萬同胞一切悲慘命運的製造者，也是全中國四萬萬同胞的死敵！既然是同仇敵愾，所以，可以發動和依靠千千萬萬最普通、最為廣大的勞工大眾，一起與他們鬥爭！鑑於他們的力量，目前還十分強大，所以，也必須發動和依靠千千萬萬最普通、最為廣大的勞工大眾，一起與他們鬥爭！」

蔣介石聽到這裡，不禁帶頭鼓掌，大聲稱讚：「講得好，講得好，有了像你這樣明白而有為的青年，將來我們的國民革命一定能成功！」

蔣介石對蔣先雲的這種禮遇和表彰，大長了陳賡等共產黨員學生的志氣，也令賀衷寒等國民黨員學生，很不服氣。於是，無論是在課堂裡，還是在操練上，國民黨員學生與共產黨員學生，暗中較勁，一場比課業、比技能、比精神的大賽，無聲無息地開始了……

其實，蔣介石早就聽說蔣先雲是一位搞過工人運動的著名共產黨人。他還清楚地記得，在黃埔軍校的入學考試時，蔣先雲以一篇《論中國貧弱的原因和挽救之道》，而奪取桂冠，名列筆試總分第一，他知道，蔣先雲尤其是寫得一手非常漂亮的文章，他當初在閱卷的時候，就被蔣先雲的文章裡對中國當前國外帝國主義與國內軍閥互相勾結利用那種獨到而精闢的分析所打動。因此，當時，他從上衣口袋裡掏出鋼筆和筆記本，記下了蔣先雲的名字。

四十五

長沙城裡，嚴哲雲官邸中的大堂上，汪江萍正在義憤填膺地痛斥嚴哲雲：「嚴哲雲，你這個鮮廉寡恥的無賴！你不要以為自己是軍閥吳佩孚的一條走狗，天下的人就都會怕你！我汪江萍不吃你這一套……」

嚴哲雲客客氣氣地打斷了汪江萍的喝罵：「聽我說，汪小姐！你不必這麼激動，你也不必開口軍閥，閉口走狗的！你是一個讀書人，我也是一個讀書人，讀書人應該是明事理，知天下的！你仔細想一想，從東到西，從南到北，哪一位帶兵的人，不是你所說的軍閥呢？大的，有張作霖、吳佩孚、孫傳芳，小的，張宗昌、靳雲鵬、盧香亭、劉鎮華、張廣建……你說說看吧，哪一個不是你所說得軍閥呢？莫非，你汪小姐要把全中國帶兵的人，統統都罵倒不成嗎？」

汪江萍毫不退縮，衝著嚴哲雲高聲地說道：「你說對了！我就是要把你們這些大大小小的狗軍閥，都罵倒！」

嚴哲雲寬容地哈哈一笑：「哈哈，不自量力了！汪小姐！再說了，軍閥怎麼了？啊，軍閥有什麼不好？啊，駐一方土地，保一境平安……」

汪江萍狠狠地朝著嚴哲雲的臉上啐了一口，大聲地罵道：「呸！你們勾結外寇，出賣主權！狂徵暴斂，糜爛地方！禍害百姓，強搶民女！算是什麼好東西……」

嚴哲雲的臉上終於顯出了一絲怒容，他狠狠地瞪了汪江萍一眼，轉過身去，對著傻傻愣在一旁的傭人說道：「汪小姐今天心情不好！我們改日再談吧！王媽！好好地伺候汪小姐……」

四十六

夜晚，傭人王媽端著一碗蓮子粥，走進了嚴哲雲官邸中那個專門為汪江萍準備的房間，看到門外哨兵正好站在遠處抽煙，王媽便趕緊走到汪江萍的身邊，趁著給汪江萍遞蓮子粥的機會，小聲地對汪江萍說道：「閨女！這個嚴師長是個笑面虎，別看他臉上總是掛著笑臉，心裡面可藏著刀子呢！你可要小心啊！」

汪江萍也壓低聲音問道：「王媽，你知道不知道，他到底想把我怎麼樣？」

王媽急匆匆地回過頭去，偷偷看了一眼門外的哨兵，連忙說道：「我剛才在客廳裡面，聽見他和一個妖裡妖氣的媒婆，正說你的事情呢！嚴師長說，讓那個媒婆一會兒過來，最後再勸你一回，要是你還不答應……他就……他就要來硬的了！」

汪江萍聽了臉色一沉，稍作思索，馬上說道：「王媽，你能不能幫我帶一封信出去呀？」

王媽想了一下，一咬牙，說道：「好！閨女，我給你帶……」

夜深人靜，嚴哲雲的官邸中一片寂靜，只有汪江萍門口外邊窗戶下面坐著的那個哨兵，時不時地打響幾聲呼嚕。

室內，汪江萍悄然無聲地點燃了一盞油燈，在急急忙忙地寫信——明達：我被軍閥嚴哲雲綁架，身陷囹圄。但我絕不會賣身為奴！緊急關頭，我會自行了斷，以保清白！望你日後殺盡天下軍閥，為我報仇血恨！永遠愛你的萍。

寫完之後，汪江萍望著白紙之上自己的簽名，忽然咬破手指，將那一汪鮮血用力地按在了自己的簽名上……

四十七

黃埔軍校裡，肖大山與高明達在院子中交談。

肖大山十分尊重地對高明達問道：「明達，你讀的書比我多，我鄭重地請教一下你，你說說看，這共產黨和國民黨到底有什麼不同呢？」

高明達想了一下，說道：「共產黨的最終目標，是消滅一切人剝削人，人壓迫人的社會制度，建立共產主義社會。國民黨的主張，是以三民主義為宗旨，建立資產階級民主共和國。」

肖大山又問：「那你說，這兩個目標，到底哪一個是正確的呢？」

高明達又想了一下，說道：「其實，我覺得，這兩個目標，應該說都是正確的。你看，如果真的能夠消滅世界上的一切的剝削階級，消滅世界上的一切的壓迫階級，建立一個人人平等的社會制度，實現各盡所能，按需分配的共產主義社會，當然是很好的呀！可是，中山先生所一力宣導的三民主義，以民族主義，反對民族壓迫，反對一族統治，求中國各民族解放，反對帝國主義侵略，中國境內各民族一律平等，以民權主義推翻君主專制政體，建立國民政府，國民一律平等，民權為一般平民所共有，凡真正反對帝國主義之個人及團體，均得享有一切自由及權利，以民生主義，平均地權，節制資本，富民強國，當然是正確之極的啊！這不正是全民的急切要求，正是我們的奮鬥目標嗎？」

肖大山也想了一下，然後問道：「那你說，這兩個目標，哪一個更容易實現呀？」

高明達：「當然是國民革命的目標，更容易實現了！共產主義的實現，可能要經過許許多多代人，漫長的努力奮鬥！」

肖大山真誠地看著高明達，下決心地說道：「仗總是得一場一場地打！那麼，我還是支持國民黨吧！先把眼前的這個目標，實現了再說……」

四十八

長沙城裡，嚴哲雲的官邸中，趁著夜晚，王嫣端著一盤點心悄悄地走進汪江萍的房間，汪江萍連忙將那封寫好的信，交給王媽：「王媽，拜託你了！」

王媽接過汪江萍的信，一邊往懷裡揣，一邊說道：「閨女！你放心吧！信我會在明天上街買菜的時候，替你寄出去！」

汪江萍想了想又說道：「王媽！你有剪子嗎？」

王媽一愣，脫口而出：「有啊！你要剪子幹什麼？」

汪江萍儘量不動聲色地說道：「我想剪剪頭髮……」

片刻之後，王媽拿著一把剪刀走了進來，未及說話，汪江萍衝上去就奪，王媽死死地握住剪刀，猛地一下子把汪江萍推倒在床上：「閨女！你可千萬不能尋短見呀！」

汪江萍流著眼淚無奈地說道：「落在了這個狗軍閥手裡，你說我還能怎麼辦？」

王媽連忙勸道：「閨女！絕路千萬不能走！我兒子是南邊的，是北伐軍，你聽話過吧？他前不久捎信回來了，說是南邊要起兵，到北邊來打這些軍閥！閨女啊！留得青山在，不怕沒柴燒！你是一個有學問的人，不要急著尋短見，重多在腦子上下功夫……」

四十九

一個媒婆走進了嚴哲雲的官邸，帶著一臉假笑，對汪江萍說道：「唉喲兒，我說汪小姐，人家嚴師長多麼好一個人呀！又能文又能武的！何況，人家又不是委曲你讓你做小！這可是讓你當明媒正娶的將軍夫人哪！唉呀，要是我有你這個好福氣……」

汪江萍聽了假意說道：「你說什麼？不是做小？」

媒婆雙手一拍，高聲地說道：「當然不是了！唉喲兒，你還不知道吧？嚴師長的太太，三年前得肺病死了！人家可是要娶你為繼室正堂夫人呀！」

假裝著恍然大悟的樣子，埋怨似地說道：「原來是這樣啊？那我也不答應！誰讓他不跟我說清楚的！」

媒婆連連跺著腳，大罵嚴哲雲糊塗：「怎麼？這麼大的事情，他嚴師長居然沒有跟你說清楚？唉喲兒，你說這個人怎麼這麼糊塗啊？那咱們是不能這麼便宜了他！得讓他給咱們賠禮……擺上一大桌子酒席給咱們賠禮道歉！你等著，你等著，我這就找他去……」

汪江萍反而一把拉住那個媒婆：「你等等，我還得先問問清楚，那，他以後還納不納小妾？」

媒婆的頭搖得像個撥浪鼓：「不納！不納！不納！嚴師長說了，只要你肯答應，他日後絕不納妾！」

汪江萍假裝著思索再三之後，下了決心的樣子，對媒婆說道：「那好吧……要不……你叫他進來，我自己跟他說……」

五十

黃埔軍校的宿舍裡，高明達一個人在讀汪伯軒的來信——明達賢侄如晤，世道不公，兵者如匪，小女江萍，被長沙守備師師長嚴哲雲所擄，意欲強娶為妻，我等多方奔走，救贖無門，望見字後，火速返湘，以圖援解……

讀著讀著，高明達拍案大怒：「嚴哲雲！你這個不要臉的狗軍閥！老子要扒了你的狗皮……」

陳賡聞聲一驚：「高明達，你打算扒下誰的狗皮呀？」

高明達一抖手中的信紙，悲憤萬狀地說道：「吳佩孚的一個走狗！趙恆惕的一位家奴！長沙守備師師長嚴哲雲！他……他搶了我的女朋友汪江萍！」

陳賡聽了一愣，急忙問道：「明達，你想怎麼辦？」

高明達稍一遲疑：「我……我想請幾天假！回長沙……」

陳賡脫口說道：「回長沙？一個人單槍匹馬地消滅嚴哲雲的守備師？一個人單槍匹馬地趕走趙恆惕？一個人單槍匹馬地打垮吳佩孚？」

高明達雙手一攤：「那，你說我怎麼辦？難道，眼睜睜地看著自己的女朋友，被這個王八蛋給糟蹋了？」

陳賡想了一下之後，關切地說道：「聽我一句勸告，好嗎？兄弟，你一個人，是鬥不過這些王八蛋的！要想打倒他們，要想徹底地推翻他們，只有一條路，北伐！打垮趙恆惕！打垮吳佩孚！打垮一切欺壓百姓的狗軍閥！把全中國所有的，大大小小軍閥們的狗皮，統統扒下來！」

高明達十分為難：「可是……」

陳賡好言相勸：「好兄弟！我們馬上就要出征了！去東江，去打擊陳炯明！這個時候，作為黃埔軍人，作為革命戰士，你，能走嗎？」

高明達手捧汪伯軒那封來信，淚流滿面。

陳賡在背後輕輕地撫摸著高明達的肩頭：「明達，血債血償！遲早，我們要扒了他的狗皮……」

五十一

長沙城裡嚴哲雲的官邸中，佯裝想開了的汪江萍對嚴哲雲說道：「唉，你把我搶到這裡也有一個多月了！如今，我也想開了，一個弱女子，在你這個守備師長面前，又有什麼辦法呢？唉，沒辦法，只好也就算了！」

嚴哲雲嫣然一笑，和和氣氣地說道：「江萍小姐，我嚴某人的方法，的確是蠻橫了一點！可是，我對你江萍小姐，確實是出自一片真心啊！我對天發誓，一定會……」

汪江萍假裝厭煩嚴哲雲的那一套說詞：「好了！誓你不用再發了！還不是那一套陳詞濫調嗎！只要你肯答應我一個條件，我也就嫁雞隨雞、嫁狗隨狗了！」

嚴哲雲連忙說道：「江萍小姐請講！」

汪江萍淚水盈盈地說道：「你把我搶到這裡一個多月了！我的父母，也不知道急成什麼樣子了……」

嚴哲雲趕緊接過汪江萍的話題，端出一副誠懇的模樣說道：「這個你不必擔心，岳父岳母那邊，我每天都派人去請過安的……」

汪江萍一揮手打斷了嚴哲雲的話：「你說得話，他們能相信嗎？」

嚴哲雲連忙一笑：「那麼，就請江萍小姐寫上一封親筆信……」

汪江萍急忙擺手：「不！不！不！我要回家看看！而且，要在家裡住上三天！」

嚴哲雲的眉頭微微一皺：「江萍小姐，不是想耍什麼花招吧？」

汪江萍把臉一扭：「隨你怎麼想！不過，要是你連這一點人之常情，都做不到的話，那麼，我汪江萍也只好一死了事了！」

嚴哲雲和藹地一笑：「別！別！別！明天一早，我嚴某人就親自送江萍小姐回娘家……」

五十二

時值半夜三更，全城一片寂靜，汪江萍的家中卻亂成一團。

張玫英焦慮不安地對汪江萍說道：「明天一早，這三天的期限就要到了！天一亮，那姓嚴的花轎，便要到咱們的家門口了！這可怎麼辦呢？」

汪伯軒雙眉緊鎖，唉聲歎氣：「是呀！屋子裡，堆著他姓嚴的彩禮，這前後的門和巷口上，到處都是嚴哲雲的兵，咱們汪家，被他圍得水泄不通！這可怎麼辦呢？」

汪江萍胸有成竹，不慌不忙地對父母說道：「爸！媽！別著急！女兒自己倒是早就有了辦法！只不過是擔心那個姓嚴的會拿你們二老出氣呀！」

張玫英急得連連跳腳：「唉呀，只要你能平安出走！我們有什麼好怕的？你快說！」

汪江萍嘿嘿一步，轉過頭去，喊了一聲：「秀蘭姐！你快出來吧！」

汪江萍的話音剛落，一個打扮成新娘子的姑娘，從汪江萍的臥室裡走了出來。

汪家父母大吃一驚：「唉喲兒！她是誰呀？」

秀蘭揭開蓋頭，哈哈一笑：「我是誰？哈哈……哈哈……我就是明天早上替江萍小妹上花轎的新娘子呀……」

五十三

天光大亮，汪家門口，一頂花轎在一群大兵用軍號吹響的迎親曲子中落了下來。

汪家父母穿著綢緞新衣，攙扶著一位頭上蓋了紅綢子的新娘子，慢慢地走了出來。

一陣清脆的槍聲，代替了尋常百姓的爆竹。

在周圍鄰居們的一片驚愕之中，那頂花轎被四個扛著槍的大兵抬走了……

嚴哲雲的官邸，張燈結綵，高朋滿座，熱鬧非凡。

嚴哲雲一身新郎倌的打扮，湖南駐軍李師長站在他的身邊說笑著。

圍觀的人群散盡之後，汪家後門悄悄地打開了一條縫，汪江萍無聲無息地走出來，上了一輛黃包車。

隨著軍號吹響的迎親曲，花轎來到了官邸大門外，嚴哲雲趕緊上前接轎。

大廳裡，婚禮正在舉行，一個副官帶著十足的喜慶，放聲高喊：「一拜天地！二拜高堂！夫妻對拜……」

長沙開往廣州的客船上，汪江萍眺望漸漸遠去的長沙城，臉上顯出逃出樊籠的欣喜和遠離父母的憂傷。

嚴哲雲的客廳裡，李師長等人舉杯大喊：「哲雲老弟！打開蓋頭！讓大家看看新娘子的美貌啊！」

嚴哲雲笑著上前，慢慢掀開了蓋頭，定睛一看，頓時大吃一驚：「怎麼？是你？」

站在嚴哲雲身邊的李師長更是大驚失色：「秀蘭？你這是在搞什麼名堂？」

秀蘭笑眯眯地走到李師長面前說道：「爸爸！我是替我的同學汪江萍，來嫁您的老朋友嚴師長啊……」

嚴哲雲的臉上顯出一片憤怒，歡天喜地的婚禮，頓時變得一片尷尬。
李師長勃然大怒，上前一步，狠狠地抽了秀蘭一個耳光：「你……你……簡直是胡鬧！」
秀蘭毫不畏懼，大聲地反駁道：「依仗兵權，強搶民女，你們才是胡鬧呢……啊……」

五十四

黃埔軍校的會場上，蔣介石又一次結束了對同學們的講話，但是，他卻沒有像平時那樣，在一片掌聲中走下講臺。
蔣介石的一臉嚴肅之中，不由自主地顯露出一片親情和愛憐，他久久地站立在主席臺上，對著台下的數百名同學，望了又望，然後，突然喊道：「蔣先雲！」
台下，蔣先雲立正敬禮，高聲答道：「報告蔣校長，一期學員蔣先雲到！」
蔣介石看了看蔣先雲，又看了看同學們，又喊道：「陳賡！」
台下，陳賡立正敬禮，高聲答道：「報告蔣校長，一期學員陳賡到！」
蔣介石又喊了一聲：「賀衷寒！」
台下，賀衷寒立正敬禮，高聲答道：「報告蔣校長，一期學員賀衷寒到！」
蔣介石點了點頭，高聲說道：「你們三個人，走到臺上來！」
蔣先雲、陳賡、賀衷寒三個人同時答道：「是！」
隨即，三個人踏著正步走上了主席臺。

蔣介石指著蔣先雲、陳賡、賀衷寒三個人，對台下的同學們說道：「蔣先雲、陳賡、賀衷寒，你們並稱『黃埔三傑』，也是我最為得意的門生！特別是這個蔣先雲，文武兼備，更是十分難得的人才！今天，我想當著全體同學們的面，問一問你，蔣先雲，你願意不願意參加到國民黨中來呀？」

蔣先雲立正敬禮，高聲回答：「報告蔣校長，我已經是國民黨黨員了呀？」

蔣介石連連擺手：「你那個不算！你是以共產黨員的名義集體加入國民黨的！不算數！不算數！我是問你，願意不願意退出共產黨，單獨參加到國民黨中來？」

蔣先雲脫口而出：「不！我不願意！我絕對不會退出共產黨的！」

蔣介石的臉上顯出一絲驚愕：「為什麼？」

蔣先雲立正說道：「中國共產黨是中華民族先進分子的代表！是為了把中國從帝國主義及其走狗反動軍閥打倒，是為了使中國的國民革命取得勝利，才響應孫中山先生的號召，集體參加國民黨的！我是一名中國共產黨員，我絕對不會背叛自己的組織！」

蔣介石有些無奈，他又對陳賡說道：「陳賡，我一直都很欣賞你！你願意不願意，單獨加入國民黨呢？」

陳賡稍稍思索了一下，對蔣介石立正敬禮說道：「國共兩黨親密合作，在當前反對帝國主義，反對封建軍閥的戰鬥中目標一致，攜手並肩！學生以為，沒有必要再做跨黨的行動了。」

臺上，賀衷寒看不下去了，他突然上前一步，對著蔣介石立正敬禮，大聲說道：「報告校長，學生賀衷寒向您莊嚴宣誓——一生一世，追隨三民主義！一生一世，效忠國民黨！一生一世，做校長的學生！」

蔣介石看了看臺上的這『黃埔三傑』，又看了看臺下的同學們，長長地歎息了一聲，轉過身去，慢慢地走下了主席臺……

忽然，在會場那一片令人尷尬的沉寂中，傳出了一聲呼喊，肖大山在密密麻麻的人群中，高高地舉起了手臂：「報告校長！軍校第二期學生肖大山申請加入中國國民黨！」

蔣介石微微一愣，隨即，筆直地快步走到了肖大山的面前，他壓制著心中的激情，不動聲色地問道：「告訴我，你申請的理由！」

肖大山咔嚓一個立正：「追求三民主義！實現革命理想！」

蔣介石盯著肖大山的雙眼，厲聲喝問：「當著全體同學，公開向我申請，是不是想出個大風頭，為今後當官來鋪路！」

肖大山的雙眼清澈如水，他毫不猶豫地說道：「為了實現三民主義，學生不怕當官！不怕不當官！更不怕今日便死！」

蔣介石的雙眼激動地跳蕩了一下，他大聲地問道：「不怕當官？不怕不當官？更不怕今日便死？你講一下，為什麼不怕？」

肖大山以更大的聲音，響亮地答道：「因為，學生記住了校長送我的一句話——『革命軍人的根本精神，就是為主義而死！』」

蔣介石被震驚了。

他沒有再說話，在充滿深情地凝望了肖大山很久之後，默默地轉過身，走了……

五十五

元旦之夜，廣西名流，白崇禧的老師，李濟深的長兄李任仁先生在家中設宴，招待白崇禧，向白崇禧講述北伐戰爭的重大意義，希望白崇禧以國家民族利益為重，成為北伐戰爭中的軍事家。

白崇禧向李任仁表示，要立即同李宗仁商議北伐大計。

一月二日，李宗仁與白崇禧、黃紹竑等廣西的巨頭們，連夜召開緊急會議，討論廣西參加北伐戰爭問題。

黃紹竑一向是個急性子，率先開了口：「德鄰公、健生弟，經過兩年戰亂，現在，廣西的局面剛剛有所穩定，正值百廢待舉之時，是不是先抓緊時間，讓百姓休養生息，讓部隊做些調整，然後，再說北伐的事情？」

李宗仁連連搖頭說道：「去年五月二十三日，我們發出玉林通電，批判了陸榮廷在統治廣西期間，塗炭人民的罪惡，再三聲明，我們起兵逐鹿的動機，完全不是為了搶奪地方割據權，而是為了讓廣西，在孫中山先生三民主義的光芒照耀之下，成為中華民國最模範的省份！我們所表明的政治主張，受到了中山先生的讚揚，也受到了廣西民眾和全國民眾的擁護和支持！如果，我們此時不能響亮地提出支援北伐戰爭，掃蕩天下軍閥的態度，那麼，無異於自掌耳光！無異於成為新軍閥！無異於改名換姓的陸榮廷啊！」

白崇禧也毫不猶豫地說道：「我支持德鄰公的意見！我覺得，在北伐戰爭中，廣西不但要旗幟鮮明，而且，要成為最重要的角色和力量！否則，在日益強大的國民黨中，在正在崛起的國民革命軍中，廣西會丟失應有的榮譽，廣西會丟失應有的地位！所以，我們不但要儘快出聲，還必須儘快出兵，我們不能讓廣東獨佔風頭！」

李宗仁點頭說道：「健生的話有道理！現在表明態度，廣西將是國民革命和北伐戰爭的第二主力軍，如果，此時此刻還不表明態度，廣西就被動了！」

黃紹竑：「那麼，好！電告孫中山先生，我們派出白崇禧為廣西全權代表，親赴廣州，晉見孫中山，表明我們支援北伐戰爭的態度……」

五十六

一月十一日夜晚，黃埔軍校會議室，蔣介石、廖仲愷、周恩來嚴肅地坐在一起，討論陳炯明叛變的問題。

蔣介石義憤填膺地說道：「陳炯明這個傢伙，毫無信義可言，他一再反對孫總理！民國十年，他炮擊觀音山總統府，迫使孫總理蒙難，不得已而上了永豐艦，當時，我就站在總理的身旁，我以為，對於這個陳炯明，我們切不可以再有姑息之心，必須消滅了他！」

廖仲愷點點頭說道：「是啊，多少年了，中山先生總是對他懷著挽救之心，不忍加以毀滅，希望著他的覺悟，可他如今又造反了，看來，這一次不加以消滅恐怕是不行的了！」

周恩來附和著說道：「廖公說得中肯！陳炯明為害太甚，是到了消滅他的時候了！」

蔣介石想了一下說道：「陳炯明人多槍多，而我們的手中，目前尚無正式的軍隊，這一場仗如何去打，難道，我們還靠黃埔學生嗎？」

周恩來毫不猶豫地說道：「我看可以，黃埔學生很有戰鬥力！打陳廉伯時，他們都是以一當十啊！」

廖仲愷堅定不移地說道：「總之，無論如何都是要與他開戰的！以目前的狀況來看，即使我們不主動地去打，他陳炯明也要來打我們的！」

周恩來望著蔣介石說道：「廖公說得對！這一仗非打不可！打出去，可以擴大國民革命的主張，同學們也可以學習到戰爭的經驗嘛！」

廖仲愷想了一下說道：「我可以到粵軍去動員，粵軍中，還是有人聽命於中山先生的！」

蔣介石站起身來，鄭重地望著廖仲愷和周恩來，下了最後的決心：「打！只有打倒了反動的陳炯明，才可以讓我們鞏固地擁有廣東這片革命的根據地！」

五十七

一九二五年一月十五日，蔣介石、廖仲愷、周恩來率領一千餘名黃埔師生，列隊在軍校操場。

蔣介石望向那一張張年輕英武的面孔，頓時激動了起來，他大聲地對著同學們說道：「同學們！民國十年，炮擊孫總理的陳炯明，如今又開始了對三民主義的進攻，總理下達了命令，東征！打垮陳炯明！保衛廣州革命根據地！我要像當年在永豐艦上一樣，保衛孫總理！你們願意不願意隨我蔣中正出征啊？」

全體師生一起振臂高呼：「打倒陳炯明！保衛廣州城！打倒陳炯明！保衛廣州城……」

廖仲愷向前一步，響亮地說道：「革命政府決定，蔣校長擔任東征總司令！我們黃埔校軍是東征先鋒隊！我廖仲愷相信你們，必定不辱使命！」

操場上，又響起了一片震天動地的呼聲：「黃埔校軍，不辱使命！黃埔校軍，不辱使命……」

五十八

一月的清晨，珠江邊上，不斷吹來一陣一陣涼爽的風，盧婉亭與彭湃一起慢慢行走著，一邊走，一邊輕聲地交談。

望著奔騰的大江，盧婉亭心潮澎湃，她攜帶著崇拜的神情對身旁的彭湃說道：「彭老師，《資本論》、《共產黨宣言》、《哥達綱領批判》，你給我的書，我都讀過了，讀了這些書，我的心裡好像多了一盞明燈，亮堂了許多啊！」

彭湃高興地對盧婉亭說道：「從一個為了逃婚而離家出走的封建地主二小姐，轉變為一名自覺的無形資產革命鬥士，你有著極大的進步啊！」

盧婉亭動情地說道：「這幾個月裡，我彷彿是在穿透黑暗的夜幕，而奔向那火熱的太陽！」

彭湃望著盧婉亭那一臉的真誠，讚揚地說道：「你說得很有詩意！我們全體革命者，都盼著太陽早一點升起來呀！」

盧婉亭充滿感情地問道：「彭老師，你一定要走嗎？同學們都捨不得你呀！」

彭湃哈哈一笑：「哈哈……婉亭同志，你不是盼著太陽升起來嗎？我到海陸豐去，就是配合黃埔同學東征，打倒反動軍閥陳炯明，讓火熱的太陽先在廣東升起來呀！」

盧婉亭心潮起伏，她眺望著眼前那滾滾東流的珠江，滿懷深情地說道地說：「肖大山也要去東征的！可我卻留在了廣州！」

彭湃輕輕拍了拍盧婉亭的肩膀，鼓勵地說道：「革命需要我們分別，我們就應該坦然地面對分別！好好學習吧，革命事業，需要有先進的幹部推行啊……」

五十九

二月一日，白崇禧來到廣州，孫中山先生在大元帥府熱情洋溢地接見了白崇禧，在極其簡單的寒暄之後，孫中山先生誠懇地向白崇禧講解了三民主義和進行北伐戰爭的重要意義與必要性，他號召白崇禧以戰鬥的姿態，率領桂系軍隊，馬上參加國民革命軍，儘快開赴北伐前線。

孫中山先生的激昂澎湃的革命熱情和無私無畏的獻身精神，極大地感染了白崇禧，白崇禧當即表示：「自己已經同李宗仁、黃紹竑商議過，一致同意以最快的速度，完成出師北伐的準備，果然地參加到中山先生領導的國民革命中來……」

六十

淡水城外，指揮所裡，蔣介石在一張辦公桌旁急速地來回走動，一見到周恩來進來，立刻從桌上拿起一份文件遞給了周恩來：「恩來啊，快，請你看看這個剛剛擬就的規定！」

周恩來連忙接過來一看，原來這是一份以蔣介石自己和廖仲愷黨代表名義擬就的《革命軍連坐法》。

大戰在即，新立軍法，周恩來知道事情緊急，趕快閱讀了起來——在戰場上，如一班退卻，只殺班長；一排退卻，只殺排長；一連退卻，只殺連長。以上皆然，便使百萬士兵，都不可退卻，人人似刀架在頭上，似繩子縛著腳跟，一節一節，連坐牽扯……

蔣介石解釋道：「一、二兩團在選拔奮勇隊時，官兵們竟有我們未曾想到的踴躍之舉，特別是軍校第一期分配在各連排任職的同學們，沒有辜負主義的教育和總理的厚望，置個人生死於度外，競相報名參加！我聽後，心中甚感欣慰。但兵家之事，兩軍對陣，自古都是前進者賞，後退者罰，唯有賞罰嚴明，軍隊才能夠奮勇殺敵，無往而不勝，我制定這個《革命軍連坐法》，就是要在本軍立下這樣的規矩，全體校軍官兵，在戰鬥中唯有不惜個人性命，只顧往前衝的就一定是死也不怕的革命軍人！而以往沒有命令而擅自後退者，依照慣例一般是統統槍斃。然而，官長若肯向前，士兵又何敢後退？所以，應該按本連坐法追究責任，該殺誰的頭就殺誰的頭。作為一條軍法來執行，你覺得怎樣？」

周恩來的眼睛一閃，果斷地點頭說道：「我同意！我同意！」

蔣介石說：「好，攻城戰鬥馬上就要發起，現在立即把它傳達到各部隊，這個《革命軍連坐法》，就從今天攻打淡水開始執行！」

六十一

隆隆的炮聲裹挾著團團火焰，打破了戰前的寂靜，向著淡水城頭傾瀉而去。

隨著蔣介石的一聲令下，早已潛伏在淡水城東門、南門和西南門三個方向的黃埔校軍，第一、第二教導團的機槍，也噠噠噠地響了起來——國民革命軍對淡水守敵具有決定性意義的攻城戰鬥打響了。

「衝擊！前進！」奮勇隊隊長蔣先雲揮舞駁殼槍，一聲高喊，親自率領的黃埔校軍第一團第一營奮勇隊，猛地躍出陣地，如同一支離弦之箭，向淡水城牆撲去。

由陳明仁、肖大山等人組成的第一戰鬥小組，衝擊在該隊的最前面。淡水城內，敵軍的槍彈，從城牆上中下三層射擊孔中，如同暴雨一般向外潑撒開來，不少同學倒下了。

肖大山機智地趴倒在一個被炮彈擊毀的裝甲車後面，從那堆變成廢銅爛鐵的龐然大物中，找到了一個巴掌大的窟窿眼，他把自己的步槍從這個窟窿眼中伸出去，一槍一個，一口氣打死了好幾個敵人的機關槍手。

守敵的火力頓時減弱了。

右翼第三營奮勇隊在黨代表高明達的指揮下，趁此機會，馬上向淡水城西南門發起衝擊，隊員們奮不顧身，冒著淡水城上敵軍猛烈的射擊，一下子衝擊推進了二百餘米，到達了淡水城牆下的壕溝裡面。

「雲梯，快！雲梯！」高明達一連喊了幾聲，卻不見有人，他急切地回過頭一看，幾名架梯隊員，在衝鋒途中全部犧牲了，所攜的那兩架專門為攀登城牆而製作的竹梯，也沒能運送上來。

高明達急得雙眼冒血，狠命地拔下槍上的刺刀，翻過城壕，拼盡全力，拼命地用刺刀挖掘城牆。

可是，這城牆雖係土質，卻十分堅硬，高明達他們幾個人挖了半天，並沒有什麼太大的動靜。

這時，城上的敵人也發現了他們，如雨的子彈，一齊向他們射來，無可奈何，奮勇隊只好先撤了下來。

攻城的戰鬥正在激烈進行，革命軍中，忽然發生了一陣騷亂。

蔣先雲義憤填膺地從跑上來，振臂高呼：「東南兩方的敵人，正趕來支援，我們的團長王柏齡卻不見了！我們必須在敵人的援兵到達之前，拿下淡水城！我是第一期學兵連的黨代表、中國共產黨員，我願意臨時指揮攻城！同意的請舉手！」

宋希濂從一個炮彈坑裡爬了出來，大聲喊道：「我是國民黨員宋希濂，我代表國民黨同學支持蔣先雲！」

陳賡毫不猶豫地說道：「我是共產黨員陳賡，代表共產黨同學支持蔣先雲！」

賀衷寒也高聲地呼喊道：「我是賀衷寒，國民黨員，我堅決支持蔣先雲同學！在對付反動軍閥的戰場上，我相信，共產黨員會與我們同仇敵愾……」

敵人的一陣炮彈打過來，幾名黃埔學生犧牲了，同學們趕快齊聲高呼。

「支持蔣先雲！」

「快下命令吧！我們聽從你的指揮！」

蔣先雲一聲呼喊：「那好！請共產黨員同學們，帶上炸藥包，跟我去炸開淡水城的城門！」

賀衷寒毫不落後，也振臂一呼：「國民黨員同學們，跟著我去當突擊隊！」

埋伏在那輛破爛裝甲車後面的肖大山，看到自己的同學戰友，又一次發起了進攻，頓時又來了精神，城牆上，敵人的哪一挺機關槍鬧得凶，他就專打哪一挺。

終於，鮮豔的青天白日旗，在淡水城頭上獵獵飛揚起來，蔣先雲、賀衷寒等一批黃埔軍人在勇猛頑強地衝鋒陷陣。

一陣又一陣猛烈的攻擊之後，英勇的黃埔校軍勝利了！

六十二

蔣先雲人帶人押解著俘虜，清理著戰場。

老百姓站在戰火摧毀的街市上冷冷地觀看。

一個老大爺歎息了一聲：「唉，凡是來打仗的，都得讓老百姓來出軍費，我們老百姓實在是沒活路了呀！」

賀衷寒走到老百姓面前，大聲地說道：「百姓們！鄉親們！我們是黃埔軍校的學生，我們是國民革命軍！我們攻打淡水城，是要反動軍閥陳炯明的命！我們不要你們的錢！不收你們的稅！受了傷的老百姓，我們會替他們治，打壞了的房屋，我們會去修！我們絕對不會像軍閥一樣欺壓老百姓！」

老大爺聽了周逸群的這一番話，疑惑地問道：「長官，你說得這些話，是真的？」

賀衷寒一把扯下自己胸前的軍符，把軍符翻過來，將軍符的背面工工整整寫著的那十二個字——不要錢，不要命，愛國家，愛百姓捧給老太爺看。

其他的黃埔學生也紛紛扯下自己的軍符，每一塊軍符上，都工工整整地寫著那十二個字——不要錢，不要命，愛國家，愛百姓！

老百姓們頓時激動起來，那個老大爺熱淚流淌：「我活了七十一歲，從來沒有見過不要錢的兵……」

人群中，一個知識份子拭去淚花，振臂高呼：「革命軍萬歲！黃埔學生萬歲！」

老百姓愣了一下，片刻之後，突然一同舉起手臂：「革命軍萬歲！黃埔學生萬歲！」

賀衷寒對著百姓們莊嚴地敬了一個軍禮，大聲高呼：「國民革命萬歲！人民萬歲！」

黃埔學生們一同敬禮高呼：「國民革命萬歲！人民萬歲！國民革命萬歲！人民萬歲……」

六十三

戴季陶是國民黨內公開反對共產黨的代表人物。

他對黃埔軍校接納共產黨員的作法，自始至終持反對意見，黃埔校軍在平定廣州商團暴動和攻打淡水戰役中，取得的勝利，更加重了他對黃埔軍校培養共產黨學生的憂慮。

此次，戴季陶從上海公幹回到廣州，立即來到黃埔島上，不顧已是夜闌人靜，叮叮咚咚地便敲響了蔣介石的房門。

戴季陶和蔣介石早年在日本留學時就相識，回國後，曾一同在革命黨人陳其美的手下工作，在此之後，他們兩人又一起在孫中山的大元帥府裡任職，戴季陶擔任大元帥府的外交次長兼大本營法制委員長，蔣介石任大元帥府少將參議兼粵軍參謀長，倆人是多年的結拜兄弟，可謂情投意合。

老朋友相見，少不了一番寒喧、擁抱，親熱完畢之後，蔣介石知道戴季陶有話要說，便把戴季陶請進了辦公室隔壁的一間密室。

戴季陶憂心忡忡地對蔣介石說道：「中正老弟，你知道不知道，你為潛在的對手培養了多少軍事幹部？」

蔣介石馬上就明白了戴季陶話中的意思，他輕輕地搖了搖頭，對戴季陶說道：「以我今日的位置，恐怕還要繼續培養啊！戴兄須知，這是孫總理的意志啊！」

戴季陶再度搖了搖頭：「哼，我們國民黨人辦的軍官學校，為共產黨人培養人才，中正，這是什麼道理？」

蔣介石雙手一攤，無可奈何地說道：「什麼道理？沒有人家蘇俄的幫助，我們辦得了這所軍校嗎？」

戴季陶眼睛一瞪，打賭似得說道：「你等著看吧！將來有一天，到了政治方式不能解決國共分歧的時候，戰場上開戰的雙方，全都是你中正的學生！」

蔣介石聽了戴季陶的這一番話，不覺微微一愣，他認真地思索了一會，對戴季陶說道：「戴兄！你是黃埔軍校的第一任政治部主任，你有教導學生的義務啊！你有什麼樣的見解，可以直截了當地向學生們去講啊！可以讓軍校的教授部主任王伯齡來協助你！」

六十四

第二天一早，戴季陶便匆匆忙忙地遞給王伯齡一份名單，他讓王伯齡按照名單所列，召來賀衷寒、胡宗南、宋希濂、繆斌等二十餘名國民黨學生，在接待室裡，進行了一次祕密會見。

戴季陶首先把他帶來的兩箱子書，分發給了大家，戴季陶說：「同學們，這兩本小冊子，一本是《孫文主義之哲學的基礎》，另一本是《國民革命與中國共產黨》，我勸同學們認真地閱讀一下，我相信，閱讀之後，必有收益！」

隨之，戴季陶又說：「親愛的同學們，你們都是本黨優秀的成員。你們知道不知道，目前，在我們的國民黨內部，存在著有組織、有預謀的共產黨，存在著國共兩個中心？國共合作，實際上是共產黨所採取的一種寄生政策，造成這種政策的事實者，則是蘇俄控制下的共產國際。共產黨人加入到本黨一年多來，他們不是把國民革命當作真正目的，不把總理的三民主義認作正當的道理，只是借國民黨的軀殼，盡力發展他們的組織和勢力，一旦時機成熟，就會毫不留情地將已被他們掏空了的國民黨一腳踢開，到那時候，非但中國革命的前途被斷送，我們每個國民黨人，也都將死無葬身之地！」

王伯齡立刻起立附和地說道：「國共合作，根本上就是共產黨人使的一個大陰謀，我十分贊成戴主任你的觀點！」

胡宗南也毫不猶豫地說：「共產黨人真是太囂張了，他們還公開組織起了一個『中國青年軍人聯合會』，他們嘴上說『竭誠擁護革命政府，實現三民主義』，但這個『中國青年軍人聯合會』，卻是清一色地由他們共產黨人所壟斷，張口閉口宣傳的，全都是共產主義那一套，是地地道道的赤化機構，目前，他們在全國的許多軍隊，都建立了祕密組織並保持聯繫，會員總計已經有了好幾萬人，大有要將本黨壓垮的架式！」

戴季陶聽了他們的話，帶著挑撥的味道說：「每一個有責任的國民黨同志，現在是到了為捍衛本黨生命而鬥爭的時候了，要以牙還牙，他共產黨能組織起一個『中國青年軍人聯合會』，你們不是也成立一個『孫文主義學會』嗎？你們也可以對共產黨的進攻，進行反攻呀！同學們哪，這是一場你死我活的鬥爭啊……」

六十五

中秋節這日，蔣介石在軍校操場隆重地舉辦了一場黃埔師生團拜會。

會前，蔣介石先令王伯齡替每位師生都斟上了酒。

司儀宣佈團拜會開始之後，蔣介石端起酒杯親切地說道：「親愛的教官們，親愛的同學們，讓我們一同舉杯吧！中秋團圓之夜，佳友良朋相聚，望著在座我的好學生們，我心裡十分高興！自去年四月奉總理之命創辦軍校，一年多來的艱辛歷程，幸得各方面的擁戴和幫助，全體官生浴血奮戰，黨軍始有了今天的基礎！」

說到這裡，蔣介石的聲音有些激動：「現在我提議，第一杯酒敬我們犧牲的同學！」

聽到了蔣介石的這一番話，所有的人都靜靜悄悄地把杯中的酒酒，灑向身邊的地上。

蔣介石重新坐下後，忽然以一種痛心疾首的語調說道：「最近我聽說在我們軍校同學，甚至一些官長之間，接連出現了一些嚴重影響團結的事情，個別人甚至動了武器，影響極其惡劣。當初你們發起成立中國青年軍人聯合會和孫文主義學會這兩個組織，初衷都是好的，我和廖黨代表都支持，你們雙方有些觀點不同，可以坐下來討論，為什麼會發展到像今天這樣彼此對立，水火不相容，這對國民革命事業極其有害，是絕對不能允許的！你們說說，總理創辦黃埔軍校，對你們寄予了多麼大的期望，像你們這樣，如何能承擔救國救民的歷史重任？」

身為中國青年軍人聯合會祕書長的蔣先雲聽了之後，不禁皺起了眉頭，他稍一思索，急忙起立說道：「報告校長，本會自成立至今，始終以團結全國革命軍人，反抗帝國主義和反動軍閥的壓迫為己任，一切活動都是公開的。可他們孫文主義學會從一開始成立，就把矛頭對準了共產黨人……」

賀衷寒馬上也站立起來說道：「報告校長，不要共產黨參加，我們也一樣可以完成國民革命！」

陳賡立即起身接過賀衷寒的話說道：「報告校長，可是中國的國民革命，從來就不是哪一個黨的專利，共產黨同樣有完成國民革命的責任。」

蔣介石見雙方又要爭吵起來，急忙制止：「放肆！你們都不要再爭了！在座的都是總理弟子，都是來做救國救民事業的，同學之間唯有親愛精誠，不應該存在任何派系之分，今天，你們雙方的主要同學都來了，我希望你們以國民革命的大局為重，切實加以改正！」

蔣介石的批評頓時令整個會場鴉雀無聲，可是，突然之間，蔣先雲又一次站立起來向蔣介石問道：「請問校長，你本人對於國共合作，究竟是反對還是擁護？」

隨著蔣先雲這句話的出口，霎時間，所有的目光，都射向了蔣介石。

蔣介石未加思索，脫口而出：「國民黨同志對於共產黨的同志，尤其不可反對！反對共產這個口號，是帝國主義者用來中傷我們的。聯俄、容共、扶助農工，這是總理決定下來的政策，本校長豈能違背總理之命？我蔣中正肯定是擁護國共合作的！」

蔣先雲、陳賡等人一聽，馬上使勁地鼓起了掌來。

蔣先雲一邊鼓掌，一邊說道：「報告校長，共產黨的一向方針，乃是惟與國民黨同志一道，完成反帝反軍閥，拯救中華的偉大使命！」

六十六

一個寂靜的山谷裡，黃埔校軍的宿營地中，肖大山靠著大樹休息，忽然傳來一陣歡呼聲，肖大山站起來朝歡呼的方向走去，看到了十幾個男女青年，帶著慰問品來到宿營地。

血色的夕陽之下，肖大山突然看到了盧婉亭，他興奮地一躍而起，一邊向著山下跑去，一邊放聲呼喊：「二小姐！婉亭！二小姐！盧婉亭……」

山下，盧婉亭一眼就看到了肖大山身上的血跡和繃帶，她一邊拼命地往山上爬，一邊心疼地叫道：「肖大山！大山哥！你受傷了？」

肖大山三步並作兩步，一下子跑到了盧婉亭的身旁，豪邁地說道：「拼刺刀的時候，讓敵人的刀尖，給捅了一下！可是，你知道嗎？二小姐，這一仗，我一個人就幹掉了六個敵人！」

盧婉亭高興地說道：「大山哥，你真棒！你真棒！快讓我看一看，傷得重不重？疼嗎？」

肖大山故意逗著盧婉亭說：「傷不重！可是，我這臉上要是落了疤，變得難看了，你大概就不理我了吧……」

盧婉亭伸出雙臂，緊緊地抱住肖大山，動情地說道：「大山哥，傷疤是軍人的榮譽！傷疤是英雄的勳章！我永遠都不會不理你的！」

肖大山激動地說道：「我還算不上是英雄，你知道嗎？賀衷寒、蔣先雲他們才是英雄！當官的不見了，那些國民黨員和共產黨員，自己組織起來向前衝！」

盧婉亭點點頭說道拿出一塊臘肉：「我知道！我知道！我這一次就是受了上級的指派，來慰問他們這些英雄的！給！我給你也帶來了一塊，這是給你的！」

肖大山接過臘肉，又一次摟住了盧婉亭，甜蜜地說道：「婉亭……我想……我想和你親個嘴！」

盧婉亭含羞一笑，幸福地閉上了眼睛……

六十七

粵東興寧郊外，黃埔軍人高唱著軍歌，排著整齊的隊伍正在前進。

蔣介石和周恩來率領一批高級將領，胸佩白花、臂戴黑紗，忽然之間，出現在了部隊的前方。

走在前面的黃埔軍校入伍生總隊政治部主任賀衷寒，見狀一愣，急忙伸出手來，命令同學們停止了前進。

蔣介石嗚咽了幾聲，異常悲痛地說道：「三月十二日……我們敬愛的孫總理……在北京逝世了！」

黃埔官兵們聽到蔣介石的話，頓時震驚地愣住了。

周恩來上前幾步，流淌著淚水，哀傷地說道地說道：「請大家聽我的命令，以連為單位，列隊！我們面向北方，遙祭我們的孫總理！」

部隊肅立在青山之下，悲涼的氣氛籠罩全軍，蔣介石恭敬地下令：「脫帽！」

全軍將士淚如雨下，齊整如一地摘下軍帽，莊嚴肅穆地托在手中。

蔣介石悲痛不已，幾度泣不成聲，他抖擻地伸出手去，將一份文稿交給了站在他身邊的周恩來：「請政治部周恩來主任……代表黃埔軍校全體師生，代表革命軍全體官兵……宣讀《祭孫總理文》吧……」

周恩來急忙伸出雙手，從蔣介石手中接過文稿，莊重地閱讀了起來：「陸軍軍官學校全體官生士兵謹於興寧之郊，北望之遙祭我黨總理孫先生之靈曰，噩耗傳來，先生不諱。嗚呼！總理何竟棄我等而長逝耶？哀我總理，革命四十載，為國犧牲，為民請命；乃民命未救，先生竟坐是以死！嗚呼！總理成仁取義，在先生必無憾；在國人忽失其導師，喪其長城。悲痛哀悼，寧有底止？軍校黨徒，自此以後，將如孩提失其慈母；將如學童失其導師！聽恃明燈，惟在主義！革命到底，不計成敗。東江殺賊，是為嚆矢！先師總理，魂其來憑！誘我奮鬥，助我殺敵。革命軍興，革命功成。總理雖死，主義常存！」

全軍將士流著眼淚齊聲高呼：「總理雖死，主義常存……」

蔣介石在官兵們的一片淚眼中走到隊前，以極其沉痛的心情發表講話，由於哀傷之至，他的嗓音明顯嘶啞：「我們孫總理，就是我們中國的國父。國父死了，但若是只憑空追悼是無用的。要為已死的總理及諸同志報仇、殺敵，從今以後，我們要更努力奮鬥，犧牲一切，務要達到我們的目的，實行總理的遺志，繼承總理的精神，並為陣亡的同志報仇，才不愧為總理的部下……」

說道這裡，蔣介石忽然高高舉起握緊的拳頭，帶著一種撕心裂膽的疼痛，大聲呼喊道：「我要剖開他陳炯明的蝨賊心肝，以祭我們總理的在天之靈！」

追悼會結束後，天已大黑，蔣介石率領著黃埔校軍，一路抽泣，回到了校本部。

炊事班將做好的晚飯抬到院子裡。

可是，師生官兵們誰也沒有心思吃。

蔣介石走進東廂他那間臨時臥室，在寫字臺前坐下，茫然地望著屋角，忽然，兩手緊緊地卡住自己額頭，抑制不住悲愴的淚水，嗚嗚地失聲痛哭起來。

淚眼迷蒙中，蔣介石翻出一張隨身所帶的地圖，在該書的扉頁上，他把那張地圖平整地鋪在桌上，與那張地圖面對面地端坐著，長久，長久，一動不動……

這一天的夜晚，格外漫長。

值勤的衛兵始終凝望著蔣介石那間寢室的燈光。

而那燈光一直未滅。

六十八

隨著孫中山先生的逝世，圍繞爭奪廣州大元帥府領導權的鬥爭，在一瞬間開始了。

首先，唐繼堯迫不及待地在昆明宣佈就任副元帥職，他公開宣言：「爾時軍國大事，夙賴大元帥主持，未便遽膺崇秩，今不幸大元帥在京逝世，一切未竟之主張，皆吾輩應負之責任！」

一直滯留於博羅，窺視廣州的楊希閔與劉震寰，竟在香港召開會議，公然邀請唐繼堯、段祺瑞、陳廉伯和陳炯明的代表參加，會商叛亂計畫，妄圖聯合進攻廣州革命政府，建立反動政權，楊希閔還恬不知恥地自稱滇桂聯軍總司令。

楊希閔、劉震寰以為奪取廣州政權的機會已到，企圖趁著孫中山先生逝世廣州大元帥府群龍無首，蔣介石的黃埔校軍，遠在東江，廣州城內十分空虛的這一機會，打著反對外黨策化，防止廣州政權落入蘇俄及共產黨人之手的旗號，率領所屬軍隊近五萬人，於一九二五年五月十日，悍然撕下他們的假革命的面具，以一夜時間，長途奔襲，佔領了廣州省長公署和財政部機關，並且，發表偽令，以其親信周自得擔任了廣州市衛戍司令。

大元帥府被迫撤至珠江南岸的士敏土廠，與佔據北岸長堤一線的叛軍隔江對峙。

面對這些新舊軍閥們，對孫中山總理生前政策的反動倒算，蔣介石拍案而起：「楊希閔、劉震寰這一夥反對派到底動手了！」

剛剛從廣州趕來的廖仲愷介紹了當前局勢之後，鄭重地說道：「本黨唯有以廣州為中心的廣東，這樣一個革命的根據地。這是我們已故總理親手創造的，其革命聲望不但遍及中國，而且，早已影響到國外。廣州失陷，將是對中國國民革命運動的致命打擊，等於喪失了本黨的根據地，喪失了全國革命運動的政治中心。而且，像廣州這樣茂盛的財源，也是別的地方所沒有辦法相比的，因此，廣州不能丟！廣州絕對不能丟！如果，我們不集中力量與楊希閔、劉震寰絕一死戰，奪回廣州，就對不起我們的總理！對不起正在蓬勃興起的全國革命事業，就喪失了廣大民眾對本黨的信賴！」

蔣介石毫不猶豫地說道：「黃埔校軍堅決執行廖黨代表的意見，即使暫時置東江陳炯明的那些殘餘叛軍於不顧，也要立刻攻擊廣州，奪回先總理開創的革命根據地！」

六十九

五月二十一日，蔣介石與周恩來率領黃埔校軍教導第一團和第二團，自汕頭緊急回師，一路沿梅縣、海豐、三多祝、淡水星夜兼程，於六月五日下午，進至廣州附近的樟木頭，部隊前鋒則抵達了石龍車站。

而由徐成章和周士弟率領的鐵甲車隊，已先期於六月二日突入廣州，一鼓作氣攻佔了大沙頭木橋，並且，始終在橋頭堅持著戰鬥。

周恩來把留在軍校任學生隊長的陳賡和教導第一團的偵察排長肖大山，叫到設立在石龍車站調度室中的黃埔校軍司令部，吩咐他們道：「軍事打擊從來都需要政治攻勢的配合，我以軍校政治部主任的名義，交給你們倆一個艱鉅而危險的任務！」

陳賡和肖大山毫不猶豫地立正說道：「我們不怕艱鉅！我們不怕危險！請主任下命令吧！」

周恩來點了點頭，說道：「我要求你們兩個人化裝潛入廣州市內，儘快把滇軍和桂軍的兵力部署，都摸清楚！如果可能的話，你們要想辦法到湘軍講武堂、滇軍軍官學校、桂軍軍官學校裡面去，去做一些工作，去爭取其中的進步分子脫離滇軍和桂軍的指揮，明確地說，就是去策反他們！」

陳賡和肖大山又一次立正說道：「我們一定努力爭取完成任務！」

周恩來又說道：「你陳賡不是青年軍人聯合會的委員嗎？你應該和各學校的關係都比較熟悉，這個任務是適合你去的！肖大山是偵探排長，又是你陳賡介紹來到黃埔軍校的師弟，派你與肖大山一起去，有利於偵查敵情！你們要膽大，心細，完成任務之後要及時撤出，我和校長在這裡等你們的消息！」

七十

夜晚，無星亦無月，一團黑幕籠罩的珠江面上，一條小舢板離開南岸，冒著兩岸時驟時緩對射的槍彈，悄悄地往江對面叛軍佔據的長堤划去。

上岸後，肖大山看見街上到處是滇軍的巡邏隊，在向百姓們散發楊希閔、劉震寰的宣傳單，他靈機一動，順勢從滇軍士兵手中取過一疊傳單，跟著滇軍的巡邏隊一起，在街上散發起來。

從長堤到煙墩路到瘦狗嶺，陳賡和肖大山幾乎把廣州城轉了大半，一路上，他們兩人臨危不懼，把市內幾個主要街口敵人設置的障礙和掩體，特別在敵人龍眼洞一帶的兵力部署，都看得清清楚楚，記得明明白白。

天剛濛濛亮，陳賡和肖大山找到了青年軍人聯合會滇軍分會負責人熊天鈞，向他瞭解了滇軍和桂軍在廣州市內的一些情況，並且，勸告熊天鈞找機會反正。

天亮之前，陳賡和肖大山順利到達大沙頭木橋，堅持在橋頭戰鬥的周士弟，立刻派人護送陳賡和肖大山，迅速地趕回了校軍司令部。

七十一

敵情既然已經偵查清楚，蔣介石毫不猶豫地下達了進攻廣州的戰鬥命令。

六月十一日上午，對廣州總攻的戰鬥，正式打響。

黃埔軍校教導第一團和第二團，在蔣介石與周恩來指揮下，自石龍校軍駐的地開始出擊，向滇軍的防守重點龍眼洞，發起了勇猛的攻擊。

次日拂曉，留在黃埔軍校內的第三期入伍生兩千餘人，組成一個突擊總隊，在學生隊總隊長張治中的率領下，祕密開抵珠江南岸的鄧家寨，然後，突然渡江，對滇軍防守的獵德炮臺發起了攻擊。

一直停泊在黃埔的破舊軍艦「飛鷹號」，也被拖到了鄧家寨碼頭，果斷地使用艦炮對北岸滇軍轟擊。

由於這一帶，從前一直就是黃埔軍校的炮兵學習訓練的地方，官兵們對附近每一個目標的方向、距離，早就測算得十分精確，因此，差不多是彈無虛發，打得叛軍鬼哭狼嚎！

楊希閔剛剛才趕到石碑車站督戰，一發炮彈便從車站房頂上直落而下，師長趙成梁的身子，當場被炸飛了半個，驚魂未定的楊希閔從地上爬起來，半天辨不清東西南北，把他嚇得連滾帶爬，在衛兵的保護下，扭頭倉惶往市內逃去。

與此同時，司令部裡，由鴉湖、白塘、東山、觀音山等方面，也紛紛傳來滇軍與桂軍各部，被殲和俘獲的捷報。

十二日傍晚，滇軍與桂軍主力盡被消滅。

廣州城在淪陷了三十三天之後，被黃埔校軍全面收復。

為了迅速恢復市內治安，蔣介石和周恩來又親自抽調蔣先雲、賀衷寒、周逸群、肖大山等數十名官兵，組織成了武裝宣傳隊，上街巡邏，佈告安民，宣傳革命軍的紀律，制止叛變軍隊散亂士兵們的趁亂搶劫。

當身著灰卡其布軍服，頭戴俄式軍帽，脖子上繫著鮮紅色的領巾，打著綁腿，腳穿皮鞋的黃埔校軍官兵們剛一走上廣州街頭，便立即受到了廣大市民的熱烈歡迎。

「革命軍回來了！」

「黃埔革命軍又回來了……」

七十二

楊希閔、劉震寰的的叛變和革命聖地廣州的淪陷事件，教訓了中國國民黨，也教訓了中國共產黨，幾乎在同一時刻，他們都認識到了改造軍隊、掌握軍隊的重要性。

蔣介石因此而加強了對黃埔軍校的管理力度，他希望以忠於三民主義，忠於國民革命，忠於國民黨的黃埔學生為政治核心和軍事核心，去發展軍隊，建立一支國民黨說了算的軍隊，在國民革命中發揮核心作用——這就是後來人們所說的「中央軍」。

而周恩來卻發覺，自己向黃埔軍校大量介紹輸送熱血青年，藉以建軍的方法，無異於為人作嫁，於是，也改變了辦法，直截在當地從那些對國民黨有二心，對蔣介石不服氣的新軍閥們那裡找出路了。

七十三

這一天，周恩來與中國共產黨祖師爺陳獨秀的二公子陳延年，展開了一次在中共建軍史上，具有開天闢地偉大意義的談話。

周恩來帶著一絲焦慮對剛剛從上海趕來的陳延年說道：「從平定廣州商團暴動，到東征打淡水城，再到這次的收復廣州，我們中國共產黨人，流出了多少鮮血，付出了多少犧牲！可是，國民革命的功勞卻完全記到了國民黨的頭上！完全記到了蔣介石的頭上！我們這是在幹什麼呢？」

陳延年馬上說道：「我理解你的困惑！甚至，也同意你的憂慮！但是，我父親堅決不同意我們的意見，他說一定要維護國共合作的這個大局！」

周恩來不服氣地連連擺手，他非常認真地對陳延年說道：「大局？什麼大局？誰的大局？陳獨秀先生人在上海，而我周恩來卻一直在黃埔軍校，一直在國民革命軍中，一直在前線！在所有的衝鋒陷陣中，在所有的勝利歡呼中，我只看得見青天白日旗在飄舞！我只聽得見國民黨萬歲的口號喊得震天動地！人們不知道我們共產黨人也奮鬥在其中！不知道我們共產黨人也犧牲在其中！甚至，有太多太多的人民，根本就不知道中國存在著我們共產一黨！」

陳延年雙手一攤：「那你說怎麼辦？我父親一再強調，他說，這場反對帝國主義，反對軍閥的國民革命運動，是拯救中華民族的大事，說我們中國共產黨人要表現出無私無畏的偉大精神！」

周恩來忽然冷笑了一聲：「吭，無私無畏？我忽然明白了，令尊大人是要為國而無私無畏！我周恩來要為黨而無私無畏！」

陳延年聽了周恩來的話先是一愣，隨即，他連連點頭說道：「啊！分歧所在！這正是分歧所在啊！那麼，恩來同志，你打算怎麼辦？」

周恩來想了一下說道：「放棄我黨對軍事的領導權，只能是小心翼翼地，靠著跟人家陪笑臉，來求得一團和氣！這實際是對革命不負責任，是對我們的黨不負責任。李濟深第四軍十二師三十四團，目前正在籌建，基本是由原來的大元帥府鐵甲車隊為底子，擴展而成的。既然總書記不同意在我們國民革命軍的每個軍，都建立一個我們黨領導的團，那我們就先把這個團組建起來！」

陳延年忙問：「那麼，李濟深和十二師師長張發奎的態度怎樣？」

周恩來說道：「他們對共產黨人在東征作戰中的突出表現，感觸很深，也看到了黃埔校軍與以往軍隊的巨大區別，所以，都希望把他們那些舊式軍隊影響和帶動起來。現在，只須我們派一個共產黨員去任團長即可了！」

陳延年連想都沒想，便脫口而出：「你身上兼任著中共廣東區委的軍事部長，你看，我們黨派誰去？」

周恩來胸有成竹，他堅定而充滿信任地到：「葉挺！」

七十四

李濟深的第四軍由原有的援閩粵軍第一師擴編而成。

葉挺直至往蘇聯留學前辭去在這個師的任職，其間雖經幾番升遷調動，大都在這支部隊裡工作，與這支部隊的淵源很深。

他從蘇聯留學一回來，就聽說這個三十四團，正在中共方面陳延年、周恩來等人的主持下籌建，是幾乎清一色由共產黨人領導的軍隊，也是第一支實際上歸共產黨指揮的正規部隊。

葉挺知道，共產黨人掌握槍桿子，這是一件開天闢地的大事情。

但他沒想到，共產黨竟把這副千斤重擔放到了他的肩上。

葉挺接到任三十四團團長命令的當日，周恩來又把這支部隊的情況，簡單給他作了介紹。周恩來告訴他，集中在這個團裡的一批軍官，大多是既具軍校學歷和實戰經驗，而且政治見解明確的共產黨人，士兵的素質也都很好，其中一部分是來自江西安源煤礦的罷工工人。

葉挺對於周恩來把這麼好的一支新軍交給自己，心裡充滿了感激，他緊緊地握住周恩來的雙手表示：「葉挺絕不辜負黨的期望！」

於是，葉挺匆匆趕往第三十四團駐地西江肇慶。

一片光禿禿的壩子上，兩千餘名官兵頂著烈日，列隊迎候他的到來。

葉挺以極富感染力的洪亮聲音，發表了他就職演說：「做人要做明白人，當兵也要當明白的兵。兄弟們今天從東南西北來到此地，來到第三十四團，與在其他軍閥部隊裡吃兵飯、幹壞事、魚肉百姓，是不一樣的，完全不一樣！我們的一切，屬於祖國和人民！我在這裡要特別告訴各位，第三十四團是在北伐行將出師的時刻組建的，葉挺今日是受中國共產黨的委派，來到這裡的，中國共產黨派遣我來的目的，就是要與全團官兵一起，在短時間內，把三十四團訓練成一個目的明確，能夠在任何艱難困苦條件下，克敵制勝的戰鬥集體。大家不僅要付出汗水，而且要準備脫皮掉肉，刻苦訓練，關鍵時刻才能夠拉得上去打大仗、惡仗！大家說，能不能做到？」

「能！」如平地一聲雷霆，兩千餘名官兵吼出同一個聲音。

艱苦的訓練開始了。

葉挺根據他在蘇聯紅軍軍事學校學到的知識，親自安排訓練計畫，強化軍政訓練，一改當時其他部隊普遍實行的「三操兩講」為「四操三講」，每天比其他部隊多出兩節課的訓練時間。

經過第一階段的訓練下來，官兵們曬黑了，累瘦了，有些體質較差的，一天訓練回來，飯吃不下去，甚至累倒了。

葉挺沒有因此而放鬆對部隊的要求，搞越野長跑，他背起背包和戰士一樣跑在隊伍的前頭，還幫助稍後的戰士扛槍。

在他的帶動下，各營、連、排軍官也都一樣，站在戰士的訓練隊伍當中，一樣地摸爬滾打。

葉挺還規定，軍官不允許開小灶，一律與士兵吃一樣的伙食，真正做到了官兵同吃、同住、同苦練，全團的訓練熱情十分高漲。

每天訓練回來，葉挺親自到各營、連察看，對於那些病倒的戰士，都會囑咐炊食班，單獨做一份可口的病號飯，送到病號的宿舍。

葉挺的這種新作風，和舊式軍隊裡那種軍官只顧個人享受，對士兵動輒打罵、體罰，根本不把士兵當人對待的舊習氣截然不同，許多官兵感動得流下了眼淚，部隊的凝聚力和戰鬥力大大增強。

七十五

葉挺的所作所為，引起了十二師師長張發奎的嚴重不滿。

張發奎認為，三十四團是在中共廣東區委直接領導之下的部隊，團內設有嚴密的共產黨組織，訓練上標新立異，完全是共產黨的一套，搞得太紅了，他根本管不了！

可這個團，又是頂頭上司李濟深下令搞得，自己也無可奈何。於是，張發奎要求把這個團從自己的十二師分離出去，以便讓他重新成立一個真正屬於他自己的第三十四團。

周恩來接到這一消息後，經過與葉挺的緊急磋商，又與第四軍軍長李濟深數次交換意見，決定將第三十四團脫離十二師建制，由第四軍軍部直接統轄，正式改稱為「第四軍獨立團」。

這一下子，周恩來為中國共產黨建軍的目的得以實現，「第四軍獨立團」成為了中國共產黨控制掌握的第一支軍隊。

七十六

一九二五年一月十一日，中國共產黨第四次全國代表大會在上海召開，出席大會的有陳獨秀、蔡和森、瞿秋白、周恩來、彭述之、張太雷、陳潭秋、李維漢、李立三等二十人，共產國際代表維經斯基參加了大會。

這次大會，是一群高級知識份子的象牙之塔，是一群「真正的布爾什維克」的精神聚餐。

那個從湖南湘潭韶山沖中走出來的小學教員毛澤東，被擋在了這次會議的大門之外。

中共四大的中心議題是——加強黨對日益高漲的革命運動的領導和宣傳工作，準備迎接大革命的高潮。

陳獨秀主持了會議，並代表第三屆中央執行委員會，向大會做了工作報告。

維經斯基在會上作了關於世界共產主義運動狀況的報告。

會議開得熱浪洶湧，激情澎湃，似乎一場改天換地的偉大革命即將成功，似乎偉大的中國共產黨已經載入史冊。

中共四大選出了自己新的中央執行委員會。

泥腿子毛澤東被果斷地排斥在中央執行委員會之外。

中共四大在排斥了毛澤東的同時，也排斥了毛澤東一力推行的對各級政府和武裝力量的領導權，排斥了毛澤東後來賴以奪了天下的土地革命，這一解決農民問題的根本思想。

七十七

共產黨這邊有鬥爭，國民黨這邊也不太平。

左派們意氣風發，右派們的奪權陰謀，也在在越來越頻繁地進行著。

造謠，是一切反動者百用不廢的伎倆，於是，廣州城裡，各種流言蜚語紛至遝來。

而謠言最集中攻擊的目標，都指向了在這場鬥爭中堅定不移地捍衛孫中山的三大政策的廖仲愷先生。

「廖仲愷被共產黨利用，禍害國民黨！」

「廖仲愷是當前國人之死敵……」

廖仲愷時任中央財政部長、中央軍事委員會委員、工人部長、農民部長、黃埔軍校黨代表等十餘個要職。

孫中山逝世後，雖然汪精衛是國民黨的主席，但是，實際主持全黨工作的是廖仲愷，廖仲愷是堅定不移地執行孫中山先生三民主義的領袖，而那些在明裡暗裡反對孫中山先生聯俄、容共、扶植農工三大政策的人們便把廖仲愷視作了眼中釘。

一九二五年八月十七日傍晚，廖仲愷從黃埔剛剛回到東山雙清別墅自己的家中，門外，便有人送來了一封信。

夫人何香凝接過來一看，信封上未寫地址，只有用從報紙上剪下的字拼成「廖仲愷收」，更令人奇怪的是，信封中有一個沉甸甸的硬物。

廖仲愷聞訊問道：「誰來的信啊？」

何香凝答道：「不知道，裡面好像有什麼東西！」

廖仲愷從容地剪開信的封口，一顆黃燦燦的手槍子彈滾了出來，啪的一聲摔在桌子上。

一張雪白的便簽上只有短短一行字——鑑於你禍害國民黨之事做絕，你的死期將至！特告。

廖仲愷輕蔑地把便箋丟在桌子上：「恐嚇，又是恐嚇，可他們不知道，這些卑鄙下流的手段，並不能阻止我任何一刻的奮鬥！」

七十八

兩天後，廖仲愷家中的電話鈴，急驟響了起來，電話是一位上海的友人打過來的。

可對方得到了廖仲愷的接聽之後，卻支吾了半天不敢說話，直到證實接電話的確實是廖仲愷本人之後，才氣憤地說道：「今天，上海報紙刊登了一則關於你在廣州遇刺身亡的電訊！」

原來，這位友人竟是打電話向廖仲愷的家人致哀的。

何香凝十分擔憂地說：「你也該多加兩個衛兵，防備一下才是！」

廖仲愷回答：「增加衛兵，只能有利於捉拿刺客，並不能阻擋他們行兇。我是天天要到工會、農會、學生會等團體去開會或演說的，而且一天要跑幾個地方，他們想要謀殺我，很可以混入群眾中下手的。我平生為人做事，自問沒有對不起國家、對不起民眾的地方。中國如果不聯俄、容共、扶助農工，斷斷沒有出路，生死由他去吧！革命，我總是不能有任何鬆懈的！聽說他們暗殺的傢伙，又不是用手槍，是用盒子槍，手提式機關槍啊，吭，我倒要嘗嘗他的滋味呢！余無負於黨國，更不營私，要暗殺便暗殺，余復何恤！」

七十九

共產黨忽略了毛澤東，可是，國民黨卻有人想起了他。

國民黨元老，蔣介石的結義兄弟戴季陶，是一個反共很堅決的人，同時，也是一個善用良才的人。自從在中國國民黨第一次全國代表大會認識了毛澤東之後，同樣關心中國農民，同樣認定中國最終的出路在於農民的戴季陶，十分認同毛澤東將著眼點投向人口最廣大之農民階層的作法。

他看到毛澤東在共產黨內受到了排擠，覺得此時或許是為國民黨收攬這位農民運動宣導人的最好時機，便以毛澤東是國民黨中央候補執行委員的身份，果斷地提名推薦毛澤東為國民黨中央宣傳部代理部長。

兩手空空，沒有一兵一卒的毛澤東，依靠手中的一支筆，倒也果然沒有辜負戴季陶的那份期待，沒有多久，一篇轟動一時的文章──《中國社會各階級的分析》便隆重發表了。

「誰是我們的敵人？誰是我們的朋友？這個問題是革命的首要問題。中國過去一切革命鬥爭成效甚少，其基本原因就是因為不能團結真正的朋友，以攻擊真正的敵人……」

毛澤東的這篇文章，清晰地向中國共產黨，向中國國民黨，向當時一切關懷中國政局的人們，提供了一份明顯的階級名單，解決了不少人心中的迷茫與困擾，就連蔣介石看了也為之擊節喝采。

八十

但是，無緣軍事，無緣北伐，卻令權慾極強的毛澤東十分忿懣，十分無奈。而另闢蹊徑，一貫是毛澤東的一個強項。

一九二五年二月六日，毛澤東偕夫人楊開慧回到韶山，以「養病」為名，深入群眾，領導和開展農民運動。

六月一日，毛澤東在自己的家中，親自主持了親朋好友毛福軒、龐叔侃、毛新枚、李耿侯、鐘志申、龐叔佩等人的入黨儀式，並選舉他自己為黨支部書記。

毛澤東在支部成立會上說道：「今天是一個偉大的日子，因為韶山特別支部成立了，這個支部是我國農村最早的無產階級戰鬥堡壘，它的成立，標誌著占全中國人口百分之九十以上的農民兄弟，從此開始了在中國共產黨領導下，為爭取自己的解放而鬥爭！標誌著中國的革命，從此進入了一個新的歷史時期……」

歷史最終記住了毛澤東的這一番話，並且，讓毛澤東的這一番話在一九四九年十月一日得以實現。

八十一

韶山支部領導韶山農民及附近縣市農民，掀起了一場史無前例的農民運動……

在那些日子裡，楊開慧經常帶著孩子毛岸英，往來於毛澤東與支部黨員和農運領袖之間，傳遞書信和消息。

鄉村教員出身的毛澤東，非常重視對農民的思想教育，他開辦了許多平民夜校，大力宣傳自己的主張。

這一晚，湘潭平民夜校燈火通明，一群農民運動領導人，坐在簡易的木凳上，共產黨員彭公達站起講臺上說道：「我們應高高地打出共產黨的旗子，實行貧農領導中農，拿住富農的鬥爭策略，大規模地掀起推翻地主制度的土地革命鬥爭……」

韶山沖裡，毛澤東親自帶領著農會成員，揪鬥大土豪毛圭利，稻穀場上，毛福軒一樁一件大聲地宣讀著，毛圭利欺壓百姓，霸佔田產，橫行鄉裏的罪行……

農民們給毛圭利帶上高帽子，押著他遊街……

夜晚，火把連成一片，在毛福軒等人的率領下，農民們打開土豪劣紳的糧倉，窮苦的農民們紛紛舉臂，陣陣高呼：「毛委員萬歲！共產黨萬歲！農民運動萬歲……」

毛澤東家中，夜晚，油燈下，毛澤東拿起毛筆，在紙上寫下「湖南農民運動考察報告」幾個大字。

白天，毛岸英在家中地下玩耍，楊開慧端坐在桌前，一筆一劃，工工整整地抄寫著丈夫所寫的《湖南農民運動考察報告》。

七月一日，中共韶山總支委成立大會上，毛澤東嚴肅地向在座一百一十多名共產黨員說道：「目前的內外壓迫，絕非一個階級之力量所能推翻，所以，我主張用無產階級聯合小資產階級及中產階級左翼所合作的國民革命，實行中國國民黨之三民主義，以打倒帝國主義，打倒軍閥，打倒買辦地主階級！實現無產階級聯合小資產階級及中產階級左翼的聯合統治，即革命民眾的統治！可以說，這是黨在這個時期，初步形成的新民主主義革命基本思想的集中概括……」

「毛委員萬歲！共產黨萬歲！農民運動萬歲！」毛澤東的話音尚未結束，台下便已經一片沸騰。真的是一石激起千重浪！毛澤東頓時成為了雄踞一方的領袖，生平第一次品嘗到君臨天下，山呼萬歲的滋味。

八十二

轟轟烈烈的農民運動，震驚了湖南全省的反對派。

一九二五年八月一日，長沙湖南省政府，一大群土豪劣紳的代表，坐在辦公廳的地上號啕大哭，捶胸頓足功大喊大叫：「毛澤東領著泥腿子們，一個鄉、一個鄉地造反！把鄉紳們全都抓起來了！家也抄了！田也分了！什麼狗屁農民運動？純屬痞子運動！我們活不下去了！求省政府做主！我們要見趙省長……」

趙恆惕的辦公室裡，國民黨元老譚延愷憂心忡忡地對趙恆惕說道：「夷午啊，你知道，我曾經是支援過農民運動的！我原以為，一旦農民們被發動起來，既有利於我所支持的國民革命和北伐戰爭，也有利於我同意過的你的那個『湖南立憲自治』的方針！可是，毛潤之他們鬧得也太過分了！他搞得所謂的農民運動，的確太過火了！已經成了痞子運動！目前，全省農會已經號稱有五百萬人，還實行了一切權力歸農會的政策！農民們搶米、搶糧、吃大戶，連士兵寄回家中的錢，也被農民沒收、瓜分了！完全形成了一種赤色恐怖的氣氛！不管束一下，恐怕不行了！」

趙恆惕怒氣衝天地說道：「延愷老！我早就說過，中國不能容他們共產黨胡鬧！湖南更不能容他們共產黨胡鬧！您老就是不聽啊！」

譚延愷有些尷尬：「可是，聯俄、容共、扶助農工，這是中山先生提出來的呀？」

趙恆惕猛然地搖著頭：「中山先生！中山先生！您開口閉口中山先生！如今中山先生已經死了！」

譚延愷想了一下，說道：「那你的意思是？」

趙恆惕一拍桌子：「派兵，把毛澤東抓起來！派兵，把這一場痞子運動平息下去！」

譚延愷有些猶豫：「不行吧？毛潤之是國民黨中央候補執行委員！比你的官還大！你怎麼抓他？」

趙恆惕一瞪眼：「狗屁委員！湖南是我趙夷午的天下，我想抓誰，就抓誰！」

八十三

夜幕初降，韶山，一個趙恆惕手下的團長，領著大隊士兵匆匆忙忙地在山路上奔跑。

一個站崗的農會會員看到了他們，急步跑到毛澤東的家中，上氣不接下氣地說道：「毛委員！敵人來了！敵人來了……」

毛澤東從容不迫地說道：「他們一定是來抓我毛潤之的！」

楊開慧看著丈夫急中生智地說道：「潤之，你這一身打扮，倒好像個鄉下郎中……」

楊開慧話音未落，農會會員頓時領悟：「我去叫人！拿轎子抬你走！」

月色中，一頂轎子在山間小路上飛快地走著，出了韶山。

清晨，高高的山頂上，一輪紅日噴薄而出，朝霞滿天，照亮了原野，落荒而逃的毛澤東毫無沮喪，他舉目眺望著群山，似乎更加意氣風發，忽然，毛澤東伸手一揮，一首《沁園春》脫口而出——

獨立寒秋，湘江北去，橘子洲頭。看萬山紅遍，層林盡染，漫江碧透，百舸爭流。鷹擊長空，魚翔淺底，萬類霜天競自由！悵寥廓，問蒼茫大地，誰主沉浮？攜來百侶曾遊，憶往昔崢嶸歲月稠。恰同學少年，風華正茂，書生意氣，揮斥方遒！指點江山，激揚文字，糞土當年萬戶侯。曾記否，到中流擊水，浪遏飛舟……

八十四

馮玉祥在奉、直、皖三系軍閥的逼迫下，被迫通電全國，宣佈辭去陸軍檢閱使、西北邊防督辦等一切軍政官職。

辭職之後，在蘇聯的邀請和中國共產黨人劉伯堅的幫助下，馮玉祥取道蒙古，出國赴蘇聯考察學習。

八十五

一九二五年六日十九日，香港海員聯合會大樓外，中共廣東區委和中華全國總工會特派員鄧中夏、楊殷、蘇兆徵等人，戴著印著「罷工」兩個白色大字的紅袖標，向聚集大樓外面的幾千名香港海員及電車工人們，發佈了總罷工正式開始的命令。

鄧中夏揮舞著手臂，以極其堅定的戰鬥姿態，莊嚴地宣佈：「工友們，為了抗議日本帝國主義者，殺害我們的同胞顧正紅，為了維護我們中國工人階級最基本的生存權力，從今天開始，我們罷工了！」

黑壓壓聚集在大樓外面廣場上，那一群攜帶著沖天怒火的工友們，隨著鄧中夏一同舉起了手臂，齊聲高呼：「罷工了！我們罷工了……」

在一陣高過一陣的吶喊聲中，蘇兆徵大聲地宣讀了本次總罷工的要求：「我們香港工人，針對英帝國主義的歧視華人政策，提出政治自由、法律平等、普遍選舉、勞動立法、減少房租、居住自由六項要求！」

工友們再一次高高地舉起手臂，同聲吶喊：「不達目的，絕不復工……」

八十六

六月二十一日，香港總督府祕書查理向亨利和威爾遜等人，朗讀《省港工人罷工宣言書》：「自鴉片戰爭之後，帝國主義除了經濟、政治、文化侵略以外，還加以武力的屠殺，是可忍，孰不可忍，故我工團聯席會議，一致決議與上海、漢口各地工友採取同一之行動，與帝國主義決一死戰，我們為民族的生存與尊嚴計，明知帝國主義之快槍巨炮，可以致我們於死命，然而，我亦知與其不奮鬥而死，何如奮鬥而死，可以鮮血鑄成民族歷史之光榮！所以，我們毫無畏懼，願與強權階級決一死戰……」

亨利憂心如焚，他對這次總罷工的動機和目的瞭若指掌，所以，說出來的話倒也一針見血：「這次罷工顯然不是工薪利益之爭，這是有組織、有綱領，政治目的明確的戰爭！他們想讓我們低頭！他們想讓我們從統治者，變成客人！」

查理甚是有些慌亂地說道：「可是，問題很嚴重，不僅海員和電車工人，煤炭、郵差、清潔，連賣肉賣菜的人都罷工了！我們立即要面對的是，沒水，沒電，沒食物！香港癱瘓了！」

威爾遜儘量保持著鎮靜，對查理鼓勵道：「中國人是一團散沙！想辦法去找那些領班、工頭，給他們英鎊、白銀、黃金！給他們想要的一切！讓他們一個行業、一個行業地復工！」

查理搖了搖頭：「全都試過了，不行！過去的散沙，今天成了一塊我們擊不破、打不碎的巨石！」

八十七

六月二十二日，香港各界十萬罷工隊伍，在共產黨人蘇兆徵的率領下，勇敢地衝破了駐港英軍和巡捕們的層層阻攔，開始有組織地離開香港，向廣州進發，氣勢磅礴，排山倒海。

蘇兆徵一路上號召大家：「工友們！廣州的工友給我們安排了住處，準備了糧食！黃埔軍官學校的革命軍人們，也在支持著我們！我們回廣州去！回到廣州去！」

六月二十三日，廣州沙基西橋路口，從香港回到廣州的示威遊行隊伍與廣州沙面租界的洋務工人三千餘人勝利會合，十數萬罷工工人一路高呼口號。

「打倒帝國主義！」

「取消一切不平等條約！」

「援助上海『五卅慘案』死難者……」

英雄的工人們沒有料到，下午二時半，英國軍警突然向示威遊行隊伍開了槍，工人群眾猝不及防，紛紛倒地，沙面頓時血流成河。

八十八

沙面慘案發生的當日，廖仲愷與周恩來便來到醫院，來看望受傷的工人們。

廖仲愷義憤填膺地對傷殘工人們說道：「帝國主義的血腥屠殺，已經激起全國人民的無比憤怒，剛才，廣東各界召開會議，強烈譴責帝國主義的殘忍暴行，我們一致決定，全力以赴地援助大家！全力以赴地省港大罷工！」

周恩來望著受傷的工友，也感到痛心疾首，他一改平時的溫文爾雅，帶著極大的怒火對大家說道：「萬惡的帝國主義，竟然無恥地撕下了他們所謂的人權、民主的面紗，向我和平的罷工隊伍開槍，打死了我們五十二名工友和黃埔軍校官兵，重傷了我們一百七十多人，造成了震驚中外的『六・二三慘案』，但是，我們絕不會被嚇倒！絕不會向他們屈服！」

廖仲愷還以廣東省省長和黃埔軍校黨代表的身份告訴大家，廣州革命政府在慘案發生後已經當即照會英、法等國，提出嚴正抗議，並宣佈同英國經濟斷交，同時，黃埔軍校也派出艦船，武裝封鎖了出海口。

一名身負重傷的工人掙扎地說道：「我們不怕！他們的槍炮……是殺不完中國工人……更嚇不倒我們中國工人的！」

另一位工人更加義正辭嚴：「血債要用血來償！我們想好了，追隨革命政府的方略，我們也要包圍沙面！封鎖香港！」

八十九

七月三日，在中國國民黨和中國共產黨的聯合支持下，「省港罷工委員會」宣告成立了，省港罷工委員會選舉蘇兆徵為委員長，李森為幹事局長，聘請廖仲愷、鄧中夏等為顧問。

成立大會上，共產黨員、香港電車工會負責人何耀全憤怒地說：「上海慘案，血跡未乾，沙基慘案，接踵而來！帝國主義任意開槍殘殺中國人！我們不能坐著等死，只有起來鬥爭，反對帝國主義，把帝國主義趕出中國領土，爭取中華民族獨立，才能洗雪這個奇恥大辱！」

蘇兆徵當即表示支持：「我們的工人糾察隊要立刻武裝起來，包圍沙面！封鎖香港！」

鄧中夏毫不猶豫地說道：「好！全面地封鎖香港！英國人香在港已宣佈戒嚴令，還下命令封鎖廣州。我們也要以武力封鎖香港！以牙還牙，以眼還眼，堅決反抗帝國主義！」

廖仲凱鼓勵地說道：「全中國人民都在以最積極的姿態，支援著廣州，我們的糧食充足，有長時期堅持罷工的條件！黃埔軍校也派出了軍事幹部徐成章、趙自選等同志，幫助大家訓練工人糾察隊！我們已經有了武裝封鎖香港的能力！」

何耀全一咬牙：「好！那麼，就請省港罷工委員會做出決定，我們武裝封鎖香港！」

九十

封鎖香港一個月後，往日的東方之珠即變成了「臭港」，為此，港督府內一片焦頭爛額。

亨利想給洩了氣的威爾遜鼓一鼓勁：「我已經向女皇和首相，發出緊急請求，派皇家海軍攻打廣州，解救香港！」

威爾遜連連搖頭：「沒用！女皇陛下和首相，是不會向中國派遣軍隊的！」

亨利有些不服：「為什麼？難道驕傲的聯合王國，真要低下高貴的頭嗎？向中國人低頭？」

威爾遜一聲長歎：「唉，我早就說過，今日的中國已不是清朝的中國了！我們無法對他們再打一場鴉片戰爭！」

九十一

八月十七日，廣州國民黨中央工人部，汪江萍等幾名青年幹部，步伐匆匆地走了進來。

廖仲愷連忙迎了上去：「你們總算是來了！為瞭解決省港大罷工工友的食宿問題，國民黨中央工人部發佈了命令，封閉廣州所有的賭館、煙館，將英國人在租界以外的公產列為敵產沒收，當作罷工工友們的臨時住所！汪江萍同志，這件事情你去辦！」

汪江萍急忙點頭答道：「是！廖公請放心，我馬上去辦！」

廖仲愷又說：「以國民黨中央財政部的名義，每日發給省港罷工委員會一萬元，為必需的開支。這件事情，也請汪祕書負責落實到位！」

汪江萍再一次點頭答道：「是！廖公，請您放心！我一定會負責到底！」

廖仲愷轉過身又對另一位工作人員說道：「洪源同志，你馬上趕到仁惠當鋪，拍賣所沒收的英、日等國的貨物，來籌集支援省港工人罷工鬥爭的經費。」

洪源連忙答道：「您交待的事情，我們立即去辦！」

忽然，廖仲愷的身子搖晃了一下，險些跌倒，汪江萍一個箭步跑上去，雙手扶住廖仲愷，驚慌地問道：「廖公！您怎麼啦？」

廖仲愷掙扎了一下，輕聲說道：「實在是太忙了！」

汪江萍心痛地說道：「請廖公為國惜身，趕快休息一下吧！」

廖仲愷默默地搖了搖頭：「沒有關係，你們去忙吧……」

九十二

此時的廖仲凱，只知道為國家的尊嚴、為工友的利益忙碌，絲毫也不知道敵人正在一步一步地走向自己。

一九二五年八月二十日，中國國民黨中央執行委員會第一〇六次會議，將在中央黨部所在地廣州惠州會館召開。

前一日，廖仲愷因為忙於落實黃埔軍校下半年的訓練經費，直到深夜才回到家中，只睡了幾個小時，二十日一早，新成立的潮梅軍軍長羅翼群又來請示該軍軍餉調撥之事，廖仲愷在家中又與羅翼群詳細交待了辦理領餉的手續諸事，至此，已是上午八點五十分左右。

「馬上快要開會了，你早飯還沒有吃！」何香凝心痛地催促道。

廖仲愷一臉疲憊地進洗漱間，捧起幾把涼水胡亂在臉上抹了抹，端起碗來隻匆匆吃了幾口白稀飯，九時許，便匆匆忙忙地與何香凝一起出了門。

廖仲凱的汽車由東門進城，途中見中央黨部的陳秋霖正迎面而來。

廖仲愷令汽車在路邊停下，搖下車窗招呼道：「秋霖同志，你是要找我嗎？」

陳秋霖急忙說道：「是的，我有事要找你。」

廖仲愷點頭說道：「那好，我正要去開會，就請你一起到車上來談吧！」

陳秋霖應聲上了車，一同往惠州會館駛去。

九時五十三分，汽車來到惠州會館門前，車一停穩，隨行的四名衛士即先行跳下，打開車門，廖仲愷與陳秋霖下了車，邊走邊談，登上進入會場的石階。

何香凝從另一側下車後，聽身後有一位中央婦女部的同志叫她，準備向她彙報工作。

於是，何香凝便轉身對這位同志說道：「等十幾分鐘我就到婦女部去，請大家等著我。」

正在何香凝說這話的時候，突然，耳旁傳來砰砰砰幾聲槍響。

何香凝急忙轉過頭，只見石階上躥出五六名兇手，正在向廖仲凱舉槍射擊。

廖仲愷中彈後，左手捂著胸部，以右手撐著石階，似乎還想掙扎著站起來。

但是，緊接著又是幾聲槍響，廖仲愷一下子撲倒在石階上，陳秋霖和身後的一名衛士也中了彈，痛苦地倒了下去。

「救命！快抓壞人！救命！快抓壞人……」何香凝一邊連聲大喊，一邊奮不顧身地衝上去，想以自己的身體來擋住兇手們的槍彈。

衛士們迅速與兇手展開了槍戰，數十秒鐘後，一名兇手重傷倒地，另外幾名則乘著混亂分頭向大門外兩側奪路而逃。

待何香凝與婦女部那位同志把廖仲愷從石階上扶起來時，石階上遍是殷紅的血跡，廖仲愷雙目微睜，已經不能說話了。

汽車以最快速度，把身負重傷的廖仲愷送往附近的廣州市公立醫院搶救。

十時十五分，經醫生檢查確認，廖仲愷因為身中四槍，皆係要害，呼吸和心跳均已停止。

九十三

當天夜晚，黃埔軍校響起了淒厲的號音，蔣介石陰沉著面孔，臂戴黑紗，與周恩來一同站在旗杆下，兩個人都在悲痛欲絕地流著眼淚。

號音之中，黃埔軍校師生迅速集合列隊。

蔣介石未作任何前言，異常沉痛地說道：「黨軍慈母，我們敬愛的廖仲愷先生，被敵人刺殺了……」

月光之下，黃埔師生們的臉上，立刻顯出一片驚愕和悲哀。

一個學生悲哀地驚呼起來：「黨代表！」

頓時，全體軍校師生同聲驚呼：「黨代表……」

周恩來幾乎泣不成聲：「我們的廖公，我們的黨代表，精神永存！他是我們黃埔不朽的軍魂……」

廖仲愷遇害，廣州國民政府內部人人自危，全國上下紛紛要求緝拿兇手，嚴懲主謀，以告慰廖公。而恰在此時，陳炯明又重整旗鼓，再次向廣州進犯。

九十四

一九二五年十月一日清晨，軍號吹響，黃埔軍校學生迅速跑向廣場集合。

蔣介石和周恩來站在軍旗下。

何應欽正步上前，高聲報告：「報告，國民革命軍第一師集合完畢！」

蔣介石激情澎湃地站立起來，高聲地說道：「革命的第一師官兵同志們！革命的黃埔同學們！今天，我們按照我們的先總理中山先生的意志，經歷許多的奮鬥之後，國民革命軍第一軍正式成立了！」

佇列中，有人唱起《黃埔軍校校歌》，很快匯成威武雄壯的合唱：「怒潮彭湃，黨旗飛舞，這是革命的黃埔！主義須貫徹，紀律莫放鬆，預備作奮鬥的先鋒……」

太陽在歌聲中升起，朝霞照耀下，蔣介石與周恩來眼中淚珠閃閃發光。

歌聲停止之後，全體官兵再一次立正敬禮。

蔣介石又一次站立起來，他淚光閃爍，說道動情之處竟幾度哽咽：「請稍息！你們的歌聲，非常地讓我感動！先總理做夢都渴望我們革命黨人，擁有和掌握一支自己的軍隊……今天……我們終於可以告慰孫總理的在天之靈了……終於可以告慰廖黨代表的在天之靈了……」

周恩來連忙接過蔣介石的話題，大聲說道：「蔣軍長講得好啊！由黃埔軍校師生、黨軍和革命的粵軍組成的第一軍，是中華民族的希望！是進行北伐的核心力量！親愛的同志們，我們的中華民族，經歷了太多的苦難，太多的不幸！日、英、美各帝國主義，在我國橫行霸道，五月十五日，日本工頭槍殺工人領袖顧正紅，五月三十日，英國巡捕向上海的罷工遊行隊伍開槍掃射，七月六日，帝國主義者又在我們的身旁，製造了血腥的沙基慘案，使包括我們黃埔同學在內的許多中國人死於他們的槍下，不久前的八月二十日，黨軍慈母廖仲凱同志又慘遭反動派的殺戮！我們的中華民族，已經到了死亡的關頭，但是，從今天開始，我們將不再受他們的欺辱宰割，因為，我們手中有了鋼槍，我們的國家和民族有了我們第一軍！」

《黃埔軍校校歌》再度被黃埔官兵們唱響：「怒潮澎湃，黨旗飛舞，這是革命的黃埔！主義須貫徹，紀律莫放鬆，預備作奮鬥的先鋒……」

九十五

黃埔軍校會議室，蔣介石、周恩來、何應欽與衛立煌、劉堯宸等人召開了一次軍事會議。

蔣介石作為會議主持人，首先發了言：「對廣東軍閥陳炯明的第二次東征，到底打不打？陳炯明一再反對先總理，反對革命！是北伐戰爭的最大障礙！我是主張打他的！但是，許崇智無恥之尤，拿了東征軍費卻不肯出兵，簡直是個拆白黨！我們的黨軍慈母廖公又剛剛被刺身亡，廣州很不穩定！我把第一軍開了出去，若是把黃埔丟了，若是把廣州丟了，後果也很嚴重……」

何應欽開口說道：「校長不必擔心，我看陳炯明是敗局已定！第一，陳炯明的主力，在一次東征時已被消滅了，第二，我們的力量，比一年前強大許多，第三，陳炯明的部隊，沒有主義軍紀律敗壞，東江的百姓對陳炯明恨之入骨，我們打陳炯明，百姓們肯定擁護，所以，打掉陳炯明，我軍具有絕對的把握！」

周恩來也表示支持：「敬之說得透徹！彭湃同志在海陸豐地區舉行了暴動，掌握的農民自衛軍有三個團兵力，我們打陳炯明，彭湃他們肯定會做出很大支持！兩頭夾擊，陳炯明就完蛋了！我贊同敬之的意見，打！打！堅決地打！」

蔣介石依然憂心忡忡：「但廣州怎麼辦？黃埔怎麼辦？那個許崇智會不會趁火打劫？」

衛立煌想了想站立起來說道：「蔣軍長，許崇智已拿到他想要的軍費，他的目的達到了，他不會也不敢革命軍作對！而且他已被國民政府驅逐出粵境，對我們沒有威脅，為以防萬一，部下願意率領所轄之第九團，拱衛廣州！」

劉堯宸也站起來說道：「第四團請求擔任東征戰役的突擊隊！」

何應欽又說：「打擊陳炯明，有二師兵力已足夠！我看，把第三師留下來，一方面警戒廣州，另一方面也有了東征戰役的總預備隊！」

蔣介石終於下了決心：「好！我們去打！不過，衛立煌你可要注意，你是先總理生前的衛士排長，我只信任你一個人，不管發生什麼事情，我只管向你來要黃埔！只管向你來要廣州！」

衛立煌挺身立正，嚴肅地回答：「放心！我衛立煌粉骨碎身，也不會讓黃埔出事！不會讓廣州出事！」

九十六

根據這次會議的討論，國民政府作出第二次東征的決定，任命蔣介石為東征軍總指揮，汪精衛任總黨代表，周恩來為總政治部主任兼第一師黨代表，分為左、中、右三路縱隊迎敵，總兵力約四萬人，計畫用一個月時間，徹底消滅陳炯明叛軍。

為配合東征軍作戰，中共廣東區委指派楊石魂等人，率領「嶺東革命同志會」，先行進入潮汕地區發動群眾。

廣東省農民運動協會也派遣古大存，回到自己的家鄉五華縣，領導當地農民在敵後開展鬥爭。

東征軍離開廣州的同時，省港罷工委員會和廣州各業工會，自發組織的總計近四千餘人的衛生隊、運輸隊，與東征軍一道，開赴前線。

九十七

一張用紅藍鉛筆標滿各種箭頭的作戰地圖四周，蔣介石、周恩來、李濟深、程潛等指揮部首長，正在召開緊急作戰會議。

蔣介石以他那濃重的浙江口音說道：「先告訴諸位一個消息──今天早晨，原已進至博羅─石龍一線的陳炯明叛軍李易標、翁騰輝的兩個團，聞我大軍起征的消息後，全部跑回惠州去了。目前，我們面臨的第一個目標，也是關係此次東征成敗的關鍵一仗，就是惠州。惠州，這是陳炯明手中的一張王牌，是陳炯明作惡東江的主要支撐點，第一次東征，我們囿於戰略上的考慮，繞過了它。但我們這次第一個目標就是要攻下惠州，只要我們集中全力一舉攻下惠州，就徹底打跨了陳炯明的士氣，後面的仗，也就好打多了！」

李濟深擔憂地說道：「惠州三面環水，牆高水深，加之城南又有飛蛾嶺作屏障，易守不易攻，素稱天險。兩千餘年來，圍繞惠州的戰爭不斷，著名的就有幾十次，但從未有被攻破的記載。兩年前，孫總理曾親率三萬大軍向惠州進攻，還有幾架飛機支援戰鬥，向城內投下了數百顆炸彈，甚至在惠州東南城門牆下挖了地道，埋上地雷，把城牆炸塌了一百多米，但敵人很快在被炸塌的地方用圓木尖柱修了防禦工事，仍把惠州守住了。現在，惠州城防司令楊坤如又是著名的陳炯明叛軍驍將，陳炯明也多次揚言，就是派來神兵天將，也拿惠州莫可奈何。所以，我還是有點擔心，萬一攻不下來惠州，部隊受了重挫怎麼辦？」

蔣介石多少有些不耐煩地說道：「現在不再是討論攻得下來攻不下來的問題，而是一定要在最短的時間內首先把惠州拿下來！」

周恩來想了想，說道：「一定要在部隊中開展深入的宣傳動員，時刻牢記革命軍是誰的軍隊，是為了誰而來打仗犧牲！一定要把士氣鼓得旺旺的，顯示出革命軍所向無敵的英雄氣慨！」

蔣介石又說：「此次攻打惠州，是對革命軍一次真正大的考驗，惠州城牆較淡水就有一倍半厚，城頭上可以趕馬車。二三月間我軍攻打淡水，奮勇隊發揮了決定性作用，這次攻打惠州，還是要採用這個經驗，而且，要挑選更多的奮勇隊員做衝鋒準備。攻城成功後，戰功卓著者給予重賞！同時，全體官兵務要牢記『連坐法』，無論主攻還是預備！」

九十八

一九二五年十二月九日，廣東惠州城外，東征部隊如虎踞龍盤，集結在陣地上。

蔣介石、周恩來、何應欽等人在臨時指揮部，召開總攻惠州的作戰會議，共產黨員、第二師第四團團劉堯宸，站在軍事地圖前，高聲地請戰：「將首攻突擊隊的任務交給我們吧！我們團的共產黨員們，全都寫了血書來請戰！」

蔣介石感動地說道：「劉團長，你們共產黨員勇於犧牲，這很好！可是，第四團的武器裝備是全軍最差的，去攻打惠州城的東大門，你有把握嗎？」

劉堯宸毫不猶豫地說道：「我軍的軍魂是革命的黃埔精神，我軍團職指揮官中，我是惟一的黃埔軍校教官，在革命鬥爭的緊急時刻，在要同敵人拼命的時刻，一個身為教官的人，若是不能挺身而出，英勇向前，何以為人師表？又何以示範學生呢？」

周恩來馬上表示支持：「劉團長的這一番話，講得很是動情啊！共產黨人既然是已經加入了國民黨，共產黨人既然是已經加入了國民革命，就是應該在遇到了艱苦和困難時搶先上前啊！這也是我們共產黨人參加到國民黨中，參加到國民革命中來的真誠初衷啊！蔣校長，我看，就同意劉團長主攻吧！武器不好，給他們補充嘛！」

蔣介石點了點頭說道：「我調一個衝鋒槍連給你！十二月十三號上午，第四團擔任全軍突擊隊！」

劉堯宸立正敬禮：「謝謝蔣校長的信任！我代表全團每指戰員，每人申請五顆手榴彈！」

九十九

十二月十三日凌晨，第四團戰旗下，劉堯宸莊嚴地宣佈著命令：「同志們！舊軍隊打仗的規矩是，當兵的衝在前方，當官的在後面督戰！今天，我劉堯宸要把這個規矩改一改，我是一團的長官，也是你們的教官，攻惠州城，打陳炯明，衝鋒號一響，我會衝在最前方，我的身後是團附，團附的身後是營長，營長的身後是連長，連長的身後是排長！在這一場攻堅戰中，沒有任何別的命令，所有的命令只有一個，那就是前進！全團只要還有一名戰士在，只要還有一名共產黨員在，這面軍旗，就一定要插在惠州的城上！」

高明達挺身高呼：「團長！請把這面軍旗給我吧！雖然，我是國民黨員，但我保證，一定要親手把他插在惠州的城頭上！」

劉堯宸讚揚了一聲：「好！高明達！出列！」

高明達正步走出佇列，立正敬禮。

劉堯宸雙手舉過軍旗：「高明達！接旗……」

一〇〇

血紅色的朝霞照耀在劉堯宸的臉上，照耀在第四團戰士們的臉上，戰旗在朝霞的照耀之下獵獵飄舞，安靜的震撼人心的氛圍中，四名號兵騰然躍起，嘹亮的衝鋒號聲響徹雲天，劉堯宸手持衝鋒槍，魚躍而起，高明達手裡高舉著的戰旗，在他的身後飄揚，戰士們排山倒海地向前衝殺而去……

高明達高舉戰旗，向前衝去，一發炮彈在高明達的身邊炸開，高明達把戰旗插在地上，搖晃子一下，終於倒在了陣地上……

另一個戰士舉起戰旗，向前衝去……

劉堯宸奮臂高呼：「為了勝利，前進！前進……」

連續四次衝鋒，劉堯辰拉上了二營全營和一營一個連，採取逼近敵城牆後，多路進攻，多點登城，儘量選擇從敵人側防機槍射擊死角攻擊的方法，在惠州城北門二三百米寬的正面上，奮不顧身，前赴後繼，終於使數十架竹梯順利架到了城牆上。

惠州城下殺聲浩蕩，有幾個被東征軍炮火轟開的豁口處，奮勇隊員們已經攀登上去，和城上的敵人展開了肉搏。

一些竹梯，被敵人的子彈打斷，官兵們就用肩扛著，讓其他隊員攀登，有的甚至搭起了人梯。

在一塊不大的草壩子上，劉堯宸集合了全團所剩最後一點預備力量——陳賡連隊所戰餘的四十餘名官兵。

劉堯宸既悲壯又動情地對陳賡他們說道：「感謝你們遠離家鄉，遠離父母來當革命軍，當革命軍不是升官發財，而是隨時為我們所進行的事業奉獻一切，直至生命！我們的前面犧牲了那麼多兄弟，現在就輪到我們了！有怕死的請你站出來，可以留下，我決不怪罪你。如果沒有，我當團長的能往前衝，兄弟們也絕不可後退！」

何應欽在聽完劉堯宸的這一番話，頓時，立刻明白了劉堯宸那種慷慨赴死的決心，何應欽覺得兩個眼眶裡一陣陣發熱，但他強忍住了眼淚，走到劉堯宸面前，誠懇地說道：「我軍的炮彈快打光了，你們是主攻團，我會用這最後的一次全炮火，來掩護你們！」

劉堯宸望了何應欽一眼，感激地說道：「我代第四團的兄弟們謝了！」

說罷，劉堯宸拔出腰間的駁殼槍，大呼了一聲：「有主義的兄弟們，請隨我來！」

說著，他第一個躍出塹壕，帶領陳賡等四十餘官兵向敵人衝去。

他們衝過了五眼橋，當離城牆還有一百米左右時，敵人的槍彈更加密集了，幾名戰士相繼倒了下去。

劉堯辰向城頭觀察，正準備指揮登城時，一串機槍子彈射來，他的胸前連中數彈，頓時撲倒在地上。

「團長！」在他身後不遠的陳賡見狀，猛衝上去，抱起劉堯辰就地滾翻到了旁邊一個炮彈坑裡。

「一定要攻進城去！」劉堯辰吃力地對陳賡說完這句話，就永遠閉上了眼睛。

一〇一

夜晚，蔣介石與何應欽一邊視察攻城的部隊，一邊討論明天的戰事安排，何應欽難掩心中的激動，對蔣介石說道：「第二師第四團今天打得太苦，團長劉堯辰犧牲，全團傷亡很大，本來，已經不宜再擔任主攻。聽說該團炊事兵做好的晚飯，許多班排都不見人去領，原來，有近三分之一的班排，今天都沒有人活著回來，炊事兵們都流淚了。但四團黨代表徐堅和全體官兵堅決不同意將他們換下，全團上下含著眼淚發誓，一定要親手把革命軍的紅旗，插上惠州城頭，為劉堯辰團長報仇！現在，第四團士氣十分旺盛，所以，我的意見是明天仍由第四團擔任主攻，同時，調第三師第八團，來當助攻，配合第四團！」

蔣介石默默無語地聽著何應欽的話，始終未發一言，但是，借著夜空之上那一閃一閃的星辰，何應欽卻清楚地看到，蔣介石那雙疲憊不堪的眼睛裡面，不斷滾動的淚光……

一〇二

夜幕尚未褪盡，朝霞尚未升起，激昂的衝鋒號吹響了。

潛伏在惠州護城河大橋北岸的第二師第四團代理團長惠東升和第三師第八團黨代表張際春，見戰鬥時機已到，同時下達了發起攻擊的命令。

官兵們每十人一組，前頭的手持紅旗，其餘的攜帶竹梯，以散開的隊形，乘著濃濃的晨霧往惠州北門衝去。

位於飛鵝嶺後側炮陣地上的蔣介石遠遠望去，只見惠城北門之外，煙塵之中，殺聲遍野，黨旗揮動，大軍衝殺，氣勢如虹。

就在這時，隱藏在城牆內的敵人側防機槍，又開始噠噠噠地響了起來，密集的彈雨，把部隊壓制在距城牆僅數十米外的一片開闊地上，一批又一批奮勇隊員倒了下去。

蔣介石見狀，急得在陣地上連連跺腳：「誰能打掉敵人的側防機槍？誰能打掉敵人的側防機槍？」

話音未落，肖大山刷地一下，站在蔣介石面前：「報告校長，學生願意去完成這個任務！」

蔣介石疑惑地盯了肖大山一眼：「你？一個步兵科的學生？你懂不懂？對付機槍陣地，需要炮兵！」

肖大山立正說道：「一兵多用，是校長的教導！我會打炮！」

蔣介石指著敵人的那兩個機槍陣地，向肖大山問道：「告訴我！你怎麼打？」

肖大山馬上報告說：「我可以帶領一門迫擊炮從旁邊衝上去，抵近射擊，拔除敵人的這兩個釘子！」

蔣介石一聽，立即命令道：「好，那我就把這個任務交給你，一定要快！你的同學們正在犧牲！我在這裡等待你的消息！」

「是！」肖大山急匆匆地向蔣介石敬了個禮，轉身就帶著一門迫擊炮和幾個士兵，衝出了陣地。

肖大山他們迂回來到一個視野較好的茅草房內，這裡距惠州城牆僅有二百多米，敵人北門城樓、明月灣等幾個機槍陣地，盡在眼前，密集的機槍子彈，正從那幾個槍眼裡傾瀉出來。

肖大山已來不及再多想，他把炮管從茅草屋的窗戶裡悄悄伸了出去。第一個目標指向北門城樓附近的敵側防機槍陣地，試發一炮，略偏左了。略加修正後，第二發炮彈正中敵側防機槍陣地，幾挺正瘋狂掃射的敵機槍被炸上了天。

緊接著，肖大山把炮口指向明月灣那個對進攻部隊威脅最大的敵側防機槍陣地，他屏住呼吸，瞄準對方，轟地一聲，炮彈幾乎直入敵機槍射孔，敵人這個最為瘋狂的機槍陣地，頓時啞巴了，城牆也被炸塌了一大塊。

被壓制在開闊地上的官兵們一躍而起，近百把竹梯立時架到了北門城牆上，開始往城頭攀登。

蔣介石見狀大喜，他一聲令下，何應欽率領部隊對惠州城發起了總攻。

青天白日旗終於插上了城頭，惠州解放了！

一〇三

一九二五年十月八日，廣東華陽，蔣介石帶領的一個團兵力，被敵人三面包圍。

蔣介石有些驚異：「怎麼搞的？從哪裡突然冒出來這麼多的敵人？」

團長急忙立正敬禮：「報告，我方偵察有誤！他們說這裡連一個排的敵軍都沒有！可是，現在看來，包圍著我們的敵人應該有三個團，我們這一回，一定是碰到了陳炯明的主力部隊！」

蔣介石氣憤之極：「把偵察排長拉出去槍斃！謊報軍情，貽誤戰機，馬上槍斃！」

參謀長急忙上前勸道：「校長不必驚慌！我軍離這不遠，這裡打響了，他們會立即趕來支援的……」

蔣介石狠狠瞪了參謀長一眼：「我驚慌了嗎？我只是認為堂堂革命軍領袖，擔負全域，責任重大，我不應該在前沿當士兵用！」

團長馬上說道：「校長說得對！我馬上組織敢死隊，掩護校長突圍！」

蔣介石又瞪了團長一眼：「戰鬥正在進行，你這樣做會影響軍心！這樣吧，你們原地防守，我去找何應欽救援你們！」

團長聽罷，立刻向陣地上高喊：「陳賡！陳賡！」

陳賡帶著戰塵跑來：「報告！陳賡奉命來到！」

團長馬上下令：「你帶上一個排，護送校長至何長官那裡去！」

一〇四

不料，正當陳賡他們護衛著蔣介石，急速地向著何應欽的駐地行進時，國民革命軍第一軍第三師被陳炯明的幫兇林虎擊潰，正在拼命逃竄，師長譚曙卿也不知下落。

自從二次東征以來，國民革命軍一貫是英勇奮鬥，所向披靡，蔣介石從未見過這樣的潰敗，氣得他站在道路中間，憤怒地吼叫著：「站住，全都給我站住，不許後退！不許後退……」

但是，以蔣介石一人之力，根本遏止不住部隊的潰逃。

蔣介石與陳賡的一排人手拉手連成一道封鎖線，他大聲命令：「你們不許後退！不許後退……凡後退者以『革命軍連坐法』論處，一律槍斃！一律槍斃……」

然而，真的是兵敗如山倒，任憑蔣介石喊破了嗓子，也擋不住第三師士兵們的逃跑。

蔣介石在陳賡等人的協助下，仍然搏盡全力，試圖穩住整個戰線，但是，我方陣地已盡被敵人所突破，大勢已去了。

蔣介石急得跺腳大罵：「譚曙卿啊譚曙卿，你這是要毀我國民革命啊！」

旋即，蔣介石又對陳賡說：「我命令你前去接替譚曙卿為第三師師長，立即組織第三師進行反擊！」

陳賡拔出腰間的駁殼槍，截住一股正往後潰退的士兵，大聲吼道：「你們聽命令！現在，我是第三師師長，總指揮部就在後面，你們不許後退！不許後退……」

但是，根本沒有人理他，黑壓壓的潰兵無所顧忌地朝他湧來。

陳賡朝退卻的人群連開了數槍，依然毫無用處，他自己也被逃跑的人群撞倒在地上。

陳賡清楚地意識到眼前的局面，自己縱有天大的本事，也無法挽回敗局了，可是，蔣介石現在還待在小山丘上，作為總指揮部的護衛連長，此時，他最要緊的任務是保護國民革命軍統帥蔣介石。

想到這裡，陳賡急忙跑回到那個小山丘上：「報告校長！敵人上來了，你必須立即撤退！」

蔣介石狠狠一瞪陳賡「怎麼能撤退呢？『革命軍連坐法』是我親自制定的！即使犧牲到只剩最後一個人，我們也要堅持到底！」

一顆炮彈帶著刺耳的尖叫，落在小丘上，爆炸的煙塵籠罩了整個高地。

陳賡再一次勸說：「校長，敵人都已經過來了，再不走就出不去了！」

首戰惠州的大勝利剛剛結束，眼前的場面實在令蔣介石難以接受，蔣介石的自尊心受到了極大的挑戰，他一把拔出隨身佩劍，朝著自己的胸口刺去：「東征墮落到眼下這個地步，我蔣中正還有何面目回去見江東父老……總理！我蔣中正有辱使命，我蔣中正要來晉見你了……」

陳賡見狀，一個箭步撲上去，以軍事格鬥動作，奪下蔣介石的佩劍：「校長！你這是幹什麼？」

蔣介石淚流滿面：「我們已經身陷絕境，不成功，便成仁！」

陳賡一把抓住蔣介石的手腕，驚愕地說道：「校長，你怎麼能自殺呢？你是整個東征軍的總指揮，目前，我軍各縱隊都進展神速，唯有我們在這裡受了一點挫折而已，你一死，對整個戰事都會產生巨大的影響啊！」

蔣介石一言不發，只管去搶自己的短劍。

陳賡知道再這樣耽誤下去絕對不行，眼看，敵人已經從不同方向往小丘上衝過來了。

陳賡稍一思索，突然一拳將蔣介石打暈，一把扛在肩上，夾雜在潰退的第三師士兵當中，一口氣跑出五六裡地。

蔣介石慢慢醒來了，發覺自己被氣喘噓噓的陳賡扛在肩上，不由得一陣感動，他一邊掙扎著要下來，一邊說道：「陳賡啊，陳賡，你是黃埔第一名的好學生！」

陳賡沒顧上搭理蔣介石，對著周圍的戰士大聲命令道：「全體上刺刀！衝鋒！殺出一條血路！掩護蔣校長！全速前進！」

蔣介石流淚了：「陳賡！我會記住你的！找到了何應欽，我會讓他重重地提拔你……」

陳賡邊跑邊說：「校長！你不用記住我，只要校長記住革命就行了！我陳賡是一名革命軍人，你現在是革命軍的領導人，在戰場上掩護你，是革命的需要……」

一〇五

一九二五年十二月七日，北京《京報》的頭版頭條位置，刊登了一條評論員文章——《一世之梟親離眾叛之張作霖》。

女記者沙漪看著報紙對社長邵飄萍說道說：「飄萍老師，敢於痛罵張作霖者，您是開天闢地第一人啊！」

邵飄萍不屑一顧地說道：「出賣國家之主權，殤殃民族之生力！此種軍閥惡人，焉能不加以痛責怒罵？」

沙漪擔憂地說道：「張作霖出三十萬大洋，想買下您的筆，您不但拒絕了，還寫文章罵他。金錢不達收買目的之後，他再度給您送來的，便是子彈了呀！」

邵飄萍一聲冷笑：「三十萬大洋，他張作霖也太輕看我們的《京報》，太輕看我邵飄萍了！」

一〇六

北京街上，大雪紛飛，邵飄萍穿著一件皮大衣走出報館，不禁打了一個哆嗦。

幾個穿著破舊不堪的夾衣的黃包車工人，急急忙忙地圍上前去，爭先恐後地說道：「先生！要車嗎？」

邵飄萍掃視了一下圍在自己身邊的黃包車工人，登上了一輛車：「上北大紅樓！」

那位黃包車工人連忙答應了一聲，趕緊拉著車跑了起來。車上，邵飄萍同情地詢問：「這位師傅，還混得下去吧？」

黃包車工人一邊拉著車拼命地跑，一邊答道：「咳，混什麼呀？交了份兒錢之後，一天也就能掙兩個窩頭，一碗棒子麵粥！」

邵飄萍聽了，不由自主地一聲長歎：「唉，外強入侵，軍閥混戰，世道惡劣，民不聊生啊！」

黃包車工人一邊跑，一邊問：「先生，您學問大，您說說，這滿清不好，垮了！可這不是民主共和了嗎？怎麼老百姓還餓肚子啊？」

邵飄萍沒有答話，臉上卻顯出了一片哀傷。

黃包車到了北京大學的門口，邵飄萍往工人手裡放了一塊銀元，轉過身去，默默不語地走了。

工人看著手中的銀元，呆呆地立在原地，傻傻地看了半天，突然朝著邵飄萍的背影高喊了一聲：

「唉喲兒，您是我爹！您是我親爹啊……」

一〇七

北大圖書館裡，李大釗與邵飄萍每人手握一杯清茶，親熱地交談著。

李大釗充滿讚揚地說道：「飄萍啊，你的如椽大筆一揮，張作霖是心驚肉跳啊！」

邵飄萍謙虛地搖了搖頭，隨後，鄭重地問道：「守常先生，你認為除了打倒張作霖之外，我們的國家法還有別的出路嗎？」

李大釗嚴肅地一點頭：「沒有了！自從『二十一條』簽訂以來，內閣勾結外寇，合力竊賣國家。繼海關共管、郵政代管之後，又有鹽稅共管、鐵路共管、江河共管。日本為首惡之敵，英、美並隨其後，提出全部財政共管，已經完全要滅亡中國了！若是沒有內閣，外賊何以得此倡狂？張作霖、吳佩孚、孫傳芳這等大賊巨奸不除，中國將墮入萬劫不復的深淵，哪裡還有生機和出路啊！」

邵飄萍激動萬分，忍不住以手掌連連擊打桌面，哀痛地說道：「軍閥與外寇沆瀣一氣，中山先生創立的中華民國，已到將亡將死的絕境啊！」

李大釗伸手一指窗外，對邵飄萍示意地說道：「懂得救國家、救民族的，不僅僅是我們這一幫書生啊！現在，南方的革命軍，秉承中山先生的意志，已在經聯合了我們共產黨人，準備北伐，向這些禍國殃民的軍閥們開戰了！」

邵飄萍騰地一下子站了起來，衝動地說道：「好！自古儒生空搔首，將軍奮臂挽狂瀾！好！用革命的暴力，打擊反動的暴力，我祝願他們革命軍為我們的國家和人民打出一個新的前途！好！」

一〇八

一九二六年三月一日，京師員警廳科長沈維翰，坐在皮椅子上，搖頭晃腦地朗讀著《京報》上面邵飄萍的文章：「改組後的國民黨，接受歷史潮流之方向，提出的反帝反封建主張，重新解釋三民主義，確定聯俄、容共、扶助農工三大政策，並依靠這一新三民主義的精神，向著使中華民族擺脫苦難的目標前進著！那麼，我等盼望解放之人民應當如何呢？馬克斯先生在他的《資本論》中，對於那些在革命已經到來，仍然不知所措的人們，指出了一個很好的方法——這裡是羅得斯，就在這裡跳躍吧！這裡有玫瑰花，就在這裡跳舞吧！唉，好啊！真好！邵飄萍的文章，寫得真好啊！」

警長在一旁傻裡傻氣地問道：「好？真好？那對這個姓邵的，沈科長的意思是？」

沈維翰抬起頭來，狠狠地瞪了那個警長一眼：「什麼意思？我有什麼意思？我敢有什麼意思？張大帥的密令到了，邵飄萍的腦袋不掉，我的腦袋就掉！」

一〇九

北京東交民巷，俄國的兵營內，在俄國士兵的保護下，李大釗正在對一群青年學生講演。

李大釗帶著極大的鼓舞力，對那些青年學生們說道：「共產黨號召青年知識份子，參加到改組後的國民黨中去，這是具有很大的現實意義的！第一，要非常堅決地支持國民黨聯俄、容共、扶助農工的三大政策，推動國民黨向著革命的方向進行改革，只要他們這聯俄、容共、扶助農工的三大政策不改變，我們中國共產黨人便有了生存、發展、壯大的機會！你們知道這叫什麼嗎？叫做借殼生存！叫做借雞生蛋！第二，支持國民黨打倒帝國主義、打倒反動軍閥的正義行為，推動中國人民當前所迫切需要的北伐戰爭！這也是中國共產黨基於中國苦難的現實，基於中華民族最急迫的要求，所做出的唯一正確的決定，同學們啊，請問，當前國人最痛恨的是什麼呢？軍閥！還有軍閥後面的帝國主義！我們共產黨人必須審時度勢，順應民心！如果，我們此時此刻不支持國民革命，不支持北伐戰爭，而是去提出更遙遠的社會主義和共產主義，那麼，舉目中華，會有人支持我們嗎？」

一位女青年聽到這裡，伸手提問：「請問李老師，您認為，北伐戰爭能夠勝利嗎？」

李大釗毫不猶豫地回答：「北伐戰爭當然會勝利！北伐戰爭順應著歷史進步的潮流！一定會勝利，也必須要勝利！我們多災多難的祖國，已經到了最後的時刻，已經無所畏懼，也已經無可失敗了！然而，更為重要的問題是，你們是中國共產黨的黨員，或者是中國共產黨的支持者，所以，你們不可以將國民革命的勝利，不可以將北伐戰爭的勝利，期盼成國民黨的勝利。更不可以拱手將國民革命和北伐戰爭的這一巨大勝利果實相讓給國民黨人！」

一個男青年也伸手提問：「李老師，那您說，我們在北京的學生們，現在應該怎麼辦？」

李大釗望了一下室內的這一群青年學生們，慷慨激昂地揮著手說道：「我給你們三個建議，第一、南下廣州，去找周恩來同志，爭取考入黃埔軍官學校，或者參加國民革命軍，直接參與北伐戰爭，我們的黨自己沒有軍隊啊，共產黨人參加進國民革命軍裡面的人越多，我們黨對這支軍隊的影響也就越大！第二、出國學習，學習世界上最前沿、是先進的科學技術，準備著振興我中華民族；第三、留在北方，或去馮玉祥的軍隊，去做革命動員工作，促成他們的奮起，參加北伐……」

一〇

一九二六年七月九日，白天，廣州東校場內，軍歌嘹亮，戰旗飄揚，一片歡騰，「國民革命軍北伐誓師大會」正在隆重地召開，國民政府黨政軍負責人和各界民眾五萬餘人參加大會。

誓師大會的司儀官張治中，激情彭湃地走到主席臺的話筒前，大聲地說道：「革命的同志們！請安靜！現在，我宣佈，中國國民革命軍北伐誓師大會，正式開始！」

全場的軍民大眾，再一次激動不已地歡呼起來，有人帶頭唱起了《工農兵聯合起來》的歌曲，加入合唱的人們越來越多：「工農兵聯合起來，向前進，萬眾一心！工農兵聯合起來，向前進，消滅敵人！我們勇敢，我們奮鬥，我們團結，我們前進！殺向那帝國主義反動派的大本營，最後勝利一定屬於我們工農兵……」

張治中激動地不斷擦拭著自己的淚水：「同志們！請安靜！現在，請國民政府代主席譚延愷，向國民革命軍總司令蔣中正同志，授印！」

譚延愷在兩名衛兵的護衛之下，走上主席臺。

望著台下眾志成城的人群，譚延愷激動得連聲音都有些顫抖：「請國民革命軍總司令蔣中正同志，上臺！」

蔣介石身穿嶄新的將軍禮服，身佩指揮刀，健步走上主席臺，立正，敬禮：「蔣中正奉命來到！」

譚延愷雙手捧出軍印，對蔣介石說道：「我代表國民政府，授予你為國民革命軍總司令，請你接印！」

蔣介石立正，再次行過軍禮之後，雙手接過軍印：「蔣中正受印！本人一定繼承先大元帥之遺志，一心貫徹革命主義，全力保障民族利益，打倒一切軍閥，肅清反動勢力，努力實行三民主義，勇敢完成國民革命！」

蔣介石的聲音通過揚聲器在會場上響起。

一陣又一陣熱烈的掌聲之中，《工農兵聯合起來》的歌曲被激動的人們再度唱響：「工農兵聯合起來，向前進，萬眾一心！工農兵聯合起來，向前進……」

張治中不得不再次揮手示意大家安靜：「請安靜！革命的同志們！請國民黨中央黨部代表吳稚暉，授國民革命軍軍旗！」

吳稚暉在兩名衛兵的護衛之下，雙手捧著一面青天白日旗，走到主席臺上：「蔣中正同志，請你接旗！」

蔣介石恭恭敬敬地走上前去，立正，行過軍禮，雙手接過軍旗，轉身交給身邊的衛兵，衛兵立刻將青天白日在旗杆上升起。

全軍將士恭恭敬敬地立正敬禮，目送著青天白日旗冉冉升起。

望著這面青天白日的軍旗高高飄揚，吳稚暉淚如泉湧，他很動感情地說道：「中正同志，今天，我黨、我國民政府，所授予你蔣中正同志的，絕不僅僅只是這一方大印、一面軍旗啊！我們所授予你的，是自有同盟會以來，包括先總理中山先生在內的無數革命先賢，無數奮鬥烈士不散的志向和理想！我們所授予你的，是全體革命的國民黨人，拯救我泱泱中華的義氣！我們所授予你的，是國家的出路，民族的希望啊！中正同志！」

蔣介石的淚水，始終在眼眶中滾動，他再一次向著那面軍旗敬禮，莊嚴地說道：「請你們放心！我蔣中正深知自己的重大責任！」

說罷，蔣介石拉著吳稚暉的手臂，走到主席臺前沿，從司儀官張治中的手中，一把奪過話筒，對著台下的與會者大聲地說道：「蔣中正今茲就職，敢請黨國元勳稚暉老為證人，敢請在場之全體國民為證人，敢請列隊之廣場上的革命官兵為證人，謹以三件事為就任宣言，第一，必與帝國主義者及其工具為不斷之決戰，絕無妥協調和之餘地！第二，必與全國軍人一致對外，共同革命，以期三民主義早日實現！第三，必使我全軍以為人民奮鬥之軍隊，來求人民之解放！來求國家之強盛！中正宣誓——為民為國，決無南北之成見，更無恩仇之私心。對一切為帝國主義者效忠，不惜陷國家於萬劫不復之地的軍閥，必視為全國人民之公敵，誓當摧破而廓清之……」

會場上，一個女青年挺身而起，領著會場中的軍民高呼：「打倒帝國主義！」一個男青年更是振臂高呼：「打倒反動軍閥！」

當司儀官張治中又一次努力地恢復了大會的平靜之後，蔣介石莊嚴宣讀了他的《北伐誓師詞》——

嗟我將士，爾肅爾聽。國民痛苦，火熱水深。土匪軍閥，為虎作倀。帝國主義，以梟以張。本軍興師，救國救民。總理遺命，炳若日星。弔民伐罪，殲厥凶酋。保我平等，還我自由。實行主義，犧牲個人。有進無退，革命精神。嗟我將士，同德同心。毋忘恥辱，毋憚艱辛。毋惜爾死，毋偷爾生。壯烈之死，榮於偷生。嗟我將士，保此國家。嗟我將士，保此人民。遵守紀律，服從司令。唯紀與律，可以致勝。生命為私，紀律為公。生命為輕，命令為重。嗟我將士，團結精神。徹始徹終，相愛相親。毋懼強敵，毋輕小丑。萬眾一心，風雨同舟。我不殺賊，賊豈肯休。勢不兩立，義無夷猶。我不犧牲，國將沉淪。我不流血，民無安寧。國既沉淪，家孰與存。民不安寧，民孰與生。嗟我將士，矢爾忠誠。三民主義，革命之魂。嗟我將士，共賦同仇。革命不成，將士之羞。嗟我將士，如兄如弟，生則俱生。存亡絕續，決於今茲。不率從者，軍法無私……

二

一九二六年七月二十八日，杭州孫傳芳公館，孫傳芳身穿綢衣綢褲，躺在搖椅上，兩個丫環在為他打扇。

一個老朽不堪的師爺，雙手捧著一張報紙，站立在孫傳芳的搖椅前方，搖頭晃腦，抑揚頓挫地高聲朗讀著：「嗟我將士！爾肅爾聽，國民痛苦，火熱水深。土匪軍閥，為虎作倀，帝國主義，以梟以張。本軍興師，救國救民，總理遺命，炳若日星……」

孫傳芳聽著，聽著，突然一翻身坐了起來，厲聲制止了老師爺：「行了！行了！不要再念了！不要再念了！」

老師爺立即停止朗讀，雙手一抖，那張報紙飄落在地面，老師爺低頭瞪著報紙，面容呆若木雞，神情混沌麻木，顯得十分的滑稽。

孫傳芳盯著老師爺問道：「你是前清的秀才，你說說，他們的這個《北伐誓師詞》寫來是幹什麼的？」

老師爺之乎者也了半天，終於說道：「啊……此乃……大概……大概是寫著玩的吧？」

孫傳芳騰地站了起來：「寫著玩的？胡說八道！這個《北伐誓師詞》是一支部隊！」

老師爺頓時一愣：「啊？一支部隊？」

孫傳芳指著地上的那張報紙說道：「對！一支戰鬥力很強大的部隊！」

老師爺傻乎乎地環顧了一下四周：「沒有嘛！沒有！」

孫傳芳一次冷笑：「你不懂啊！這個報紙印多少份，就會有多少不顧死活反對我的兵啊……」

二二

夜晚，催人入睡的熄燈號，早已經吹響過了很久，黃埔軍校辦公室裡卻依然點亮著一展檯燈，忙碌了一天的蔣介石與周恩來，仍然在檯燈的照耀下，娓娓交談著。

周恩來：「蔣校長，啊，不！應該叫你蔣總司令了！」

蔣介石：「恩來呀，你我同事之間，叫什麼還不是都一樣的嗎？」

周恩來：「蔣總司令，你七月九日在北伐誓師大會上的講話，是一篇充滿正氣，很令人感動的戰鬥檄文啊！我們黨，我們中國共產黨人完全同意，完全支持呀！」

蔣介石：「恩來呀，話是比較好講的，可事情一旦做起來，就不容易了！你們共產黨，說話是一直很算數的，北伐戰事一開，你們可千萬要支持我呀！」

周恩來：「蔣總司令，請你放心，北伐戰爭是一場關係到整個中華民族能不能繼續生存下去的大事件，我們黨的第三次代表大會，已經非常明確地統一了意見，提出了綱領，把當前的工作重心，全部投入到支援北伐戰爭這一方面去！前不久，我們黨又在北京召開了一個特別會議，所討論的核心問題，也還是如何有效地支持這一場救亡圖存的北伐戰爭啊！」

蔣介石：「噢，那你們打算如何地來支持我呀？」

周恩來：「蔣總司令，我必須要糾正你的一個概念，我們中國共產黨目前和今後，所做的一切工作，所進行的一切努力，並不是支持哪一個個人的！我們所全力以赴支援的，是北伐戰爭，是反對帝國主義，反對軍閥的革命事業！我們所全力以赴支持的，是將我們苦難的國家，從將死的絕境之中挽救出來，是將我們苦難的人民，從將死的絕境之中挽救出來！」

蔣介石：「對！你說得對！我們正在進行這樣的事情嘛！你繼續說！」

周恩來：「我們要廣泛地發動群眾，尤其是要發動工農大眾，罷工、罷市，與帝國主義和反動軍閥做殊死的鬥爭！我們黨，已經派出了羅亦農、趙世炎等一大批重要幹部，前往上海，去組織上海工人階級的武裝起義了！」

蔣介石連連點頭：「你們所做的這些事情都很好！但是，身為國民革命軍的總司令，我眼下更加關心的事情，是軍事問題，是北伐出征的事情，是北伐第一戰如何能夠打勝的事情！你是知道的，國民政府目前能夠動員起來的部隊，不過只有十萬人！而我們所要打倒的北洋軍閥兵力總數，卻足足有六十多萬人馬？這個仗不打是不行的！可是，今天真的要打起來，其實並不是一件容易的事情！」

周恩來真誠地說道：「所以說，我們要在全國的範圍之內，最為廣泛地發動起工農兵群眾，號召人民起來造反，起來造帝國主義和反動軍閥的反！人民一旦站立了起來，我們所進行的這一場北伐戰爭，便不再是十萬人打六十萬人了！而是，四萬萬同胞一起來打他這個六十萬！」

蔣介石若有所思：「恩來，你講得有些道理，你講得確實是有些道理的……」

一二三

一九二六年初，湖南人民掀起了一場討伐吳佩孚、驅逐趙恆惕的運動。

三月一日，傾向國民革命的湘軍第四師師長唐生智，率領全師由郴州移駐衡陽，直接威脅省會長沙，並且，發表了擁護北伐戰爭，要求趙恆惕下野的通電。

三月十二日，趙恆惕被迫向省議會辭職，當晚即匆匆離開長沙趕赴上海……

一一四

廣州街頭，白天，汪江萍手裡提著一個皮箱，向一個革命軍人打聽：「長官！請問，你知道陸軍軍官學校在哪裡嗎？」

軍人禮貌地回答：「在黃埔島上！請問，小姐找軍官學校幹什麼呢？」

汪江萍連忙說道：「找人！找我在長沙的同學！」

軍人向汪江萍問道：「我也是從湖南來的！我叫杜劍平，也是黃埔軍官學校的學員！你要找的人，叫什麼名字？說不定，我們還認識呢？」

汪江萍一聽，頓時一陣興奮，她趕緊說道：「真的？他叫高明達！」

杜劍平的臉上，立刻顯出了一絲悲傷：「高明達？」

汪江萍一驚：「怎麼？你真的認識他？快告訴我，他在哪裡？」

杜劍平猶豫了一下，終於沉痛地說道：「小姐，高明達……高明達……他在東征陳炯明的戰鬥中……犧牲了！」

汪江萍的臉上一震，皮箱掉在地上，身子一軟，倒在了馬路上……

一一五

廣東陸豐縣醫院裡，臉上纏滿紗布，躺在病床上的高明達，慢慢地睜開了雙眼，一個美貌動人的女護士姜一凡，輕輕地吐了一口氣：「你終於醒過來了！」

高明達掙扎著問道：「這是在哪裡？惠州城……惠州城……打下來了嗎？」

姜一凡急忙扶住他，鄭重地說道：「打下來了！打下來了！陳炯明的反動軍隊，已經被徹底打垮了！你在戰鬥中受了傷，是彭湃委員派人把你送到這裡來的……」

一一六

黃埔軍校的接待室裡，杜劍平充滿敬重地對汪江萍說道：「他先是接到了令尊大人的來信，但因為遵守軍校紀律，又忙於戰事，沒辦法回去救你，沒想到，馬上又接到了你的來信後，以為你真的……死了，難過了好長時間，曾對我們大家說過，一定要打回湖南老家，親手抓住那個嚴哲雲！扒下他的狗皮……」

一一七

陸豐縣醫院裡，女護士姜一凡精心地照護著高明達。

高明達又一次陷入昏迷，姜一凡無論怎樣都叫他不醒。

醫生說道：「他失血太多了，要想辦法給他輸血！」

姜一凡立刻挽起袖子，毫不猶豫地讓自己殷紅的鮮血，慢慢地流進了高明達的血管……

一一八

黃埔軍校中，熱心的杜劍平與哀傷的汪江萍，娓娓交談著。

杜劍平關切地詢問：「你打算怎麼辦？是回長沙呢？還是先在廣州住下來？」

汪江萍難過地回答：「嚴哲雲不被打倒，長沙，我恐怕是是回不去了！」

杜劍平想了一下說道：「你看這樣好不好？我介紹你到農民運動講習所去！那裡也有很多湖南同學！咱們的同鄉毛澤東同志剛好也來到了廣州，在主持農民運動講習所的工作！那裡和我們黃埔軍校一樣，都是當前之中國傳播光明、傳播革命、傳播反帝反封建反軍閥的地方啊……」

一一九

一九二六年三月十五，唐生智經廣州革命政府批准，起兵佔領長沙就任代理省長。

唐生智傾向革命的行為，當然被吳佩孚所不容。

四月一日，吳佩孚鼓動趙恆惕的舊部葉開鑫出任湘軍總司令。

四月三日，葉開鑫率領三個師附加兩個旅反攻長沙。

四月六日，吳佩孚命令湘鄂邊防司令李倬章率領四個師加三個旅增援葉開鑫。

四月底，在吳佩孚的重兵壓迫下，唐生智被迫放棄長沙退守衡陽，並且，急電向廣州國民政府求援。

一二〇

一九二六年五月一日，葉挺率領獨立團，在廣東肇慶獨立團司令部門外廣場上，舉行了一場隆重的北伐誓師大會。

誓師大會的當日，葉挺獨立團便出師北伐，三日後，到達廣州，受到黃埔軍校師生及廣大市民的熱烈歡迎。

五月五日，中共中央派周恩來給葉挺獨立團連以上幹部，作了政治動員。

五月六日，葉挺獨立團全體官兵肩負著中國共產黨的重託，北出韶關，向湖南進軍。

五月中旬，葉挺獨立團擊潰陳炯明的粵軍一千餘人，佔領汝城，取得了北伐首戰勝利。

五月底，葉挺接到第八軍軍長唐生智的安仁告急電報，立即率部出發，冒雨兼程，馳援安仁。

經過兩日兩夜的激烈戰鬥，葉挺獨立團先後擊敗敵軍四個主力團的兵力，並乘勝追擊，一舉攻佔了軍事要地攸縣，解除了唐生智率領的部隊腹背受敵的嚴重威脅，為北伐大軍進入湖南，創造了有利條件。

出師僅僅十幾天，便兩戰兩捷，使葉挺獨立團威名遠揚，也使國民黨左派看到了中國共產黨的力量，看到了中國共產黨支持北伐戰爭的真誠性和堅定性。

三

然而，一些堅持反共立場的國民黨右派分子，卻因為葉挺獨立團的屢戰屢勝，戰鬥力遠遠地超過了國民黨的其他軍隊，而在他們把持的各級政府中，大喊大叫所謂的「共產黨威脅論」。

蔣介石的恩師陳其美，嚴肅地告誡蔣介石，要防共、限共、必要時還要反共……

午夜，黃埔軍校的操場上，蔣介石獨自一人在月光下默默地走著，突然，他自言自語地脫口而出：

「共產黨真的是不可以小看，更不可以不防啊……」

二二二

一九二六年七月三十日，國民革命軍北伐先遣隊勢如破竹，攻入了湖南省境內。

他們排成單行多路散兵線，在青翠的原野上奮勇前進。

田埂上、道路旁，一群又一群的青年學生、知識份子和工農民眾，抬著米團、雞蛋、酒水，舉著簡易的旗幟，熱情洋溢地歡迎著革命的北伐軍。

一個女青年一路小跑，追著部隊詢問：「你們是來打吳佩孚的吧？」

肖大山一邊指揮部隊前進，一邊回答說道：「是的！我們是從廣東來的國民革命軍，是北伐先遣隊！」

一個老知識份子熱淚盈眶，激動地說道：「我們早就看到報紙了！你們是民族的救星啊！」

路邊，一大群農婦，紛紛拿著米團向官兵手裡塞：「拿著……拿著……你們趕快拿著呀……」

肖大山見狀急忙登高呼喊道：「大娘們！老鄉們！我們是國民革命軍，是有紀律的部隊，我們不能接受老百姓的任何東西！」

一位老大爺用力拍著兩個巴掌，激動地說道：「開眼界呀！我活了七十年，一生中，第一次見到不搶老百姓東西的兵……」

二二三

獨立團正在排成幾路縱隊急速地前進著，忽然，一匹戰馬從遠方奔馳而來，一個傳令兵翻身下馬，焦急地向四處張望著，呼喊著：「我找葉團長！我找葉團長！葉團長！」

行軍佇列中，帶著白手套的葉挺走出來：「我是葉挺，你什麼事情找我！」

傳令兵急忙立正：「報告葉團長，先鋒大隊在河鄉方面，發現了敵人，企圖對我們實施攔截！」

葉挺不屑一顧地揮手說道：「命令麥忠平，派出一個連，掃除這些敢於攔截我軍之敵人，部隊不要戀戰，給我直插平江、瀏陽一帶，打擊吳佩孚的主戰兵團！告訴他，我們的動作要快！」

傳令兵連忙跨上戰馬，急匆匆地向著葉挺行了一個軍禮：「是！打擊吳佩孚的主戰兵團！我們的動作要快！」

隨即打馬絕塵而去……

二四

葉挺獨立團先鋒大隊第一連吹響衝鋒號，連長杜時傑一馬當先，率領著全連的指戰員，以勇猛的攻勢，強大的火為，打得那些企圖攔截軍閥部隊四散逃命。

大隊長麥忠平站在山坡上，手舉望遠鏡，望著山下那些整營、整連，被第一連的指戰員們一觸即潰的敵人，忍不住哈哈大笑起來，隨即，他向傳令兵下令：「你去把杜時傑叫回來！告訴他，葉團長有命令，部隊不許戀戰！讓我們立即直插平江、瀏陽一帶，去打擊吳佩孚的主戰兵團！」

傳令兵應命而去。

緊接著，麥忠平又向司號員下達命令：「吹衝鋒號！給我使足了勁頭，不斷地吹！也好熱熱鬧鬧地送上一送，這些只會欺侮老百姓的熊兵！」

在嘹亮的衝鋒號聲之中，敵軍亂紛紛地向遠處逃去……

一一五

差不多是在北伐軍攻入湖南的同時，毛澤東又一次來到了廣州——受到周恩來的推薦，他將擔任農民運動講習所的所長。

盧婉亭和汪江萍，終於見到了自己仰慕已久的同鄉毛澤東。

下車伊始，毛澤東便親切地同盧婉亭、汪江萍進行了交談，毛澤東以家鄉為例，向她們講述了農民運動的偉大意義，講述了北伐戰爭對中國擺脫帝國主義與軍閥壓迫的重要性及緊迫性，教導盧婉亭從一個樸素的反封建女學生，轉變為一名自覺的為人民翻身做主而奮鬥終生的共產主義戰士，鼓勵盧婉亭和汪江萍，勇敢地參加到當前正在進行的偉大的北伐戰爭中去。

盧婉亭和汪江萍當即自毛澤東提出了參入中國共產黨的請求。

毛澤東送給盧婉亭和汪江萍每人一套《中國共產黨宣言》、《中國共產黨黨章》，又把自己剛剛完稿的《湖南農民運動考察報告》送給了，告誡盧婉亭在革命鬥爭中，聽從黨的指引，接受黨的考驗。毛澤東還十分鄭重地表示，在盧婉亭和汪江萍達到入黨標準時，他願意親自來做這兩位女同鄉的入黨介紹人。

一一六

清晨，農民運動講習所內，盧婉亭迎著初升的太陽，充滿激情地閱讀著《中國共產黨宣言》。

夜間，受到周恩來的委託，彭湃、肖楚汝等共產黨員教員，分別幫助盧婉亭和汪江萍學習共產黨的理論知識，鼓勵她們早日加入中國共產黨。

毛澤東開始了他在農民運動講習所的課程，他很善於講中國農民問題，毛澤東聯繫到湖南農村的實際情況，形象地講著農民日常吃三薯加一米的生活情況，講張三是如何富起來的，李四又如何變得貧窮的具體事實，講那個村裡的「官地」有多少，歸誰管，歸誰種，講租金數目……

盧婉亭、汪江萍等學生聽了感到莫大的興趣，得到莫大的啟示。

二七

一九二六年六月底，盧婉亭等一批受了毛澤東階級教育和策略教育的農民運動講習所的湖南籍學生，鑑於北伐戰踐中形勢的發展需要，受到毛澤東的派遣，在履行了加入中國共產黨的手續之後，回到了湖南。

盧婉亭萬沒有想到，前來迎接自己的人，竟然就是自己所崇敬的老師，湘潭一中的羅致公先生！

羅致公老師告訴盧婉亭，自己早就是一名堅定的中國共產黨黨員，受黨組織的委派以教師的身份，公開宣傳三民主義，祕密宣傳共產主義。如今，為了北伐戰爭的勝利，又奉黨的指示，來領導以反對軍閥，打倒土豪劣紳為主要目標的農民運動。

羅致公指示盧婉亭，以「國民黨湖南省黨部農運特派員」的名義，首先在北伐軍將要經過的鐵路沿線，來展開工作。

在羅致公的領導下，盧婉亭他們運用從毛澤東和彭湃那裡，學習到的發動農民群眾的實際經驗，從下層訪貧問苦開始，聯絡了相當數量的積極分子後，立即成立鄉農民協會，把反對北伐戰爭的土豪劣紳打倒，組成農民運自衛軍，使一切權力歸農會，為北伐軍進攻湖南，做好了充分準備。

七月初，盧婉亭率領平江地區的農民自衛軍，主動出擊，連續作戰，打垮了反動的民團，成立了「湖南省平江縣國民政府」，公開打出了「擁護國民政府，歡迎北伐大軍」的旗號。

一時間，羅致公、盧婉亭這幾個共產黨員，把整個湖南鬧了個天翻地覆……

一一八

七月十九日，長沙市《湘報》報館，中共湘區區委委員何叔衡，手捧著一份報紙大樣，高興地說道：「潤之的這篇《農民運動好得很》，寫得真是激情彭湃，文采飛揚啊……」

七月二十日，葉開鑫面對剛剛出版的《湘報》拍案怒吼：「什麼農民運動？簡直是痞子運動！馬上把這個《湘報》給我封掉！把這個報館的館長，給我抓起來……」

一一九

陸豐縣醫院，傷好出院的高明達與姜一凡難分難捨，依依惜別。

姜一凡充滿深情地緊緊擁抱住高明達：「明達！你以後還會來看我嗎？」

高明達信誓旦旦：「一凡！我和你說過，我沒有什麼親人！汪江萍一死，你便是我在這個世界上最親愛的人了！我的身體中，流著你的鮮血！我會永遠記住你！等到北伐勝利了，等到我們把騎在中國人民頭上的狗軍閥都打倒了，等到我們把帝國主義都趕出中國去，只要我高明達沒有死在戰場上，我一定會來找你！我們結婚，我高明達一輩子，好好地疼你！愛你……」

姜一凡連忙去捂高明達的嘴：「明達！不要說不吉利的話！我會等著你！等著北伐戰爭的勝利！等著你來以革命勝利者的身分，來娶我……」

高明達連連點著頭說道：「一定！一定！我回到軍校後，會寫信給你的！」

姜一凡想了想說道：「信寄到我的家中吧！你走了以後，我也要走了，到海豐去，參加彭湃所領導的農民自衛軍，他們非常需要醫務人員……」

一三〇

一九二六年八月二十四日黃昏，江西上饒城外北伐軍駐地，官兵們進行著戰前準備。

老班長一臉陰沉，似乎是自言自語，又似乎是在提醒身邊那個乳臭未乾的小戰士：「這一場仗，恐怕是一場前所未有的惡仗，血仗啊！」

小戰士看了看周圍從從容容走來走去的長官和士兵，實在不明白老班長此話的來由：「為什麼呀？我看咱們的隊伍很平靜啊！老班長，你見多識廣，給我們說說吧！」

老班長順手撿起一根樹枝，在地上比劃了起來：「打仗啊一般分為進攻和防守，防守要是有了好的地形，一個人能夠打他十來個！進攻可就不同了，進攻講究的是以多勝少，可咱們這次要打的是攻堅戰！攻堅戰啊，小的們，知道嗎？攻堅戰最少要三個打他一個，那才有打勝的把握！」

小戰士聽完後連忙問道：「那這一回，咱們是幾個打一個呀？」

老班長一聲長歎：「幾個打一個？我告訴你們吧，一個打八個！」

小戰士一聽，原本紅彤彤的臉色，頓時變得煞白：「啊？一個打八個？那，這場仗懸哪！」
老班長把手上的樹枝一扔，咬著牙說道：「懸？懸得厲害！你沒看見，連營長、團長他們都背上了衝鋒槍嗎？」
小戰士一點頭：「看見了，他們這是什麼意思啊？」
老班長又是一聲長歎：「什麼意思？這意思就是萬一咱當兵的頂不住了，他們把自己當兵使，硬往城裡衝！」
另外一個戰士聽到這裡，連連搖頭：「要是這樣啊，我看這場仗不懸！你想啊，這當長官的都不要命了，咱當兵的還怕死呀？」

一三

村口，一名軍官手持著鐵皮喇叭，站在一個高高的土堆上面，一遍一遍大聲地動員老百姓撤退：「老鄉們！我們是北伐革命軍！是來打軍閥，打孫傳芳的！為了安全，請大家撤退！撤退到山裡面去……」
一批又一批老百姓，在軍官們的動員下，扶老攜幼地向戰區之外撤退。
見習排長王元左肩上背著一把大刀，帶領著一隊士兵，從遠處雄赳赳，氣昂昂他行走過來。撤退的百姓中，一位中年女人停了下來，恭恭敬敬地禮讓著著前進中的士兵。
王元左盯著那位女人的臉頰，凝望了片刻，突然之間走出了佇列。
王元左走到那位中年女人面前，低聲地詢問了一句：「這位大姐，你是個寡婦？」

中年女人嚇了一跳，趕緊後退了一步，疑惑地說道：「這位長官，你有什麼事情？」

王元左從軍衣的口袋中掏出兩塊銀元，伸出雙手捧到了那位中年女人的面前：「大姐，讓我……讓我抱你一下吧！」

中年女人滿面羞憤，急忙躲閃：「你……」

王元左上前一步，懇求地說道：「大姐，命令下來了，攻上饒城，打孫傳芳，我是敢死隊！」

中年女人連忙又一次躲開：「你想幹什麼？」

王元左突然提高了嗓音：「我想抱你一下！就抱一下！一下！家裡太窮，三十二歲了，還娶不上媳婦兒！打軍閥，救百姓，我不怕死！可是……三十二歲了，沒有碰過女人，我不甘心啊！」

中年女人猛然抬頭，看了一眼王元左，兩行淚水潸然而下：「長官……」

王元左衝動地上前一步，擁抱住了那個中年女人，緊摟了一下，旋即，便鬆開了。隨即，他將那兩塊銀元塞進中年女人的手中，然後，又鄭重地向她行了一個軍禮：「謝謝你，大姐，我總算是個男人了！」

中年女人淚如泉湧：「長官！我不要你的錢！不要！不要……」

王元左毅然地轉身，快步離去：「拿著吧，那是我的軍餉！是我最後的兩塊錢！」

一三一

傍晚，一營宿營地，王元左筆直地站立著，聆聽著營長宋希濂的訓斥。

宋希濂怒氣衝衝地瞪著王元左厲聲說道：「王元左，你知罪不知罪？」

王元左昂首挺胸，高聲說道：「報告營長，我知罪！我當街抱了一個女人！」

宋希濂伸手指著王元左喝問：「身為軍人，調戲婦女，該當何罪？」

王元左響亮地回答：「依照《中華民國國民革命軍軍規》第二十七條的規定，責打二十軍棍！」

宋希濂一轉身，下達了命令：「拉下去，執行！」

王元左卻一跺腳，來了一個標準的立正：「報告營長，王元左是個男人了，不用拉了，我自己去！」

旁邊一位軍官低聲勸說宋希濂：「宋營長，王元左屢有戰功，又剛剛加入了敢死隊，是不是等這一仗打完了再執行……」

幾位參謀也趁機勸阻：「是呀，宋營長，念在王元左帶頭加入敢死隊的份上，這次就先免了吧！」

宋希濂一揮手臂，斷然地說道：「屢有戰功，就可以違反軍紀？入了敢死隊，就可以調戲婦女？難道，黃埔是這樣教我們的嗎？」

眾軍官們再次懇求：「宋營長，先給他把帳記上，戰後加倍責罰……」

宋希濂一聲斷喝：「不行！大戰在即，我們身為革命軍人，豈能懈怠軍紀！執行！」

王元左趴在潮濕的地上，牙齒咬著大刀，兩個士兵望瞭望肅立在一旁的宋希濂，一狠心舉起了軍棍向王元左的臀部打了下去。

王元左口銜刀背，一動不動地數著：「一個！兩個！三個！四個！五個……」

王元左的軍褲上漸漸地顯出了血跡，眾軍官的眼眶中充滿了淚水。

王元左：「……十七個！十八個！十九個！二十個！」

行刑完畢，士兵想去攙扶王元左，王元左咬緊牙關一翻身，站在了宋希濂面前：「報告營長，見習排長王元左因違犯軍規，領刑完畢，請准許歸隊！」

宋希濂剛毅的表情中，流露著十分的敬重：「王元左，准許你歸隊！」

王元左敬禮之後轉身離去：「是！」

忽然，宋希濂衝動地喊了一聲：「王元左！」

王元左轉身立正：「到！」

宋希濂鄭重地向行了一個標準的軍禮：「你是個好軍人，我命令你，活著回來！」

一三三

黎明，一顆信號彈騰空而起，宋希濂指揮著一門山炮，連發數彈，將上饒城牆炸開了一個缺口。嘹亮的軍號驟然響起。

王元左縱身躍起，抱著衝鋒槍高喊著向缺口衝去：「是男人的，跟我衝啊！衝啊！衝啊……」

遠處高地，老百姓望著上饒城頭的炮火，紛紛地議論著戰況。

「北伐軍能打贏嗎？」

「不知道，俗話說，守城容易攻城難！」

「是啊，孫傳芳的兵人多……」

「可北伐軍個個都是好樣的，打仗不怕死！不惜命……」

「唉，老天爺開眼吧，保佑咱北伐軍……」

人群中，那個被王元左擁抱過一下的中年女人一聲不吭，佇立在山頂，雙手不停地撫摸著那兩塊銀元……

上饒城頭，王元左手持衝鋒槍，向守城的敵人不停地射擊。

敢死隊員們很快控制住了突破口。

王元左一邊射擊，一邊向身旁的戰士下達命令：「弟兄們，快！打掉敵人的火力點！搶機關槍！先去搶他們的機關槍！」

敵人指揮官瘋狂地揮舞的軍刀，聲嘶力竭地嚎叫著：「不許退！不許退！誰都不許退……」

王元左一個箭步衝了上去，大喝一聲：「不怕死的就來吧！老子是男人！老子是男人了……」

城外陣地上，宋希濂放下望遠鏡，抓過身邊的衝鋒槍，大聲地下達了命令：「司號員，吹號！吹衝鋒號！一營的弟兄們，跟著我，出擊！」

頓時，滿山遍野響起了北伐官兵們的齊聲高呼：「衝啊！衝啊……」

城上頭，王元左的子彈打光了，一群敵兵圍了上來，王元左抽出大刀，衝著敵群大聲喊道：「來呀！老子是男人了！老子是男人了……」

王元左手持大刀左右拼殺，身邊的敵兵紛紛倒下：「十八個！十九個！二十個！二十一個……」

一三四

在激烈的槍炮聲中，天漸逝地亮了。

聚集在山坡上躲避戰火的老百姓們，憂心忡忡地眺望著上饒城頭上的戰火……

中年女人突然雙膝一彎，跪在地上，兩行眼淚滾滾而下，跌落在她手中緊緊握著的銀元上……

忽然，一位村民低聲地說了一句：「要不，咱們下山支援一下北伐軍去？」

如同一滴水落進了沸騰的油鍋，山頂上的村民們頓時你一句，我一句地呼喊了起來。

「是啊！老少爺們兒，咱們別在這裡乾看著了！有種的，全都下山去！去支援北伐軍！」

「對！咱們去幫著北伐軍打孫傳芳的賊兵去！」

「好！走啊，給北伐軍助威去……」

軍號聲中，宋希濂率領一營的官兵已經衝到城頭，可是，一排子彈射來，打在了王元左的胸口上，王元左踉蹌地慢慢倒下：「老子是男人了！老子是男人……」

一三五

戰後的黃昏，夕陽如血，上饒城內，佈滿了雙方的屍體，一隊北伐戰士押著俘虜向城外走去，宋希濂垂手肅立在王元左的遺體前，哭得像一個嬰兒：「王元左，王元左……我宋希濂不該打你，不該打你呀……」

一名軍官拿著一張帶血的紙條，慢慢地走了過來：「宋營長，別太難過了！這一仗，王元左是做好了戰死準備的！你看，這是從他的軍衣口袋中找到的！」

宋希濂一邊讀著這張被鮮血染紅的紙條，一邊大淚滾滾：「爹、娘，再苦再難，也得給兄弟娶個媳婦兒……兒子在陰間給二老磕頭……兒子在陰間給二老磕頭……」

宋希濂終於讀不下去了，他轉過身去大聲喊道：「通信兵！通信兵……」

通信兵應聲跑了過來。

宋希濂哽咽地說道「你給我從狗軍閥的死屍上，去搜出二十塊銀元……想辦法……找到王元左的家，一定要給他的兄弟娶上個媳婦兒！」

通信兵遲疑地看著宋希濂：「這……報告營長，這……」

宋希濂勃然大怒：「這什麼？你立即給我去！違反了軍規，有我宋希濂的這顆腦袋兒在前頭！」

通信兵一個立正，高聲回答：「是！」

一三六

夕陽西下的時候，老百姓成群結隊地湧回上饒城裡。

那個中年女人帶著一臉的焦慮與牽掛，不停地四處張望著。

一位軍官站立在高坡上不斷地呼喊：「老鄉們，不要亂跑！小心炸彈！不要亂跑！小心炸彈……」

中年女人一不小心，跌了一跤，手中緊緊握著的那兩塊銀元掉在血水中，女人一愣，突然哇的一聲，大哭了起來……

高坡上的軍官急忙跑下來，把跌倒的女人攙扶起來，並且，幫著她撿起了那兩塊銀元：「這位大姐，拿好你的錢！戰場還很亂，別再瞎跑了！」

中年女人停下哭泣，悵然地問道：「長官，你們沒有死人吧？你們死人了嗎？」

那位軍官悲冷地一笑：「打仗，哪裡有不死人的？」

中年女人的臉上頓時升騰起一片焦慮和恐懼：「那麼，他……他會死嗎？」

軍官有一些詫異：「這位大姐，你說的他是誰？他叫什麼名字？」
中年女人又哭了：「我不知道……我不認識他……他說他入了敢死隊！」
軍官聽了滿面沉痛：「敢死隊的兄弟們，差不多都犧牲了！」
中年女人一陣顫抖：「啊？那……他們在哪裡呀？」
軍官轉過臉去，伸手一指：「那邊！都在那邊……」

一三七

城牆下，整整齊齊地擺放著一片北伐軍屍體。
幾名軍人持槍立正，默默不語地護衛著他們。
中年女人遲疑地走上前去。
衛兵上前攔住：「這位大姐，你幹什麼？」
中年女人戰戰兢兢：「我找人……三十二歲，敢死隊的！」
士兵帶領中年女人來到一具屍體旁邊，王元左安詳地躺在地上，滿面鮮血，胸前有多處彈孔。
中年女人一陣眩暈，眼眶中的淚水，刷刷刷地，湧流了出來。
士兵看了心裡難過，同情地問道：「大姐，他是你的親人嗎？」
中年女人搖了搖頭：「不，不是，我……我不認識他……」
士兵聽了一愣：「你不認識他？那你……」
中年女人慢慢地跪在了王元左的身旁：「不！我認識他！我要為他披麻帶孝！我要給他做墳……

他……他是我的男人！」

士兵聽了又一愣，十分疑惑地說道：「這位大姐，你認錯人了吧？」

中年女人忽然異常堅定地回答說：「不！我沒有認錯！他是我的男人！告訴我，他叫什麼名字？」

在一旁目睹了這一場面的宋希濂，率領著一群軍官走了過來，壓制著激動的情緒，對那個女人說道：「他叫王元左，中國國民革命軍第二十一師第三十六團第一營少尉排長！」

中年女人略顯驚慌地站了起來。

宋希濂恭恭敬敬地帶領著軍官向她立正。

中年女人吞吞吐吐地說道：「長官……他……他抱過我……他說，抱我一下……他就是個男人了！他是男人了……」

宋希濂熱淚長流，拼盡全力高喊了一聲：「敬禮！」

軍官們齊刷刷地舉起手臂，莊嚴地向中年女人敬著軍禮。

中年女人沒有再說話，她慢慢地彎下腰去，努力將王元左的屍體背了起來，一步一步地向著血色的夕陽走去……

一三八

海陸豐地區的一個小村莊裡，汪江萍在和幾個農民運動的領導人們交談著。

一位農運領袖羡慕地問道：「江萍小姐，聽說你是毛澤東同志的同學？」

汪江萍連連擺手，卻又喜不自禁地說道：「同學不敢當，不過，我也是長沙第一師範學校畢業的！

我和毛委員算是校友吧！他是我的學長！也是我們長沙一師的驕傲！」
另一個農運幹部也湊過來問：「那你見過毛委員沒有？」
汪江萍的臉龐上顯出了明顯的興奮：「見過！不過不是以校友的身份，而是以學生的身份！在廣州農民運動講習所，毛委員是我的老師！」
那位農運領袖又一次開口：「江萍小姐……」
汪江萍趕緊攔住了他：「別叫我小姐呀！我現在和大家一樣，都是農民運動的骨幹呀！」
那個農運幹部點頭說道：「好！你說得對！我們是革命戰友！革命同志！」
農運領袖又說：「唉，江萍小姐……啊，不，江萍同志！我來給你介紹一個女同志！她和你一樣，也是讀過洋學堂的！」
說著，他讓姜一凡走到汪江萍的面前，農運領袖介紹說道：「來，姜一凡同志，我給你們介紹一下，這位是農民運動講習所派來給幹部，名叫汪江萍，她還是毛澤東毛委員的同學校友呢……」
姜一凡一愣，手中的一個藥瓶，突然一下子掉在了地上……

一三九

晚上，汪江萍的宿舍裡，汪江萍與姜一凡同坐在一盞油燈下。
汪江萍努力克制著心中的激動，盡可能平靜地問道：「你是說高明達他沒有死？」
姜一凡連連點頭：「是的！江萍姐，他沒有死！在攻打惠州城的戰鬥中，有一大批重傷患，被轉送到我們陸豐縣醫院，高明達也是其中的一個，當時，他的胸部受了重傷，傷勢很重，一連七八天都沒有醒過來……」

汪江萍揪心地問道：「那後來呢？」

姜一凡連忙答道：「後來，醫生說，他失血太多，要趕快輸血，正好，我的血型和他一樣……」

汪江萍的眼睛急速地閃動了一下：「再後來呢？」

姜一凡的雙眼一紅：「後來，他終於挺過來了！」

汪江萍急忙問道：「那現在，他在哪裡？」

姜一凡回答：「傷好之後，他……就又回到北伐軍中去了……」

汪江萍有些悵然：「那就好！那就好……」

姜一凡在兩眶中含了很久的淚水，終於滾落了下來：「江萍姐！他向我說到過你！你是他的同學和……戀人，對嗎？」

汪江萍也哭了：「一凡，都過去了！他的命是你救的！他……也是一個好人！是一個有血性，有抱負，有理想的好男人！你救了他，以後……就好好地去愛他！去照顧他吧！」

姜一凡一下子撲倒在汪江萍的肩頭：「江萍姐，他說你已經被軍閥嚴哲雲逼死了……」

汪江萍的話語中帶出了一絲疼痛，也帶出了一絲堅定：「一凡！聽我的話！我和他只不過是同學！並不是……並不是……戀人！真的！」

姜一凡放聲大哭：「江萍姐……」

汪江萍儘量地讓自己的心不再抽搐，她一下一下撫摸著不知所措的姜一凡，緩緩地說道：「一凡！我說得都是真心話！拜託你，有機會在一起的時候，好好地照料他！好好地……愛他……」

姜一凡大淚失聲：「江萍姐……」

汪江萍掙扎著站了起來：「我就要走了！上級調我到廣州，去擔任省港大罷工委員會的祕書！今天就出發！你一定要好好保重自己……也好好地去……保重明達……」

姜一凡嚎啕大哭：「江萍姐……對不起……對不起……」

一四〇

一九二六年十月十日，廣州沙基西橋，紅布籠罩著新建的石碑，八名手持步槍的黃埔軍人和工人代表，威嚴地警衛在石碑前，成千上萬的人民站在街上注目致敬。

省港罷工委員會蘇兆徵委員長肅穆地走向石碑，慢慢地揭開了紅布，「毋忘此日」四個大字，赫然呈現在人們的面前。

蘇兆徵首先恭恭敬敬地向著石碑一躬到地，然後，轉過身來，莊嚴地對聚集在廣場上的人們說道：「毋忘此日！同胞們，歷時十六個月的省港大罷工，以我們的勝利而告結束了！反對帝國主義鬥爭中犧牲的烈士們永垂不朽！」

隨即，國民政府的代表鄧演達走到紀念碑前，大聲地宣佈：「毋忘此日！為了永遠紀念我們中華民族對帝國主義的反抗，國民政府決定，將沙基路改名為『六・二三路』！以供後世子孫，不忘國恥，奮發圖強，將我們的祖國，推向強大，推向光明！」

鄧演達的話音剛剛落地，八名守護著石碑的黃埔軍人和工人代表一起向天鳴槍。

廣場上的人們隨著那一陣一陣的槍響，高聲唱起了《勞工神聖》的歌聲——被污辱的是我勞工，被壓迫的是我勞工。世界啊，我們來創造，壓迫啊，我們來解除。創造世界除壓迫，顯出我們的威風。聯合我勞工，團結我勞工，勞工，勞工，應做世界主人翁。應做世界主人翁……

一四一

一九二六年晚秋，廣州郊外碼頭上，蘇兆徵與登上輪船的汪江萍與工人們，一一握手告別。

蘇兆徵依依不捨地對汪江萍說道：「江萍！在這一場偉大的省港大罷工運動中，你表現的很出色！要分手了，我告訴你一句話，你是一位很有理想，很有作為，很有才幹的女同志！你寫的入黨申請書，我代表黨組織收下了！希望你到湖南工作的時候，努力讓自己和廣大工農群眾結合在一起，把自己培養鍛煉成一名無產階級的先鋒戰士！」

汪江萍鄭重地點了點頭：「兆徵同志！我記住你的話了！我會努力的！請你放心吧！」

蘇兆徵動情地握住汪江萍的雙手：「再見了！江萍！同志們！北洋軍閥是中華民族當前最危險的敵人，他們代表日、英、美等帝國主義的利益，是中華民族的公敵！為了國家的不死，為了人民的生存，我們要與他們決一死戰！雖然，目北伐戰爭係國民黨所領導，但是，我們中國共產黨人，應該具有偉大和寬闊的胸懷，在這一場關係到國家前途，民族命運的大決戰中，我們，要和愛國的中國國民黨戰鬥在一起，同心同德，拯救國家！」

汪江萍毫不猶豫地說道：「放心吧！兆徵同志！兄弟手足，血濃於水！我們會真心誠意地和國民黨的兄弟們，手挽手、肩並肩，為中華民族的自由而戰！為中華民族的崛起而戰！」

一位工人運動的領導人也堅定不移地說道：「遵照黨的指示，我們省港大罷工的工人糾察隊，全部參加到了北伐軍的行列中，有的編入了葉挺獨立團，有的進了北伐運輸隊，有的成了軍械所技工！」

蘇兆徵連連點頭：「好的！再見了！親愛的同志們！再見了！親愛的同志們！」

汪江萍和工人們登上輪船，向蘇兆徵等人揮動帽子：「再見！再見了……」

一四二

一條通往湖南的輪船，靜靜地駛過黃昏。

汪江萍捧著一束火紅的玫瑰，憑欄眺望著江水，眼中卻不可約束地一再流出淚水……

輪船駛過黑夜，慢慢駛向了黎明。汪江萍悄悄地把那束玫瑰的花瓣，一片一片撒在江水中：「明達，一凡是個好姑娘！我祝福你們……祝福你們……」

一四三

湖南的一個小縣城裡，一個房間中，汪江萍等一批青年男女站在共產黨黨旗下，莊嚴宣誓：「我志願參加中國共產黨！我志願為共產主義奮鬥終身……」

湖南一個農村的夜晚，汪江萍召集當地十幾個鄉的農會幹部在開會。

汪江萍以極大的號召力對這些苦大仇深的農民們動員道：「廣州的革命形勢一片大好！省港大罷工的偉大勝利，不僅給了帝國主義一個響亮的耳光，對吳佩孚、孫傳芳、張作霖這些反動軍閥，也有極大的震撼！省港大罷工的勝利，向我們，向全國的工人、農民，證明了一條真理，那就是，在這個世界上，最有力量的，不是帝國主義！不是反動軍閥！而是我們工農大眾！只要我們工農大眾團結起來，和他們鬥，最後的勝利，一定是屬於我們工農大眾！一定是屬於我們革命的工農兵的！現在，北伐軍的攻勢很強，葉挺獨立團已經打進了我們湖南！吳佩孚、趙恆惕這些狗軍閥的末日，很快就要到了！我們窮苦人的出頭之日，很快就要到了！」

一位農會幹部慷慨激昂地說道：「汪代表，你就直說吧，我們現在應該怎麼辦？」

另一個農會幹部也起身說道：「是啊，你說，汪代表，我們到底應該怎麼辦？」

汪江萍望著那些被自己激勵起來的農民運動骨幹，心頭一陣感慨——她忽然回想起在廣州農民運動講習所的學習，回想起彭湃、毛澤東等領袖們對自己的教導，她知道，若非如此，她是絲毫不具備今日這種三言兩語便可以燃燒起十幾個鄉農民鬥爭火焰的能力的！汪江萍頓時有些興奮，一種指點江山的豪邁之情，騰然而起。

那些農會幹部見汪江萍半天無語，還以為是這位女委員不信任自己，紛紛站起來表態，你一言我一語地請戰。

汪江萍急忙說道：「目前，我們農會的主要任務是，把農民兄弟們組織起起來！成立擁護北伐軍的農民自衛軍！把魏閻王等那幾個通敵的土豪打倒，把他們抓起來！打開地主土豪的糧倉，為北伐軍籌備軍糧！」

那個農會幹部一揮手，響亮地回答：「這件事好辦！鄉親們對這個魏閻王，早就恨得咬牙切齒了！要是去打魏閻王，保證一呼百應……」

夜晚，大土豪魏閻王的堡子外面，成千上萬支火把映紅了半個天空，汪江萍帶領著農民自衛軍，用土槍土炮向魏閻王的堡子發起猛烈的攻擊……

一四四

土堡子裡面，魏閻王用手槍逼著幾個團丁：「給我打！給我頂住！誰要是讓這些泥腿子衝進來，我斃了他！」

團丁用步槍向農民自衛軍射擊，幾個農民倒了下去。

汪江萍想了一下，對農會幹部說道：「魏閻王團丁的人雖然比我們少，可是，他們用的是步槍，步槍射程遠，打得又比土槍準，我們硬攻會吃虧的！」

領頭的農會幹部看了看陣勢說道：「這樣吧，我帶幾個人，去後面山坡上，用松木炮去轟他幾下，不信打不開這個土圍子！」

後山坡上，幾門用松木加鐵箍製成的土炮一齊開火。

農民自衛軍呼喊著衝進了土圍子……

一四五

一九二六年七月二十日，葉開鑫的軍警們包圍了《湘報》報館，瘋狂地搗毀了報館中的一切。

軍警頭子抓住一名女編輯的衣領，惡狠狠地問：「你們館長何叔衡呢？」

女編輯憤怒地說：「不知道！」

軍警們瘋狂地將報館搗毀之後貼上了封條。

當天晚上，何叔衡召集已經暴露的共產黨員開會，他提出建議：「我們到平江去，到羅致公領導下的平江地區去，那裡，已經由盧婉亭、汪江萍等一批農講所學員掌握了政權，我們去了，可以擴大那裡的農民運動，迎接北伐軍的到來！」

一四六

一九二六年七月二十九日，葉挺獨立團同時向平江、瀏陽發動攻擊。

吳佩孚佈防在平江、瀏陽一帶的兩個主力師，依靠山口、河流等天險，負隅頑抗，葉挺獨立團輪番發動攻擊，但均被敵人的猛烈炮火，阻擋在山口河邊，戰鬥十分激烈殘酷。

幾經研究，葉挺決定派出突擊隊，趁著夜色出擊，用炸藥包和集束手榴彈炸毀敵人的重要火力點，為大部隊掃除攻擊的障蔽。

夜晚，葉挺獨立團司令部裡，共產黨員、參謀長周士第，神色莊嚴而又飽含深情地與由警衛排長粟裕帶領、全部由共產黨員組成的突擊隊隊員們，一個一個地緊緊擁抱。

粟裕故做瀟灑地對周士第說道：「參謀長，請不要如此悲壯嘛！請你相信戰士們的作戰能力！我粟裕向你保證，我們都會勝利返回的！」

夜晚，突擊隊員們做好了出擊的準備工作，葉挺與周士第下達了，趁夜出擊偷襲，炸毀敵人火力點的命令。

粟裕率領突擊隊無聲無息地跳出陣地，消失在茫茫的夜色之中。

黑暗的地面上，突然閃亮出一連串火紅色的爆炸。

葉挺站在前沿陣地上，果斷下達了命令：「出擊！」

周士第一馬當先，高呼衝了出去：「共產黨員跟我來！」

戰士們以排山倒海之勢向敵人發起了衝鋒。

敵人陣地上，再一次發生一連串的爆炸。

周士弟率領部隊衝入了敵陣。

敵人陣地上，頓時亂糟糟的，紛紛逃散……

一四七

敵人的指揮部裡，一個將軍暴跳如雷，大喊大叫著：「我這裡有兩個師！憑什麼擋不住葉挺一個獨立團？不分出勝負，老子絕不會後退一步！」

一個軍官驚恐萬狀地跑來報告：「部隊一觸即潰，已經開始撤出陣地了！」

將軍惡狠狠地命令：「組織軍官督戰隊，把機關槍架上，向一切逃兵開槍掃射！」

敵人陣地上，幾挺機關槍一齊開火，撤退的敵軍士兵紛紛倒下。

一個軍官高呼著：「將軍命令，後退一步者，格殺勿論！弟兄們，都給我衝回去！奪回陣地者，賞大洋十塊！」

士兵們無可奈何，只好轉過身來，向陣地上衝擊……

一四八

鄉村小路上，盧婉亭打著火把，率領著一個農民自衛軍小分隊，飛快地奔向平江戰場，盧婉亭一邊跑，一邊高呼著：「快！同志們，快……快跑！快去支援北伐軍！支援獨立團……」

盧婉亭率領著小分隊，越過了一個山口，只見下面的一片黑暗中，密密麻麻的槍彈，如同流星雨一樣，將整個戰場照耀得閃閃發光，炮彈的爆炸，引發出一陣一陣火光，獨立團的衝鋒號聲，戰士們的喊殺聲不絕於耳。

盧婉亭高呼了一聲：「同志們！我們去支援北伐軍！去支援獨立團！衝啊！」

小分隊隊長伸手一指山下敵人的指揮部，對盧婉亭說道：「你看，敵人的指揮部就在咱們腳下，咱們去把它連鍋端了！」

幾個小分隊隊員帶著手榴彈，在山坡上時而衝擊，時而臥倒，迅速地接近了敵人的重機關槍陣地，一個隊員大喊了一聲：「同志們！一齊投彈！」

一顆又一顆手榴彈飛出去，在山坡下敵人的重機槍陣地上爆炸，敵人的重機槍頓時啞巴了……

一四九

栗裕率領著突擊隊，衝上了山坡，他大喊一聲：「同志們！打！先打掉敵人的指揮官！」

突擊隊員手中的幾十支衝鋒槍一齊掃射，敵人的指揮官倒下去了，一大片敵人倒了下去。

周士第拔出手槍，向身後的戰士們大聲命令：「突擊隊已經打開了口子！同志們！跟我衝啊！」

戰士們殺聲震天，敵人土崩瓦解……

天明了，平江戰役大獲全勝，葉挺、周士第和盧婉亭等人在一起高興地交談著。

葉挺指著盧婉亭對軍官們說道：「這一次平江戰役的勝利，首先得感謝我們的盧婉亭同志，是她這位巾幗英雄率領著小分隊，幹掉了敵人的那挺重機槍啊！」

盧婉亭聽到葉挺的話，心裡雖然樂開了花，但還是謙虛地說道：「葉團長，你也太會表揚人了！我們只不過是趁亂，撿了一個便宜罷了！要是沒有你們的這支『鐵軍』，我們這幾個小分隊員們，能幹什麼呀！」

周士第笑哈哈大笑地說道：「咱們工農兵，本來就是一家人，互相支持是份內的事情！咱們大家就不要老是互相表揚了……」

盧婉亭甜蜜之極，她覺得革命真好！

一五〇

北伐軍某團部，高明達身穿嶄新的軍裝，向第四團新任團長彭方立正敬禮：「報告團長！國民革命軍第四團原一營一連連長高明達，傷癒歸隊！」

彭方團長高興地摟著高明達的肩膀：「高明達！你還活著？真沒想到！你還活著！我們連追悼會，都為你開過了！」

高明達一笑：「報告團長！打惠州城的時候，我負了傷，被戰地救護隊給拖下了戰場，後來，輸送傷患的時候，被他們稀裡糊塗地拉到了陸豐，撿了一條命！現在，傷全好了，請團長分配任務！」

彭方連忙說道：「好！高明達！你回來的正是時候！咱們軍馬上就要打汀泗橋了！我們四團的任務是配合葉挺獨立團，打援兵！打你的老對頭，剛剛到防的長沙守備師嚴哲雲部！」

高明達頓時興奮起來：「太好了！團長！你讓我那個連，去打頭陣好不好？」

彭方哈哈大笑：「哈哈……你那個連？老皇曆了！你那個連，早就升級為獨立營了！這樣吧，你去獨立營當副營長！營長是你的老搭檔杜劍平！」

高明達聽了一陣喜悅：「杜劍平？太好了……」

一五一

一九二六年八月二十六日凌晨，湖南汀泗橋南側，北伐軍第四軍指揮部，李宗仁、張發奎、葉挺、周士第等將領圍在軍事地圖前，在外面不時傳來的槍炮聲中討論著戰事。

李宗仁用手指敲打著地圖，對大家說道：「已經看出來了，他吳佩孚要拼命！把所有看家的主力部隊，全部集中到這汀泗橋和賀勝橋兩道防線上來了，他這不是要拼命還能是想幹什麼？」

張發奎贊同地說：「德鄰兄講得對！這個吳佩孚今天是想拼命了！他在衡陽、汨羅江和長沙這幾場大仗中，讓德鄰兄所率領的第七軍給打慘了，也打急眼了！」

李宗仁謙虛地擺了擺手：「他吳佩孚之所以要選擇在這個地方與我們拼命，至少有兩個原因，其一，汀泗橋是他的吉地，當年，他吳佩孚就是在這個汀泗橋上一戰而定鄂勢，飛黃騰達了的！其二，汀泗橋和賀勝橋前後呼應，地勢險要，易守難攻，他吳佩孚秀才及第，又掌兵多年，說起來，也堪稱是一代梟雄了，選擇在這樣的地方，與我們北伐軍來進行生死大決戰，真的是有勇有謀，眼光是很不錯的！」

葉挺聽了急忙上前一步請戰：「李長官、張軍長，不管他吳佩孚是梟雄還是狗熊，這一仗我們都打得贏，你們看，鐵路，這條粵漢鐵路，就直接連著他吳佩孚的心臟！我們馬上發起攻擊，以手中的鐵甲車隊打頭陣，掩護弟兄們衝鋒，打垮他吳佩孚的全部主力！」

周士第隨即附和：「是啊，請兩位長官下達攻擊命令吧！打掉吳佩孚的主力部隊，我們的北伐革命，便勝利一半了！」

葉挺又說：「對！請李長官、張軍長放心大膽地下命令吧！我們獨立團一切都準備好了！打掉吳佩孚，我們有信心！」

李宗仁對著葉挺伸出大拇指誇讚道：「希夷呀，在我們的國民革命軍序列當中，以將軍銜領團長職務的，你是開天闢地唯一的一位呀！啊，足見咱們張向華軍長對你的器重啊！」

張發奎淡淡一笑：「哪裡是我的器重？葉挺獨立團，那可是人家共產黨人說了算的鐵軍呀，哈哈……」

細心的周士第，聽出了張發奎的話外之音，於是，趕快真心誠意地說道：「張軍長，我們是您的部下！再說，國民黨、共產黨現在都是一家人嘛！」

張發奎微微一笑：「一家人？」

周士第點頭說道：「是呀，一家人！為了北伐戰爭的勝利，我們的確是一家人嘛！」

張發奎又是微微一笑：「那麼，北伐戰爭勝利之後呢？共產黨和國民黨還會是一家人嗎？」

周士第鄭重地說道：「為了國家和民族的前途，為了全體中國人民的利益，中國共產黨永遠願意和中國國民黨做親兄弟！做一家人！」

葉挺連忙說道：「是呀！參謀長說得對！說得懇切！」

張發奎卻一聲長歎：「唉，可惜呀可惜！國共兩黨的前途，不是你周參謀長一個人，一句話，就能夠千秋萬代確定下來的呀！」

周士第鄭重地表示：「但是，我們共產黨人，一定會為國共合作做出最真誠、最無私的努力！」

李宗仁看著周士第和張發奎說道：「我李宗仁也是很希望國共兩黨能夠長期合作下去的！畢竟，血濃於水！畢竟，兄弟之間反目，是一件令親者痛仇者快的壞事情啊！我們中國人自相殘殺的歷史，就是國家積弱，外強入侵的歷史！而只要是我們中國人團結一心，共同奮鬥，我們的國家便一定會強大起來！使任何列強外敵都攻不破我們！」

一五二

夜晚，第四團獨立營的駐地，有過生離死別的杜劍平與高明達激動地擁抱在了一起。

杜劍平興奮地連眼淚都流了出來：「明達！真的是沒有想到，你居然還活著！」

高明達樂得真跺腳：「劍平！我也沒有想到，我們又能在一起並肩作戰了！」

杜劍平忙問：「明達，你看到汪江萍了嗎？」

高明達一愣：「汪江萍？你怎麼會認識汪江萍呢？她……不是已經……死了嗎？」

杜劍平連連搖頭：「沒有！她沒有死！她來到了廣州，到處打聽著找你！是我告訴她，你犧牲了！後來，她參加了毛澤東毛主持的農民運動講習所！」

高明達一陣興奮：「真的？那麼，她現在人在哪裡？」

杜劍平搖了搖頭說：「不知道！廣州一別，我們也再也沒有見過面！但是，我能肯定，她一定和我們一樣，戰鬥在打擊帝國主義，打擊反動軍閥的戰場上！」

高明達忍不住一聲歎息：「唉！都是嚴哲雲這個狗東西給鬧得！」

杜劍平連連點頭：「是呀！明達！不趕走帝國主義，不推翻反動軍閥，我們每一個中國人，都沒有辦法得到個人的幸福！」

高明達忽然變得嚴肅起來：「劍平！你說得對！咱們做一個約定，在此中華民族生死存亡的緊急關頭，我們都把個人的恩怨拋在一邊！打挎了嚴哲雲！打挎了吳佩孚！打出一個自由、平等、民主、富強的中國之後，我們才可能去追求個人的幸福！」

杜劍平立刻伸出雙手，和高明達的手緊緊地握在了一起……

一五三

吳佩孚的駐地，天色未明，空場上便已經官兵列隊，火把林立。

十個被五花大綁的軍官，由背著大刀的士兵們兩個人架著一個，推到吳佩孚的面前。

吳佩孚沉著臉，惡狠狠地說道：「都說秀才不殺人，是啊，本帥也不想殺人啊！可是，今天不殺不行了，因為，連我的腦袋兒，都眼看著就要掉下來了！」

被五花大綁著的軍官們雙膝一彎，打算向吳佩孚下跪求饒，吳佩孚兩眼一瞪，大聲喊道：「把他們都提溜兒直了！」

身背大刀的士兵一咬牙，將軍官們的身體架起來。

吳佩孚感傷地走到軍官們的身旁，一個一個地凝視著他們的面孔，慢慢地說道：「你們別跪了！啊，都別跪著了！站起來，都罵一罵我吳佩孚吧！罵一罵我吧！我今天要殺人了，我吳佩孚今天要殺你們的頭了……」

軍官們面如土色，無人出聲，吳佩孚大怒。

吳佩孚：「好！你們不罵我，我來罵你們！退！退！退！從湖南給我退到了湖北，僅僅只有十幾天的時間呀，你們的十萬大軍，啊，十萬大軍，整整退了一千里！從古到今，有你們這樣打仗的軍官嗎？殺！殺！殺！殺！殺了你們這些只會逃跑的熊將，我吳佩孚，大帥可以不做，我給你們看墳！我領著二十萬大軍從比一步不退，就在這汀泗橋上，千秋萬代，給你們看墳！」

火把的照耀之下，十把大刀齊刷刷地落下，鮮紅色的血跡，剎那間染紅了整個夜空。

一五四

嘹亮的軍號聲突然響起。

鐵路線上，葉挺獨立團的鐵甲車上汽笛震撼天地，鐵甲車頂上，一挺重機槍噴吐著火舌，各個車窗中，幾十挺機關槍一齊開火，鐵甲車飛奔向前，以壓倒一切的氣勢，不可阻擋地衝向吳佩孚的守軍陣地。

嚴哲雲的師指揮部裡，嚴哲雲在下達戰鬥命令：「弟兄們！在長沙保衛戰中，北伐軍的厲害，大家都嚐到滋味兒了！如今，吳大帥把咱們調到了湖北賀勝橋，軍令如山倒，不聽命令那是要殺頭的！可是，葉挺獨立團勢頭正勁，又有鐵甲軍開路助陣，你們切記不可與他們硬拼！否則，便是以卵擊石，會把我們師一下子全都葬送掉啊！按兵不動，先把葉挺獨立團放過去！然後，找一個戰鬥力差的團，一口氣吃掉他！戰功也立了！咱們師也不會傷筋動骨！」

嘹亮的衝鋒號聲驚心動魄，葉挺拔出手槍，站在一個高坡上，大喝一聲：「獨立團的同志們！為了人民，為了國家，為了勝利，衝啊！」

頓時，戰鬥的呼聲撲天蓋地，滾滾而來：「衝啊！衝啊！衝啊……」

在鐵甲車的掩護之下，葉挺獨立團以排山倒海之勢發起了衝鋒……

一五五

另一處戰場上，杜劍平與高明達肩並肩從陣地上躍起，奮臂高呼：「衝啊！」

獨立營的戰士們高喊著撲向前方：「衝啊！衝啊！衝啊……」

敵人的陣地上，嚴哲雲高舉手槍，不斷地大喊大叫：「頂住！頂住！都給我頂住！吳大帥有令，退後一步者，殺……」

在杜劍平與高明達的帶領下，戰士的勇猛衝擊下，敵人的防線開始崩潰，敵人士兵開始向後逃去。

嚴哲雲用手槍一連擊斃了好幾個逃兵，高聲下令：「督戰隊！督戰隊給我上！」

一群由軍官組成的督戰隊，手持機關槍從敵將軍身後站了起來。

嚴哲雲指著那些正在後撤的士兵一聲令下：「奉吳大帥軍令，臨陣脫逃者，殺！」

督戰隊員們手中的機關槍一齊開火，成片的敵人逃兵在慘叫聲中倒了下去。

在督戰隊機關槍的威脅下，敵人被迫返回陣地。

杜劍平一揮手，向緊跟著自己的司號員下達了命令：「給我吹衝鋒號！」

驟然，嘹亮的軍號響了起來。

衝鋒號聲中，高明達一馬當先，率領戰士們衝殺到了敵人的陣地前沿。

敵人終於頂不住了，開始全線撤退。

嚴哲雲從一個督戰隊員手中奪過機關槍，一邊瘋狂地向撤退下來的士兵掃射，一邊高喊：「吳大帥有令，臨陣脫逃者，殺……」

然而，兵敗如山倒，大批的敵人不顧一切地向後逃命而去……

杜劍平一聲令下：「同志們！咱們人少，敵人兵多，我們獨立營的任務是，快打！快攻！快撤！端掉敵人的師指揮部，打掉敵人的指揮機關，就是勝利！」

槍聲響起，高明達率領著一隊戰士，向嚴哲雲的指揮部衝去。

嚴哲雲驚慌失措，急急忙忙地抓起一把手槍，一邊向外面射擊，一邊連聲高呼：「警衛營！警衛營！快給我頂住！給我頂住……」

高明達率領戰士衝進指揮部，一陣掃射，打死了指揮部裡的參謀、副官和幾個衛兵，嚴哲雲恐懼地舉著手槍，站在指揮部的一片死屍堆中，望著高明達。

高明達憤怒而又輕蔑地對嚴哲雲說道：「嚴師長！你認識我嗎？」

嚴哲雲顫慄地打量了高明達一下，哆哆嗦嗦地說道：「不！不認識！不認識……」

高明達一聲冷笑：「不認識？哼，真是貴人多忘事呀？一九二五年，為了一篇《長沙日報》上一篇揭露你效忠吳佩孚、趙恆惕，欺壓長沙市民的文章，你不是還派人到第一師範學校，毒打我一頓嗎？為了滿足你個人的淫慾，你派兵強搶汪江萍，一再逼婚，這些事情，難道你嚴哲雲都忘記了嗎？」

嚴哲雲驚恐萬狀地說道：「莫非……莫非……閣下就是高明達？」

高明達豪邁地一笑：「沒錯！我就是高明達！」

嚴哲雲雙腳一軟，跪在了地上：「明達賢弟！看在同是長沙鄉親的面子上，你就放嚴某人一條生路吧……」

高明達嚴厲地說道：「嚴哲雲！你禍害鄉里，惡貫滿盈！不過，我高明達可以給你一個體面的死法，你用自己手中的槍，來自行了斷吧！」

嚴哲雲舉著手槍，頭上冷汗橫流，忽然，他用手槍對準了高明達，高明達手中的槍響了，嚴哲雲撲通一下倒在了地上……

一五六

激烈的戰鬥場面過後，一身征塵的葉挺，率領著一群士兵，衝進了吳佩孚設在咸寧城內的指揮部，室內早已空無一人，可桌上的電話機，卻叮叮噹噹地響個不停。

葉挺上前拿起電話聽筒，裡面傳來一位參謀緊張的聲音：「喂？吳大帥已經在賀勝橋佈防完畢！詢問你們那裡的戰況如何？詢問你們那裡的戰況如何……」

葉挺對著聽筒豪邁地哈哈大笑：「我們這裡的戰況如何？請你告訴你們吳大帥，汀泗橋的戰鬥已經結束，我葉挺已經進了咸寧城！你告訴他，三天之內，我一定到賀勝橋去拜訪他吳佩孚！」

一五七

一九二六年八月二十八日，賀勝橋戰役指揮部，周士第引領著李宗仁、張發奎等高級將領走了進來，葉挺連忙上前舉手敬禮：「各路長官們來得好快呀！」
李宗仁笑著說道：「哈哈，不是我們來得快，是你葉挺打得快呀！」
張發奎也忍不住指著葉挺誇讚：「是呀，僅僅用了一天一夜，就打下了天險汀泗橋，你葉挺的威名天下揚啊！」
葉挺連連擺手：「是長官們指揮的好！是咱們北伐革命軍的威名天下揚啊！」
李宗仁指著自己身後的將軍們，對葉挺說道：「現在，第四軍、第七軍的長官都到齊了，第八軍的唐生智長官也率領部隊這裡趕來，上峰決定，讓我李德鄰作總指揮，我想借你葉挺剛剛打出來的這股銳氣，再打一場大仗，爭取一鼓作氣，徹底地打掉吳佩孚！」
周士第上前一步，立正說道：「我先代表團裡們的士兵們表明一下態度，我們只有一句話——沒問題！」
葉挺連連點頭：「參謀長說得好！沒問題！我剛才在電話裡還告訴了敵人的一個參謀，讓他帶話，說我葉挺三天之內，一定到賀勝橋去拜訪他吳佩孚！」
李宗仁雙手一拍：「到底是鐵軍的團長，希夷的話，說得有氣魄！」
張發奎興奮地說道：「希夷老弟，你這句話說出了德鄰公，以及會戰指揮部的決心呀！」
周士第一愣：「會戰指揮部的決心？」
張發奎鄭重地說道：「是啊，上峰有令，第四、第七、第八軍組成會戰集團，由德鄰公擔任總指揮，兵不卸甲、彈不退膛，借你葉挺獨立團剛打出來的這一股威風，連續戰鬥，再打賀勝橋，攻克武昌城，一舉消滅吳佩孚的全部軍隊，取得南線北伐戰場的徹底勝利！」

葉挺一聽，馬上立正敬禮，對李宗仁說道：「好啊，李總指揮，你就下達攻擊命令吧！我葉挺帶著獨立團還來打衝鋒！」

一五八

黃昏，國民革命軍第四軍一八三旅第一團第三營駐地，兩名戰士綁著一位大姐，吵吵嚷嚷地走了過來。

營長肖大山急忙攔住問道：「怎麼回事？你們怎麼把老百姓綁起來了？不知道咱們北伐軍的紀律嗎？」

領頭的戰士立正報告：「報告營長，她是個小偷！」

那麼大姐趕快反駁：「我不是小偷！」

另外一名戰士立刻說道：「她就是一個小偷！她偷我們晾在樹枝上的軍裝，還想偷我們的步槍！」

大姐繼續反駁：「我不是小偷！我不是小偷！我是想去打吳佩孚的狗兵！」

肖大山一揮手命令道：「把繩子給我解開！無論如何，兩個當兵的綁一位大姐，你們丟人不丟人呀？」

兩個戰士很不情願地解開了綁在大姐身上的繩子。

肖大山親切地請大姐坐在自己的背包上：「這位大姐，我首先替這兩個戰士向你道歉！不過，你真的是想拿軍裝和步槍嗎？」

大姐連連點頭說道：「是！我想去打吳佩孚的狗兵！可是他們都不要我，嫌棄我是個女人……」

肖大山恍然大悟：「噢……所以，你就想偷偷摸摸地穿上我們的軍裝！」

大姐急忙回答：「是呀！這樣你們就看不出我是女人了，一開戰，我就跟著你們一起衝！」

肖大山問：「那，大姐，你會打槍嗎？」

大姐興奮地回答：「我會！我會打槍呀！我們家祖祖輩輩都是獵戶，我打槍還打得很準呢！」

肖大山又問：「大姐，你為什麼那麼痛恨吳佩孚呀？」

大姐搖搖頭答道：「吳佩孚我不認識，可我恨那些狗兵！他們搶走我家的皮子，打死了我爹！」

肖大山義憤填膺：「哼！這些狗軍閥，害死了多少人呀！是要找他們報仇雪恨！」

大姐急忙起身說道：「營長，那你同意我加入你們的隊伍了？」

肖大山也站了起來，鄭重地對那位大姐說道：「不行！不過，我代表隊伍中的國民黨員，我代表全營戰士，向你保證，我們一定要打垮吳佩孚！我們一定會打垮天下的軍閥，為你報仇雪恨！」

一五九

夜晚，會議室裡燈火通明，李宗仁站在軍事地圖前，分析著戰鬥形勢：「汀泗橋我們打勝了！打出了北伐軍的威風，打垮了敵人的士氣和戰鬥意志！但是，吳佩孚的主力部隊還在，吳佩孚還是想拼命！想依託賀勝橋的險要地勢和我們拼命！賀勝橋戰役，吳佩孚打的是防禦戰，我們打的則是攻堅戰！對賀勝橋的攻堅戰，一定要比打汀泗橋更艱難、更慘烈！」

葉挺聽了李宗仁的話，頓覺心中一亮，他站起身來誠懇地說道：「李總指揮說的戰鬥意志真是高見！是在超越了戰爭本身在談戰爭啊！一個軍隊，人數再多、武器再好、地形再有利，但只要戰鬥意志崩潰了，便必敗無疑！我葉挺獨立團，願做賀勝橋戰役的突擊隊，堅決打垮吳佩孚的戰鬥意志！」

張發奎也連連點頭稱是：「好！希夷不愧鐵軍統率！德鄰公，你就下達戰鬥命令吧！」

李宗仁望了望在座的軍官，嚴重地說道：「好！那我就正式下達攻打賀勝橋戰役的作戰命令！命令葉挺親自率領獨立團，擔任戰役總突擊隊，不必計較消滅多少敵人，不必顧及左側、右側的敵人，只管一鼓作氣地向前衝殺，打垮吳佩孚的戰鬥意志！」

葉挺起身敬禮答道：「是！保證完成任務！」

李宗仁繼續說道：「命令夏威率兩個師，跟在葉挺獨立團後面，殲滅兩側的敵人，擴大戰場寬度！」

夏威起立敬禮：「是！保證完成任務！」

李宗仁：「命令陳銘樞率領三個師，另加一個山炮營，緊緊地跟隨葉挺獨立團，快速前進，直插吳佩孚的作戰指揮部！」

陳銘樞敬禮回答：「是！保證完成任務！」

李宗仁宣佈完了命令，又以朋友的身份向大家表態：「各位長官們請放心，我李宗仁的指揮部，將跟隨著你們一起前進！在必要的時候，我李宗仁和張向華老弟，也是可以和士兵一樣，上陣拼刺刀的！」

一六〇

戰鬥在激烈地進行著，山谷之間，敵人的一挺重機槍在隱蔽的地勢上瘋狂地掃射，向前衝鋒的北伐軍戰士一片一片地倒下去。

肖大山急了，他咬牙切齒地下達了命令：「爆破手，給我上！一定要把那挺重機槍，給我炸掉！」

一個連長急匆匆地說道：「營長，已經沒有爆破手了！好幾個弟兄為炸掉那挺重機槍而送了命！你看，敵人機槍工事的前面，是一百多米的開闊地，連一根小草都沒有，弟兄們過不去呀！」

營部的作戰參謀說道：「我去找後續部隊，調一門迫擊炮上來，一發炮彈上去，就能把它幹掉！」

肖大山連連搖頭：「戰場這麼亂，各部隊全部都展開了，你上哪裡去找迫擊炮？」

正為難間，一名戰士忽然伸手一指：「營長，你看！」

肖大山順著戰士手指的方向一看，山坡上，一位身穿紅布衫的大姐背著獵槍，正朝敵人重機槍陣地跑去。

肖大山頓時一驚：「怎麼？是她！」

大姐艱難地在山坡上爬行著，敵人的子彈、炸彈不時在她的身邊掠過、炸響，忽然，她縱身躍起，舉起手中的獵槍開了一槍，敵人的重機槍頓時啞巴了。

肖大山異常振奮地下達了命令：「同志們！衝啊！衝啊！衝啊……」

不料，敵人的重機槍再度響起，幾名戰士倒了下去。

山坡上，大姐手中的獵槍再次發射，一槍、二槍、三槍，敵人的重機槍再也不響了。

肖大山動了感情，他含著兩眶淚水一揮手臂：「一排長！帶著一個班上山坡，就算弟兄們死光了，也得那位大姐救下來！」

一排長立即出動：「是！二班跟我上！」

肖大山：「同志們！向掩護我們的大姐學習！向人民學習！同志們，跟我衝啊！」

山坡上，一發炮彈在大姐的身邊爆炸了，黑色的硝煙散去之後，一件空蕩蕩的紅花布衫，在山坡上慢慢地飄舞著……

肖大山像是被刀剜了心似得一聲驚呼：「大姐！」

一六一

戰鬥結束後了，敵人被憤怒的三營全殲。

青山坡上一個新墳面前，李宗仁、葉挺、肖大山和三營全體戰士，恭恭敬敬地肅立在墳墓的面前。

李宗仁久久地凝視著墳墓上那空無一字的墓碑，久久佇立，久久無語。

終於，李宗仁開口問道：「你們查不到這位大姐的姓名嗎？」

肖大山立正回答：「報告總指揮，查不到！但戰役打響之前，她曾要求參加我獨立團三營！」

李宗仁默默無語地走上前去，立正，莊嚴地向墳墓行了一個非常標準的軍禮，然後，從身邊一個副官的手中拿過毛筆，慢慢地蹲下來，單膝跪地，端端正正地在墓碑上面寫道：「國民革命軍第四軍一八三旅第一團第三營戰士大姐之墓！」

一六二

一九二六年八月一日夜晚，廣東某城鎮一個普普通通的民居之中，燈光的照耀之下，牆上一面鐮刀斧頭交插而成的中國共產黨黨旗，映紅了盧婉亭的臉龐，面對黨旗，盧婉亭面向七名男女青年，莊嚴地舉起了手臂。

盧婉亭：「請你們跟隨著我，向我們的黨旗宣誓——我宣誓！」

那七名男女青年一起舉起了手臂：「我宣誓！」

盧婉亭目光如火：「為了中華民族的獨立自主，為了無產階級在中國和世界的勝利……」

那七名男女青年顯得萬分神聖：「為了中華民族的獨立自主，為了無產階級在中國和世界的勝利，我志願參入中國共產黨……」

一六三

廣東省東江行政公署的院子裡，周恩來風度翩翩地走出辦公室的房門，熱情洋溢地向身背行李的盧婉亭伸出了雙手：「唉呀，是小盧同志來了嗎？」

盧婉亭急忙迎上前去，緊緊握住周恩來伸向自己的那雙手，充滿敬意地說道：「周書記，你好！」

周恩來高興地一笑：「你好！你好！你不像別人那樣稱呼我的官銜周主任，而是特意叫我一聲周書記，看來，是另有一番情義呀！」

盧婉亭興奮地說道：「周書記，我已經是一名光榮的中國共產黨黨員了！」

周恩來親切地說道：「我已經知道了！祝賀你呀，盧婉亭同志，從一名封建地主家裡的二小姐，成長為一名光榮的無產階級革命戰士，這是一個很了不起的飛躍呀！」

盧婉亭真心誠意地說道：「這個飛躍，是許許多多先進的人們，幫助我來完成的！我一生中認識的第一位中國共產黨員，家鄉學校中的羅致公先生，冒著被軍閥逮捕的危險，給我們講述三民主義的道理，給我們講述世界列強對中國的欺壓、掠奪，給我們講述軍閥、土豪對國家民族的摧殘。在廣州，陳賡同志機智勇敢地指引我和肖大山來到了革命的黃埔。你，還有彭湃老師、惲代英老師，尤其是毛澤東同志，又讓我懂得了中國苦難的根本原因，懂得了共產主義！使我從一個簡單的、樸素的反封建的鄉紳小姐，變成了一名掌握真理、明瞭方向、知道了追求全人類徹底解放這一偉大目標的共產黨員！」

周恩來聽了，滿懷深情地說道：「小盧，小盧同志，你的這一番話，講得很深刻呀！就是對我這個老共產黨人來說，也是很有一些發自內心的觸動啊！你馬上就要到前線去了！馬上就要到北伐革命軍中，去做宣傳鼓舞的工作，去做理論動員的工作了！來，先把背包放下，到房間裡面去喝上一杯水！咱們兩個出去走一走，好好地談上一談！」

一六四

城外的郊區，流水清澈、大野芳菲，周恩來與盧婉亭肩並肩慢慢地行走著。

一路上，周恩來娓娓而談：「我們的黨，是主張全世界無產者聯合起來，推翻一切剝削制度和剝削階級，最終建立一個人人平等、各盡所能、按需分配的理想社會，啊，也就是我們這些人所信仰的共產主義社會呀！可是，作為革命的歷史辯證主義者，和革命的唯物辯證主義者，我們同時也很清醒地知道，共產主義制度的實現，需要一個相當漫長的歷史進程啊！而當前中國所進行著的這一場偉大的北伐戰爭，其實，是我們向共產主義社會，所過渡的一個必要的歷史階段。所以，我們共產黨人，當前的主要任務，就是要喚起民眾，很好地支援北伐，很好地推進這一場反對帝國主義、反對封建主義、打去反動軍閥的國民革命運動，並且，盡我們的最大努力，使這場國民革命運動的每一個參加者、經歷者，都從最大限度地從中受到教育，提高我們整個中華民族的覺悟程度啊！」

盧婉亭充滿敬意地說道：「周書記，你說的太好了！你的這一席話，就好像是在我的心裡，燒了一團火，亮了一盞燈！」

周恩來謙虛地擺了一擺手：「不要總是書記、書記的嘛！我們是同志！而且，你馬上就要到湖南的北伐前線去工作了，我這個廣東的區委書記，也管不到你小盧同志的頭上去了嘛！」

盧婉亭動情地說道：「不！不！不！周書記，你永遠都是我所尊敬和崇拜的師長！我盧婉亭永遠都會在心裡銘記著你對我的教導！」

周恩來連連搖頭：「唉，教導談不上！實在是談不上啊！我們是在互相學習嘛！你剛才所講的，那一番有關你自己的飛躍，是得到了許多人幫助的話，對我的啟發便是很大的嘛！我們每一個人，在自己進步的道路上，得到了別人的幫助，然後，我們又去幫助許許多多別的人，這就好比，天上的一顆星星，先亮了起來，用自己所發射出來的光輝，照亮了其他的星星，而其他的星星又去照亮更多的星星一樣，遲早就將眼前這一片黑沉沉的中國大地，照耀出光輝燦爛的未來呀！」

盧婉亭臉上閃爍著激動的光彩，她充滿真誠地對周恩來說道：「你說的太好了！我一定要去做一顆去驅逐黑暗的星星，燒燃起自己的生命，為了北伐戰爭的勝利！為了共產主義的成功！」

周恩來連連點頭：「說得好！說得對！不過，勝利和成功，是很不容易的！勝利和成功的到來，有賴於團結，首先是中國國共兩黨之間的親密團結，真誠合作呀！我們中國共產黨人，為了民族的大義，是非常願意永遠地同中國國民黨，真心誠意地合作下去的！可是，我們也要非常地警惕地看刻，還有少數置國家民族利益於不顧的人會反對國共合作啊，在關鍵的時刻，我們要分得出來，誰是真革命的、誰是假革命的、誰是舉著革命的牌子而反革命的！」

盧婉亭聞言一愣：「北伐戰爭，利國利民，犁庭掃穴，深得人心，難道說，在這種如火如荼的偉大革命面前，除了帝國主義和軍閥們，還會有假革命和反革命的人物嗎？」

周恩來神情變得沉重起來：「任何時候，都會存在一小撮逆歷史潮流而動的人物啊！你想一想，廖仲愷先生的被刺之事，告訴了我們一些什麼道理呢？在任何時候，都會有假的革命份子，混入到真的革命隊伍中來，而且，在有些特殊的時候，原來是真心誠意投身於革命事業的人，也會慢慢地變成反革命份子的。」

盧婉亭堅定地說：「反正，你不會！我不會！肖大山也不會！」

周恩來十分認真地點了點頭：「這一點，我完全相信！小盧啊，我周恩來實在是真心實意地期望著，中國共產黨與中國國民黨，能夠為了國家和民族的根本利益，永遠肝膽相照，真誠地合作下去！我們這些共產黨人，實在是真心實意地期望著，中國共產黨與中國國民黨，能夠為了我們中華民族的復興和崛起，手挽手、肩並肩，同心同德地，永遠在一起奮鬥下去呀！」

盧婉亭想了一下，向周恩來問道：「可是，萬一有一天，國民黨不肯與我們同心同德地一起奮鬥了，那該怎麼辦呢？」

周恩來沉思了一下：「我們真的是不希望看到這種情況的出現，為了國共兩黨之間的合作，從一開始，我們共產黨人便做出了很大的忍耐和讓步，比如，中山艦事件，他們逮捕了共產黨員李之龍，整理黨務案，又讓我們共產黨受了很大的委曲！但是，為了國家和民族的大義，我們不是都忍讓了嗎？」

盧婉亭疑惑地問道：「那麼，我們總不能這樣無休止地忍讓下去吧？」

周恩來點了點頭：「當然不能！我們共產黨人的忍讓，是有原則，有限度的！我們忍讓的原則是，第一，反帝國主義、反軍閥的主張不能改變！第二，孫中山先生宣導的新三民主義不能改變！第三，孫中山先生提出的聯俄、容共、扶助工農的三大政策不能改變！」

盧婉亭又問：「那麼，萬一這三個原則被國民黨改變了呢？」

周恩來回答：「這三個原則是我們共產黨人與國民黨合作的基礎，也是我們忍讓的最低限度！如果，真的有人改變了這三個最基本的原則，那麼，我們共產黨人則一定要與他們鬥爭到底！」

盧婉亭嚴肅地仰起臉來，鄭重地對周恩來說道：「周書記，我已經是黨的人了！我向你保證，一生一世跟黨走！海枯石爛不變心……」

一六五

一九二六年的中秋時節，天高氣爽，輕風拂面。

盧婉亭、汪江萍等人帶領著一隊青年男女，在崇山峻嶺中一條小路上行進著，兩個人行走在隊伍的前面，一路上，邊走邊聊。

汪江萍對著盧婉亭一笑：「婉亭！這次到北伐軍的部隊中，你要是能見到你的那位肖大山就好了！」

盧婉亭看了汪江萍一眼，搖搖頭說道：「哪裡有那麼巧的事情啊！不過，說心裡話，好久沒有他的音信了，心裡還真的是有一點掛念啊！唉，江萍，你想不想你的男朋友啊？」

不料，盧婉亭的這一句閒話，卻觸發了汪江萍心頭的疼痛，剎那間，汪江萍的臉陰沉了下來，半晌之後，才哀傷地說道：「我？我沒有男朋友！」

盧婉亭一聽，立刻敏感到汪江萍心裡有難言之隱，於是，趕緊換了話題：「唉，江萍，你說咱們這次給北伐軍們表演點什麼新節目啊……」

一六六

湖南省汨羅江的南岸，北伐軍官兵們正在進行向北岸進攻的戰前準備，肖大山營長英姿颯爽，正在指揮著戰士們捆紮竹排。

肖大山一邊給戰士們示範，一邊講解著紮竹排的要點：「弟兄們，這紮竹排呀，光靠用繩子捆，那可是不行的！這用繩子捆綁出來的竹排呀，一是經不起人壓，二是經不起浪打。向你們這樣用繩子把十幾根竹子捆綁在一起，這竹排是軟的，像一張被席子！咱們一個班的戰士坐上去，東搖西晃的，再加上被急流一沖，咱們還不得全都掉進江水裡面，去當鴨子呀？」

幾個戰士抖了抖剛剛捆綁起來的竹排，果然鬆鬆垮垮的，戰士們一個個地抓耳撓腮，班長也有點不知所措：「肖營長，這可怎麼辦呢？」

肖大山拿過一把砍刀，對著愁眉苦臉的戰士們說道：「別怕！我來給你們當先生！」

班長一愣：「營長，你還會紮竹排？」

肖大山得意洋洋地一笑：「從七歲開始，我就會弄這玩意兒了！為了給東家往外面運稻米，運他們家醃製的臘肉，我不知道給他們家紮了多少副竹排呢！」

班長不解地問道：「肖營長，我聽弟兄們說，你可是進過洋學堂的人哪，怎麼又紮竹排去了呢？」

肖大山用砍刀在竹子上砍出一個小孔：「嗨，這洋學堂啊，我的確是進過！不過呀，我那是陪太子讀書，人家，堂堂正正地在教室裡面上課，我呢，只能是支上一個馬札兒，坐在窗戶底下偷聽！」

戰士一聽，齊聲大笑：「哈哈……哈哈……」

肖大山邊示範邊說：「你們看，先在每根大竹上打上四個孔，再用一根小竹子橫著穿過去，這樣一來，堅如鋼板呀！都學會了嗎！」

戰士們齊聲回答：「報告營長，學會了！」

肖大山站立起來：「學會了就好！王班長！我給你一個任務，你到全營各個班都轉轉，認真地檢查一下，誰紮得不合格，你先給他當教員，再給我當監工！」

一六七

黃昏之中，盧婉亭和汪江萍帶領男女青年們在鄉村小路上，沿著「北伐革命成功」之類的標語，一路上尋跡前進。

突然之間，兩名哨兵從樹叢中鑽出來，攔住了她們：「站住！你們是幹什麼的？」

盧婉亭趕緊回答：「我們是北伐革命宣傳隊的！從廣東來，找一八三旅關興烈旅長！」

哨兵問道：「請問，小姐你貴姓？」

盧婉亭回答：「我叫盧婉亭，我不是什麼小姐，我是北伐革命宣傳隊的分隊長！這位汪江萍，是副隊長！」

哨兵一聽急忙立正敬禮：「唉呀，可把你們盼來了！從早上到現在，我們等了你們一天了！」

盧婉亭高興地說道：「謝謝！謝謝你們！我們也盼望著早一點見到你們呀！」

哨兵興奮地說道：「走！我們來給你們帶路！」

一六八

篝火旁，盧婉亭和汪江萍身穿一套嶄新的灰布軍衣，齊肩的短髮上戴著一頂大沿帽，美麗之中洋溢著一股英氣。

一大群戰士，懷抱著槍枝，緊緊圍坐在盧婉亭和汪江萍的身邊。

盧婉亭情緒高昂地大聲說道：「親愛的兄弟們！光榮的北伐革命軍官兵同志們！幾十年來，我們的中國，我們中華民族，從來沒有像今日這樣，在世界帝國主義的面前，在欺壓凌辱我們的軍閥面前，發出如此震天動地的吼聲！我們已經忍耐了太久的時間，我們已經忍耐了太多的苦難，帝國主義、反動軍閥，喝乾了我們的血！逼迫得我們早已經無法再活下去了！」

汪江萍也站起身說道：「是你們的槍聲，是我們北伐革命軍人的槍聲，向那些不給我們人民，不給我們國家，不給我們民族活路的人們宣佈，我們已經不會再忍耐下去了！我們要勇敢地，向他們奪回屬於我們的一切！」

晚風之中，盧婉亭和汪江萍那一陣陣慷慨激昂的講演聲，四處飄蕩……

正在軍營裡巡視的肖大山神情一震，他仔細地側耳傾聽了一下，興奮地高喊了起來：「婉亭？婉亭……」

正在講演的盧婉亭一愣，臉上閃出一絲驚喜，下意識地脫口喊出：「大山？肖大山？」

一個戰士站起來詢問：「盧隊長！你認識我們肖營長？」
盧婉亭激情澎湃地問道：「他在哪裡？」
夜色下，肖大山急步跑來：「婉亭！婉亭……」
盧婉亭跳下土坡，高興地向肖大山反跑去：「大山！大山哥！」
盧婉亭與肖大山不顧一切地緊緊擁抱在一起。
戰士們愣了一下，然後，熱烈地鼓著掌歡呼起來。
盧婉亭一陣驚喜：「你怎麼在這？」
肖大山興奮不已：「你怎麼來了？」
盧婉亭：「我現在是北伐革命宣傳隊的分隊長，慰問你們來了！」
肖大山：「我調到一八三旅當營長了！」
盧婉亭高興地一個勁亂蹦：「唉呀，路上，我們的汪副隊長還說能碰上你呢！簡直太神了……」

一六九

月光下，軍營中一根大樹下，肖大山緊緊擁著盧婉亭親蜜地交談著。
肖大山：「你穿上軍裝，可真好看！」
盧婉亭：「都當上營長了！大山哥，我為你驕傲！真的，我為你驕傲！」
肖大山：「你最近怎麼樣？好嗎？」
盧婉亭：「我加入了中國共產黨！」

肖大山：「好啊！我是中國國民黨黨員，你是共產黨員，我們真的是國共合作呀！」

盧婉亭：「哼，要合作，你得聽我的！」

肖大山：「聽你的？要不是當初我拆了你的窗戶，還不知道我們會怎麼樣呢……」

一七〇

關旅長與幾個軍官走了過來，看到肖大山與盧婉亭的那副親蜜的樣子，便停止了腳步：「盧隊長！你和我們的肖大山營長認識？」

肖大山連忙起身立正敬禮：「報告旅長，盧婉亭是我的同鄉，原來是我們東家的二小姐，後來，一起去了廣州，我考入了黃埔軍校，她參加了農民運動講習所！」

盧婉亭也站起來說道：「關旅長，我和大山是從小一起長大的！」

關旅長仔細看了看肖大山與盧婉亭的眼睛，微笑地說道：「二小姐？一塊長大的？啊，我明白了！原來是兩個階級間的青梅竹馬，一條戰線上的革命戰友！」

軍官們哈哈大笑：「意外相逢啊！哈哈！」

關旅長故作嚴肅地說：「肖大山！」

肖大山趕緊立正：「到！」

關旅長把臉一綳：「交給你一個重要任務，同咱們的盧隊長，好好地交流一下革命情感……」

一七一

青山叢中，明月光下，肖大山與盧婉亭相擁相抱，蜜語甜言。

肖大山：「打好汨羅江的這一場戰鬥，我們的家鄉，湖南，就要解放了！」

盧婉亭：「是啊！我們的北伐戰爭如火如荼、轟轟烈烈，我們兩個人也從不懂事的農村青年，變成了能夠為國家復興出力、為民族振強建功的革命者！」

肖大山：「婉亭，等湖南解放了，我們就成親吧！我真的好想和你天天在一起！」

盧婉亭：「天天在一起？你不想幹革命了？」

肖大山：「革呀！我們兩個人在一起，就不能幹革命了呀？」

盧婉亭深情地俯在肖大山的胸口：「大山哥！我明白你的心意！再等一等吧！北伐的勝利成功，離我們已經不遠了！等北伐革命勝利了，我一定做你的新娘！」

肖大山：「可是，又是一場大仗在即，萬一，萬一我……」

盧婉亭急忙伸出手去捂住肖大山的嘴，眼淚潸然而下：「不許你胡說！大山哥，來！抱住我！使勁兒地抱著我！」

肖大山緊緊地抱著盧婉亭：「好了！我不胡說了！我肖大山是一名福將！只有我打敵人的份，哪輪得上敵人來打我呀？真的！我不騙你！當初在廣州打陳廉伯的戰役結束之後，蔣校長就說，你肖大山第一次上戰場就立功，真是福將！關旅長也說，我肖大山是一名福將，不光是自己刀槍不入，還能退敵三里！」

盧婉亭仰起自己那被眼淚浸濕的臉龐：「你別再說了，大山哥，等到北伐革命成功了，婉亭與你洞房花燭！萬一……萬一你有個三長兩短，為妻為你披麻帶孝！」

一七二

汪江萍獨自一個人站在樹影的黑暗中，默默眺望著，遠處那美麗的月光之下，相互擁抱在一起的肖大山與盧婉亭，默默眺望著，那消融在青山翠竹之中肖大山與盧婉亭的身影，默默地一個人哀傷，默默地一個人流淚。

緩緩地走了過來，緩緩地站在了汪江萍的身旁，緩緩地等待著汪江萍的眼淚滴落在地上，緩緩地遞過了一塊潔白的毛巾。

一陣風兒輕輕吹來，汪江萍終於停止了哭泣，終於接過了毛巾。交談著。

關興烈緩緩地說道：「汪副隊長，我關興烈年長你幾歲，就叫你一聲妹子吧！我知道，你看見肖大山和盧分隊長這一對青梅竹馬，有緣在我這個旅相遇，你既為他們高興，可是，想到自己犧牲了的同學、戀人，心裡又不是滋味兒，對吧？妹子，聽我的勸告，咬咬牙！一挺也就過去了！我是個老兵了，我常說，軍人生死尋常事！你年輕、漂亮，又有文化……」

汪江萍突然打斷了關興烈的話，衝動地說道：「不！關旅長，高明達沒有犧牲！他在攻打惠州的戰鬥中負了重傷，被一個名叫姜一凡的女護士救活了！」

關興烈一愣：「噢，那不是好事嗎！」

汪江萍黯然神傷：「是好事！是好事！但是……但是……那個女護士姜一凡給地輸了自己的

血……」

關興烈一點頭：「噢，我明白了！不過，妹子，你好好想一想，戰場上有多少好兄弟，把命都丟了！高明達能夠活下來，總是一件好事情吧？再說了，他這也不是學陳世美那樣……」

汪江萍流著眼淚：「關旅長！關大哥！你別說了！我明白，那個姜一凡我也見過，她真的是無辜的，是高明達以為我已經死在長沙嚴哲雲的府中，所以，才……」

關興烈連聲勸告：「妹子！算了！算了！戰爭年代，人的生命是最寶貴的！只要人在，比什麼都強！你說對不對呀？」

汪江萍點了點頭，忽然問道：「關旅長，我跟你打聽一個人，他也是北伐軍的，名字叫杜劍平！你認識嗎？」

關興烈脫口而出：「杜劍平？不認識……」

一七三

一九二六年深秋，剛剛升級為北伐軍第一軍第八團的部隊，在團長杜劍平與副團長高明達率領下，意氣風發地大踏步向江西省挺進。

杜劍平興奮地說道：「明達，咱們這一路上簡直是勢如破竹啊！」

高明達更是喜不自勝：「是啊！想不到這些狗軍閥這樣不經打！賀勝橋戰役中，我們獨立營本來的任務，不過是夜襲嚴哲雲的師指揮部，打亂他的指揮系統，為兄弟部隊消滅他們做一些準備，可沒想到，咱們趁亂一衝，居然把嚴哲雲的一個守備師，給徹底打垮了，還幹掉了我跟汪江萍的仇人，那個狗屁師長嚴哲雲！」

杜劍平一聲輕蔑：「守備師，哼，平時欺辱老百姓倒是挺在行，真正到了戰場上，唉，熊兵一群！不經打呀！」

高明達一點頭：「嗯，不過，這次進攻江西，打五省聯軍總司令孫傳芳，恐怕會有幾場硬仗打呀！」

一七四

一九二六年八月二十五日，正當北伐軍軍席捲湖南、湖北兩省，吳佩孚的大軍瀕於崩潰之際，孫傳芳於在南京召開軍事會議。

孫傳芳搖頭晃腦地對在座的部將們說道：「江山是自己打的！我原本以為，吳佩孚的二十萬大軍，擋得住北伐軍的進攻，希望在吳佩孚和北伐軍兩敗俱傷時，咱們可以漁翁得利，獨霸中原！可是，做夢也想不到這個吳大帥如此不經打！如今，吳佩孚土崩瓦解，北伐軍的目標直指南京，咱們再不出手，江山就垮了！」

孫傳芳的大將，五省聯軍贛軍總司令兼江西督辦鄧如琢起立說道：「聯帥！部將願意趕赴江西，殺一殺北伐軍的銳氣！」五省聯軍的另一位大將鄭俊彥也站起來請纓：「聯帥！部將誓死保衛江蘇！」浙軍第一師師長周鳳歧亦不甘人後：「聯帥！鳳歧保證北伐軍打不進浙江！」

孫傳芳連連擊掌喝采：「好！好！好！真的是將軍壯志，英雄氣概！」

未等各路諸侯們對他的讚揚有甚表示，孫傳芳緊接著便是一聲響喝：「本帥下令！」

部將刷地一下，全體站立起來，挺直了腰板。

孫傳芳望著面前這些同榮同辱的將軍們，大聲說道：「任命鄧如琢為江西總司令！任命鄭俊彥江蘇總司令！任命周鳳歧為浙江總司令！任命劉鳳圖為安徽總司令！任命賴世璜為福建總司令！兄弟們哪，按照北伐軍的標準，咱們大大小小的都是軍閥！兄弟們哪，不要說我效忠你、你效忠我這樣的話了！覆巢之下，焉有完卵？你們要誓死保衛你們自己的地盤！」

一七五

八月二十八日，國民革命軍總司令部決定，為達到佔領江西的預定目標，北伐軍立即開始對江西展開攻勢。

九月一日，北伐軍兵分三路，進軍江西。

第八團的指揮部裡，杜劍平與高明達面對地圖在緊張地研究敵情。

杜劍平：「程潛將軍的第六軍第十九師，向一把尖刀，正乘著孫傳芳大規模調動兵力的機會，直插南昌市！」

高明達：「我覺得十九師以偷襲的戰術，打下南昌是有把握的！可是，打下來之後，想以區區一師的兵力來守南昌，在孫傳芳的主力軍部隊基本沒有受到重挫的現階段，絕對是不可能的！」

杜劍平：「我看，我們團不妨立即向南潯鐵路一代運動，殲敵多少，倒在其次！想辦法截斷敵人的運兵線，對打南昌的十九師來說，肯定是有幫助的！」

高明達：「好！我派一個通信兵，給指揮部報告情況！」

杜劍平：「戰機稍縱即逝，我們一邊報告，一邊把部隊拉上去，先把南潯鐵路，炸成幾段再說……」

一七七

南潯鐵路上，杜劍平與高明達指揮戰士們將大段、大段的鐵軌，或是扒下來，或是炸毀……

九月十九日，夜晚，南昌城下，北伐第六軍第十九師政治部主任共產黨員林伯渠的指揮下，展開了奮勇的攻擊。

南昌城裡，守軍頭子鄧如琢破口大罵：「把守衛北門的何旅長給我斃了！給我斃了！把他的屍首綁在城門上！我看哪一個人，還他媽的敢後退一步！」

林伯渠在陣地前沿，對一支由中國國民黨員和中國共產黨員聯合組成的軍官敢死隊說道：「同志們！你們都是一群有血性！有主義！有信仰的好同志！打下南昌城，不僅僅是一場軍事上的勝利，更重要的是一場偉大的政治鬥爭勝利！打下南昌城，對於鼓舞全中國人民的革命信心，對於推動北伐戰爭的勝利，具有極大的意義！對孫傳芳是一個重大的心理打擊！目前，在我們英雄的十九師的反覆攻擊下，守城的敵人，已經成了強弩之末！我命令你們，英勇進攻，打進南昌城，活捉鄧如琢！」

敢死隊員們齊聲高呼：「打進南昌城，活捉鄧如琢！打進南昌城，活捉鄧如琢！打進南昌城，活捉鄧如琢！」

黎明的曙光下，衝鋒號響成一片，敢死隊衝鋒在前，全師官兵排山倒海，向南昌城發起了最後攻擊！

南昌城內，鄧如琢化裝成一個商人，帶著幾個親信逃走了……

一七八

九月二十日，南京孫傳芳的指揮部，孫傳芳跳著腳大罵：「鄧如琢是個大飯桶！鄧如琢是個光會說不會幹的王八蛋！南昌！南昌！把老子的南昌丟了！老子殺他的頭！老子要殺他的頭！」

浙江督軍盧香亭急忙勸告：「聯帥，鄧如琢的頭不忙殺！趕快先把南昌城奪下來要緊呀！」

孫傳芳點頭說道：「嗯，香亭！你去！本帥任命你為援贛軍總司令！你全權指揮江西的軍政！你可以先斬後奏，也可以斬而不奏！」

南潯鐵路的一個軍用列車上，盧香亭心急火燎地下達命令：「調兵！從九江調兵！從樟樹地區調兵，從江西全境調兵！增援奉新戰場！奪回南昌城！貽誤戰機者，殺！」

大批敵人匆忙地向奉新進發，杜劍平與高明達率領著戰士們，埋伏在南潯鐵路的兩邊，一場大戰終於在午夜爆發……

一挺重機槍下，杜劍平手握槍柄，對戰士們說道：「今天晚上，我這個團長不下命令了！這挺重機槍就是命令！我的這挺重機槍一響，就算是給咱們全團官兵送行的鞭炮！我的這挺重機槍一響，就是咱們團的弟兄們全體光榮犧牲的時刻！大家明白不明白？」

杜劍平的話音剛剛落地，陣地上，便響起一片悲壯怒吼：「明白……」

大批大批的敵人，衝了上來，杜劍平牙關一咬，重機槍響了，全團的輕重武器一起響起來，大片敵人倒了下去。

突然，一顆子彈打在了杜劍平的頭上，杜劍平倒在了重機槍下……

高明達大喊著衝上來：「劍平！劍平！劍平……」

杜劍平慢慢地睜開眼睛：「明達……我可是給你開過追悼會的……這一仗……你要是不死……一定要還給我一個追悼會……」

高明達大淚失聲：「劍平！劍平！劍平……」

但是，杜劍平再也沒有了回音。

高明達狠狠地一抹眼淚，輕輕地把杜劍平的屍體放在戰壕裡，雙手抓住重機槍，向敵人掃射起來……

一晝夜的激烈戰鬥結束後，太陽慢慢地升上天空，照亮了大地山野，照亮了大地山野上成片的屍體，照亮了大地山野上在風中飄揚的北伐軍大旗。

死屍堆中，高明達慢慢地爬起來，艱難而又堅定地走向北伐軍的大旗。

盧香亭像個瘋子似得，大喊大叫地下達命令：「調兵！調兵！調兵……我不管死了多少人！我只要南昌城！」

一七九

九月二十一日凌晨，密密麻麻的敵人，在督戰隊的逼迫下，拼了命地向南昌城上撲去，一批又一批的炮彈，在南昌城頭上爆炸，一個又一個北伐軍官兵，在槍林彈雨中倒下去。

南昌城內第十九師指揮部裡，師長楊源俊焦急地走來走去。

報務員的手指不停地按動著發報機的按鍵，發報機滴答……滴答……地響著……

師長楊源俊聽著外面一陣緊似一陣的炮彈爆炸聲，再一次催問報務員：「電報發出去沒有？求援電報發出去沒有？」

報務員摘下耳機，欣賞地回答：「報告師長！求援電報剛剛發出去了！」

南昌城頭上，一挺重機槍不停地掃射著，突然一下子，重機槍不響了……

一個軍官焦急地大喊道：「重機槍！重機槍！重機槍為什麼不打了？」

重機槍手流著鮮血報告：「營長！子彈……子彈打光了……」

一顆子彈打在營長的頭上，營長一聲不響地倒在了重機槍手的身上。

一大群敵人從炮彈炸開的口子中，衝上了城牆。

重機槍手一翻身，從犧牲的營長手中一把奪過衝鋒槍，大吼著向敵人掃射起來：「狗日的你們來吧！」

一個炮彈在城牆頭上爆炸，重機槍手和幾個剛剛衝上來的敵人一起，被炸上了天空……

一八〇

南昌城內第十九師指揮部裡，副師長王邦吉焦急地向報務員催問：「回電！軍部的回電來了沒有？來了沒有？」

發報機響了，報務員緊張地接收電報：「報告副師長，回電來了！回電來了！命令我們撤出南昌城！」

王邦吉一拍桌子，大喊道：「撤出南昌城！老子要的是援兵！不是撤退！」

報務員站起來立正敬禮：「副師長！這一回是程總司令，是程潛將軍親自下達的命令！程總司令說，援軍在奉新一帶遭遇到敵人的重兵阻截，傷亡過重，無法按計劃支援我們！命令第十九師孤軍立即撤退，撤出南昌……」

一八

一九二六年九月末，雖然已經入秋，但是，湖南嶽陽這個地方的天氣依然很熱。然而，北伐軍勢如破竹地一路挺進，卻讓吳佩孚派去防守嶽陽城的兩位團長心頭，掠過陣陣寒意。

這天，指揮部裡，一壺老酒，兩碟小菜，兩個團長又在討論著戰局。

白團長：「兵敗如山倒啊！真是兵敗如山倒啊！」

賀團長：「怪了！吳大帥二十多年怕過誰呀？可汀泗橋、賀勝橋一仗，十萬人沒了！」

白團長：「武昌也吃緊哪！來電升你為旅長，我是副旅長，命令咱們去解武昌之圍！」

賀團長：「你知道多少北伐軍圍著武昌嗎？李宗仁、陳可鈺……還有葉挺！就憑著你我這兩個破團，去解武昌之圍？這個少將旅長，你來當吧！」

白團長：「你說，這都是當兵吃糧的人，他北伐軍就個個都是趙子龍轉世？」

賀團長：「聽說，他們都學那個三民主義！」

白團長：「還有共產黨！人家說了，這共產黨啊，刀槍不入！」

賀團長：「什麼他媽的刀槍不入？那夥人，不怕死！」

他們兩個正在說著，一位副官走了進來報告：「報告長官，前邊抓住了一個北伐軍的探子！」

兩個團長一愣，你看看我，我看看你，似乎都沒了主意。
半晌之後，白團長試探著向賀團長詢問：「要不，咱們審審？」
賀團長想了想說道：「咱們審審！也好打聽打聽北伐軍的動靜！」
副官一揮手，兩個士兵押著一位器宇軒昂的青年男子，走了進來。
白團長朝這個青年男子打量了一番之後，客客氣氣地問道：「你，是北伐軍的探子？」
青年男子冷冰冰地說道：「我是北伐軍，可不是探子！」
白團長又問：「你叫什麼名字？」
青年男子昂首挺胸：「大丈夫行不更名，坐不改姓，老子姓賀，名叫賀衷寒！」
賀團長一聽，急忙站起身來說道：「原來是一家人呀！敝人也姓賀！唉喲，怎麼綁起來了？快！快！快給衷寒老弟解開！」
副官與士兵們趕緊為賀衷寒鬆了綁。
賀團長向他們一揮手：「你們都出去！我同白團長來跟這位賀老弟，好好地敘談敘談！」
賀衷寒一聲冷笑：「敘談敘談？笑話，我一個堂堂北伐軍人，同你們軍閥有什麼好敘談的？」
白團長火了：「你別敬酒不吃吃罰酒！說，跑到老子的嶽陽城裡，幹什麼來了？」
賀衷寒狠狠瞪了白團長一眼：「幹什麼？來殺你們這些狗軍閥呀！」
賀團長急忙上前攔住：「唉，有話慢慢兒說！請問，你是共產黨？」
賀衷寒大義凜然：「我是中國國民黨黨員！」
賀團長堆出一臉假笑：「唉呀，那就更是一家人了！我同白團長都擁護過辛亥革命啊！」

賀衷寒厭惡地說道：「可是，你們早就背叛了中山先生的三民主義，墮落成了反動軍閥！」

白團長咬牙瞪眼：「後生，真要是不想活了，咱這裡死的法子，可是多了，信不信老子用文火，把你這一百來斤，一兩一兩地烤熟了！」

賀衷寒挺起胸膛，一步上前：「哼，來呀！老子正好讓你見識、見識，北伐軍人的骨氣！」

賀團長伸出雙手擋住了賀衷寒：「有話慢慢兒說！有話慢慢兒說！說了你的任務，老兄我給你賞錢，硬梆梆的現大洋啊！」

賀衷寒輕蔑地一笑：「請問這位長官，你，能給我多少賞錢？」

賀團長的臉上笑開了花：「十塊！啊，不！二十塊！二十塊現大洋！」

突然，賀衷寒仰天大笑不止：「哈哈……哈哈……賀團長，你沒見過錢吧？二十塊現大洋！告訴你吧，小爺我三年前過十八歲的生日，光是我娘給我的壓歲錢，就是一千八百塊銀元！」

賀團長的臉上，頓時顯出一片驚訝：「啊？我的天啊！你們家，是幹什麼的？」

賀衷寒洋洋得意：「城東賀家鎮上，你打聽打聽，那出了名的財主賀百萬，就是我爹！」

一八二

夜晚，一盞油燈之下，賀團長與白團長的腦袋兒湊在一塊，鬼鬼祟祟地嘀咕起來。

賀團長：「咱們這可是把財神爺逮著了！賀百萬，了不得！聽說家裡的尿盆，都是金子打的！」

白團長：「老兄的意思是……」

賀團長：「打土豪、分田地呀！」

白團長：「打土豪、分田地？啊，你是說咱們上賀家鎮？」

賀團長：「對，那老傢伙同治年就掛過『千頃牌』！你說，他得有多少錢啊？」

白團長：「好！有賀衷寒這張『肉票』，咱得讓他賀百萬，好好地出點血！」

賀團長：「不行！不行！不行！第一，你不是打探清楚了嗎？他兒子是北伐軍裡很有名的官兒！北伐軍是幹什麼的，造反！造有錢人的反！他老子要是因此不認這個兒子，咱不是白忙嗎？第二，那賀百萬是手眼通天的人，連吳大帥都讓他三分，老傢夥要是告了咱，咱腦袋就沒了！」

白團長：「那你說，咱們怎麼辦呢？」

賀團長：「做買賣！把咱這兩個團，賣給他！連你我兼的嶽陽縣正副縣長，一塊賣！」

白團長一聽，驚訝不已：「老兄，喝高了吧？」

賀團長連連搖頭：「沒喝高！我也打探清楚了，這賀百萬是前清的秀才，總惦記著當官，可一輩子也沒當上！咱們哪，把縣政府的大印帶上，再給他糊弄兒上一張委任狀！」

白團長：「那咱們兩個的這個少將旅長……」

賀團長：「去他媽的吧！這年頭司令遍地走，將軍多如狗！」

白團長：「那，這個北伐軍的探子……砍了？」

賀團長：「別！咱們也積上一點陰德吧！咱們哪，要錢不要命！」

白團長：「那好！五尺麻繩，把他綁在這間房子的地窖裡，生死由天吧……」

一八三

賀家鎮，賀百萬家，留著大辮子的巨富賀百萬面前，擺著兩方大印和一張委任狀。

賀團長滿面恭維：「賀老前輩，早就聽我們吳大帥說過，您老是前清的秀才？」

賀百萬急忙擺手：「舉人！舉人！咸豐六年的舉人！三甲第一百八十七名！」

賀團長趕緊恭維：「唉呀，難怪我們的吳大帥，如此敬重老前輩！他是秀才，您老是舉人，遠遠高他一籌啊！」

賀百萬搖頭晃腦：「吳子玉老弟，真的要我來當嶽陽縣令？」

白團長鞠躬彎腰帶作揖：「不光是縣令，還有司令，湖南省保安總司令！」

賀百萬皺起了眉頭，為難地說道：「可是，這自古文官不就武職……」

賀團長趕快打斷了賀百萬的話題：「如今，這不，啊，已經不是古代了嗎？」

白團長馬上接過話頭：「是呀，吳大帥說了，您老爺子是文武兼備！文武兼備！」

賀百萬嘻笑顏開：「文武兼備不敢當！老夫也不過是略通一點太極劍法而已呀！」

白團長性急地說：「我說賀老前輩，你就別再嘀咕了！快他媽……」

賀百萬一愣：「他媽？」

賀團長連忙掩飾：「噢……他說連他媽……都日夜焚香禱告，盼著您賀老前輩，趕緊出山呀！」

賀百萬激動萬分地問白團長：「怎麼？就連令堂大人，也知道我賀某人的文采風流？」

白團長狠狠地一點頭：「知道！知道！唉喲，天天念佛呀，說這賀老前輩，怎麼還不出來當官呀？」

賀百萬略加思忖，突然一甩辮子，慷慨激昂地說道：「既然是社稷所需，婦孺皆望，這大印我賀某人接了！」

賀團長與白團長趕緊敬禮鞠躬，裝瘋賣傻地折騰了一陣之後，掏出一張借據來。

賀團長：「賀老前輩，不！賀縣長，賀總司令！吳大帥還有件小事賀總司令幫忙！」

賀百萬：「借錢？」

白團長：「前方打仗吃緊，吳大帥急需軍餉！想暫借五百兩黃金，三萬塊大洋！」

賀百萬連忙擺手：「不行！不行！這樣一來，我不成『捐官』了嗎？買官鬻爵之事，豈是舉人之為乎？」

賀團長急忙解釋：「不是！不是！這『捐官』，是沒本事兒的人，花錢買個小官當當，您這可是湖南一省的保安總司令啊！相當於過去的巡撫，您說，自古以來，有賣巡撫的嗎？這只是借餉！借餉！」

賀百萬又一猶豫：「可這也太多了呀！這樣吧，我先借給你們一萬塊大洋吧！八釐息！」

白團長趕快說道：「太少了！太少了！我們吳大帥說了，賀老前輩是富可亂國……」

白團長不學無術，可賀百萬耳朵不聾：「那叫富可敵國！為富者仁也，豈有亂國之理焉？亂國者，不成了賊子乎？」

賀團長狠狠瞪了白團長一眼：「對！富可敵國！不亂國！四百兩黃金，兩萬塊大洋！十釐息！」

賀百萬連連搖頭：「太多！太多！一萬塊大洋！頂多再加一百兩黃金！」

白團長：「再多點！三百兩黃金！啊，三百兩黃金！好不好？十二釐息！」

賀百萬：「二百兩！」

賀團長：「好！就二百兩黃金、一萬塊大洋！」

賀百萬終於首肯了：「那，怎麼著，你們也得找上幾家鋪保吧！」

賀團長：「賀老前輩！賀總司令！找什麼鋪保啊？吳大帥保不了？這兩塊大印保不了？還有門外這一千多人槍，全都歸您賀總司令指揮了，這還保不了您的借餉嗎？」

一八四

賀家鎮一處空地上，千餘名士兵整齊列隊，賀百萬身穿著一身顯得過大的將軍服，鑲著金邊的大蓋帽後面，露出一條灰白色的大辮子，古怪之中帶著滑稽。

賀團長一聲令下：「弟兄們！立正！」

士兵們趕緊立正。

白團長大聲宣佈：「這位是賀總司令！從現在開始，我們的一切行動，都要絕對服從賀總司令的命令！」

士兵們儘管莫名其妙，但當兵的總得服從命令，於是，上千人同聲高呼：「是！」

賀團長恭恭敬敬地邁著正步走到賀百萬面前，立正，敬禮，然後，一個標準的向後轉，對士兵們命令道：「現在，大家歡迎賀總司令給我們訓話！」

上千人一同鼓起掌來，倒也實在是驚天動地。

賀百萬激動不已：「賀某弱冠之年及第鄉試，不惑之年中舉皇城，因未得伯樂相識，故，雖生有千里之蹄，卻囿留於廝廄之內，無緣報效家國，卓爾不群，寂寞草野……」

上千名當兵的，呆呆地立正在原地，傻傻地聽著……

一八五

殘月之下，賀團長與白團長揹著包袱，鬼鬼祟祟地消失在田野上。

白團長：「賀團長！你這個主意，簡直是他媽的妙死了！」

賀團長：「還什麼狗屁團長不團長的？記住了，咱哥兒們，如今是買賣人……」

半月之後，北伐軍踏著整齊的步伐，高唱凱歌，開進了賀家鎮。

人民敲鑼打鼓地歡迎北伐軍。

身穿將軍服，甩著大辮子的賀百萬，聲嘶力竭地呼喊著：「我是總司令啊！我還是縣令啊！我有大印！我有兩塊大印啊……」

一群兒童手舉「打倒軍閥」一類的小旗子，圍著賀百萬，開心地玩耍……

一八六

江西的戰地醫院裡，高明達慢慢地睜開眼睛。

他努力地看了看周圍，向女護士問道：「我在哪裡？部隊怎麼樣了？戰鬥怎麼樣了……」

女護士趕快扶住他：「躺著別動！你負傷了！這是醫院！你好好地躺著別動！」

高明達掙扎著問道：「告訴我，部隊怎麼樣了？戰鬥怎麼樣了？」

第六軍參謀長唐蟒，走了進來，親切地對高明達說道：「你就是高明達吧？」
高明達見了唐蟒，掙扎著又要起來。
唐蟒走上前，輕輕地按住他：「別動！高明達，你是一個好樣的！你們第八團全是好樣的！你們能夠在上級不瞭解情況的時候，根據戰場變化，主動尋找戰機，破壞南潯鐵路，以一個團的兵力，阻擊了敵人一個師外加兩個團的進攻，給江西戰局的變化，帶來了重大的影響！程潛將軍特意派我來慰問你！嘉獎你呀！」
高明達急忙說道：「謝謝參謀長！謝謝程總司令！不過，長官，我們第八團的弟兄們怎麼樣？傷亡大嗎？」
唐蟒悲痛地說道：「唉！基本上打光了！英雄啊！都是英雄！」
高明達頓時湧出了淚水：「那麼，我們第八團……」
唐蟒趕緊安慰道：「你放心，程潛將軍和國民革命軍第六軍指揮部已經決定，重建第八團！並且，任命你高明達為第八團團長……」

一八七

一九二六年秋日的一個黃昏，湖北省與湖南省交界，葉挺獨立團第一營防區，共產黨員、營長曹淵在巡視部隊，秋風之中，突然傳來一陣哭爹喊娘的慘叫聲。
曹淵停下腳步側耳細聽：「怎麼回事兒？」
一個士兵報告：「報告營長，是八團七營鄭振華營長，在責打犯錯誤的弟兄們！」

曹淵一愣：「鄭振華營長，怎麼能夠這樣對待自己的弟兄呢？」

士兵說道「還是共產黨的長官，待弟兄們好啊！官兵平等，不打不罵！」

曹淵嚴肅地說道：「這官兵本來就是平等的嘛！打人家幹什麼呢？」

夜晚，八團七營駐地，兩個剛被責打過的士兵趴在床上，一個老兵拿著藥粉，在士兵皮開肉綻的屁股塗抹著，一群士兵憤憤不平地圍在被打的士兵周圍。

老兵：「忍著點兒！千萬別叫出聲！要不，長官們聽見了，還得打你！」

一個叫小柱子的士兵憤憤然說道：「這他媽是什麼日子？白天打仗，晚上挨打！真他媽不把咱當兵的當人看！」

老兵趕緊勸道：「小柱子，你小聲點兒！怎麼著？屁股癢癢了是不是？」

小柱子不服氣地說道：「老子當兵是為了北伐！憑什麼，受他媽的這份兒氣呀？」

老兵趕緊又勸：「憑什麼？這是當兵的命！」

另一個士兵也說：「同是北伐軍，人家葉挺獨立團那邊，當兵的就從來不挨打！」

小柱子：「是啊，人家那邊講究什麼官兵平等！到了月底，還按時發餉！聽說，當官的和當兵的都在一個鍋裡吃飯！」

老兵：「說夢話吧！官兵平等？我當兵十年了，從沒見過官和兵一個鍋吃飯的隊伍！」

小柱子：「真的！真的！獨立團那邊，真的是講究官兵平等的！」

老兵：「要真的是有這樣的隊伍，老子給他們當炮灰都幹！」

小柱子：「要不，咱投奔人家獨立團去吧……」

一八八

凌晨，小柱子帶領一個班的士兵，悄悄地摸進了獨立團第一營的防地。

值星連長低聲地喝問：「誰？什麼人？幹什麼的？」

小柱子急忙說道：「長官！我們也是國民革命軍的！鄰居，八團七營的弟兄！」

值星連長收起手槍，和藹親切地說道：「噢！是友軍的兄弟們呀！快來！快來！」

小柱子他們揹著挨打的傷兵，迅速地跑了過來。

值星連長十分奇怪：「半夜三更的，你們怎麼來了？喲！這兩個兄弟怎麼了？病了？」

小柱子立正敬禮：「報告長官，打的！他們這是讓我們長官給打的！」

值星連長聽了心疼地說道：「打的？什麼事情啊，把人給打成這樣？快！快點放下來！」

老兵將傷兵放下，值星連長蹲下來查看傷勢，並向戰士下令：「快！快把衛生員叫來！」

一八九

曹淵在仔細地聽著值星連長的報告和投誠士兵的訴說。

值星連長：「被打傷的士兵，正在我們營的衛生隊治療，他們堅決不肯回去！」

小柱子：「長官！求您把我們留下吧！讓我們當敢死隊去踩地雷，弟兄們絕無二話！」

那個老兵也對曹淵說道：「長官，當兵的沒有怕死的道理！可長官不講理，弟兄們心裡不服啊！」

小柱子忽然一下子雙膝跪地：「長官！求求您了！留下我們吧！」

曹淵急了，趕緊拼命地往起拉他：「快起來！小兄弟！你這是幹什麼？快起來！國民革命軍中，哪裡有這樣的規矩？」

小柱子雙眼滾出淚水：「長官！跟著你打仗，身上穿一百個窟窿也心甘情願呀！」

曹淵：「這樣吧！你們先下去休息！事情待會再說，好不好？」

小柱子他們流著眼淚走了。

曹淵指著他們的背影，很動感情地說道說道：「開黨支部會議，要把官兵平等、愛惜士兵的問題，再強調一下！各級指揮員，在非戰鬥的情況下，在非軍事的問題上，絕對不能搞強迫命令！要教育全體黨員，每一個革命的戰士，都是我們的親兄弟！」

值星連長：「可這幾個士兵怎麼辦？留下來會傷害我們與友軍關係！送回去他們一定還要挨打！而且，領頭的那個小柱子，很有可能被槍斃！」

曹淵想了一下說：「我到七營去一趟，找鄭振華營長好好談一談！」

一九〇

七營營部，鄭振華氣勢洶洶，身後兩個士兵手持衝鋒槍。

鄭振華一見到曹淵，就發了火：「你們共產黨欺人太甚！憑什麼扣押我們第七營的士兵？」

曹淵連忙解釋：「鄭營長，我們不是扣押你們的士兵！」

鄭振華：「那好！那你就立即將我們的士兵放回來！」

曹淵：「可以！但你必須做出承諾，不能再打他們！不能槍斃他們中的任何一個人！」

鄭振華：「豈有此理！我鄭某人如何地帶兵，還要經過你的批准嗎？」

說著，鄭振華逼近了曹淵，兩名手持衝鋒槍的士兵也跟著逼近，曹淵的通訊員急忙上前，用身體擋住曹淵，本來很緊張的氣氛，一下子充滿了火藥味。

曹淵平靜地拉開了通訊員：「小王，你先到外面去！」

通訊員慢慢地退了出去，曹淵禮貌地說道：「鄭營長，我來你這裡，絕對沒有同你作對的意圖，你看我們兩個帶兵的人，能否推心置腹地談一談？」

鄭振華狠狠地瞪了曹淵一眼，十分勉強地讓兩個士兵退了下去。

曹淵：「鄭營長，我們同為革命軍人，我們手下的戰士們，也同為革命軍人，是我們的戰友！為什麼要如此殘暴地對待他們呢？」

鄭振華：「你少跟我講你們共產黨的那一套大道理！我的肺都快被你們給氣炸了！」

曹淵：「鄭營長，肺先別忙著炸！你說，我們參加北伐的目的是什麼？我們參加黃埔軍校的初衷又是什麼？打倒帝國主義，打倒反動軍閥，解救人民！對吧？」

鄭振華營長沉默了下來，沒有再打斷曹淵的話。

曹淵繼續說道：「可是，我們為什麼，不能首先從解救我們手下的這些士兵做起呢？你設身處地地想一想，士兵，平時要挖戰壕，修工事，打仗的時候要一刀一槍地跟敵人拼命的呀！」

鄭振華：「這我知道！可是，古語說得好，慈不掌兵啊！」

曹淵：「不！掌兵，靠得是愛兵，惜兵！掌兵，靠得是長官們的模範帶頭作用！鄭營長，你客觀地說，我們獨立團打仗怎麼樣？」

鄭振華：「沒說的！你們共產黨人打仗，我鄭某人佩服！」
曹淵：「那鄭營長聽說過，我們獨立團拿著大扁擔打自己戰士的事情嗎？」
鄭振華頓時語塞：「這……我還真的是想學習一下，你們共產黨人帶兵的辦法！」
曹淵爽朗地大笑：「那好啊，明天，我就選出幾個排長，借給你用一個月！」

一九

九日三日早上，軍號齊鳴，武昌週邊戰鬥打響，曹淵和鄭振華所指揮的部隊，共同向敵人所佔據的一個小鎮，發動了攻擊。
曹淵：「同志們！我們革命軍人為國家、為民族立戰功的時刻到來了！我命令你們，奮勇前進，堅決完成我們的任務！」
曹淵的話音剛落，指戰員便齊聲高呼：「奮勇前進！奮勇前進……」
值星連長：「共產黨員，向前一步走！」
全營官兵每個人都向前大踏了一步。
值星連長：「聽口令！我說得是，共產黨員，向前一步！」
全營的每個官兵再一次整整齊齊地向前大踏了一步。
曹淵克制著心頭的激動，高聲說道：「請共產黨員同志舉起手臂！」
部隊之中，有四分之一的人舉起了手臂。
一個沒有舉起手臂的士兵，高聲喊道：「報告！我不是共產黨員！但我和共產黨員一樣，是革命戰士！我不後退！我絕不後退！」

一石激起千重浪，頓時，那些非黨戰士一同舉起手臂：「對！我們也是革命戰士！我們不後退！我們絕不後退……」

戰鬥在激烈地進行著，曹淵衝鋒在部隊的最前方，在戰士們的英勇進攻下，敵人開始動搖了。

鄭振華率領著自己的部隊，也同曹淵一樣，衝鋒在部隊的最前方：「弟兄們！過去對不住的地方，我鄭振華今天補了……」

七營的官兵們英勇地衝鋒陷陣。

戰鬥勝利地結束了，第一營和第七營的官兵們，押解著大批的俘虜，向前走去……

一九二

一九二六年年八月十七日，馮玉祥乘火車離開莫斯科動身回國，隨行的有共產黨員劉伯堅、蘇聯顧問烏斯曼諾夫等人。

劉伯堅一路上不斷地鼓勵著作為北方軍事實力派人物馮玉祥：「馮老總，此次回國，您必將會有一番很大的作為啊！」

烏斯曼諾夫也不停地勸說：「是的，史達林同志與蘇聯共產黨，都相信馮將軍會為中國革命們做出很大的貢獻！」

馮玉祥終於表了態：「貢獻我不敢當！但是，我馮玉祥對當前正在進行的這場偉大的北伐戰爭，是一定要積極參與的！」

九月三日，馮玉祥一行抵達庫倫。國民軍將領鹿鐘麟、宋哲元、方振武、石敬亭、孫岳、徐永昌等老部下，以及國民黨中央執行委員于右任來到車站迎接。

于右任急忙上前：「煥章！歡迎你回來！我代表國民黨歡迎你回來呀！」

馮玉祥也不敢怠慢：「于老！煥章我何德何能，敢驚動于老到車站來呀？」

于右任：「武昌起義，舉兵回應！倒袁護國，挺身而出！驅逐溥儀出宮，大快人心！連中山先生也敬你三分啊！」

馮玉祥：「煥章此次回國，要做的第一件事，便是要參加國民黨……」

九月十五日，馮玉祥返回國民軍總司令部的駐地綏遠省五原縣。

當日晚上，在中共黨員劉伯堅和蘇聯顧問團的建議幫助下，馮玉祥決心收拾殘局，重振旗鼓……

一九三

國民軍的流散部隊，聽說馮玉祥回國，紛紛攜槍歸隊。

九月十六日，馮玉祥於五原召集國民軍將領鹿鐘麟、宋哲元、方振武、石敬亭、孫岳、徐永昌等人開會，商討國民軍大計。

于右任、劉伯堅、烏斯曼諾夫列席參加。

會上決定成立國民軍聯軍，推舉馮玉祥任國民軍聯軍總司令。

于右任當即代表國民黨批准馮玉祥任國民軍聯軍總司令，劉伯堅代表共產黨表示支持，烏斯曼諾夫代表蘇聯表示支持。

九月十七日中午十二時，五原縣政府西側的廣場上，授旗大會開始，參加誓師典禮的國民軍一、二、三、五、六軍官兵共一萬多人，人人均佩戴著「不擾民、真愛民、誓師求同」的臂章。

馮玉祥宣佈成立國民軍聯軍總司令部，並宣誓就任聯軍總司令。

于右任代表國民黨中央向馮玉祥授旗，並登臺監誓。

誓師會上，馮玉祥扔掉五色旗，將青天白日旗高高地升了起來。

官兵一陣歡呼……

馮玉祥當宣佈：「為了表明我們國民軍忠於孫中山先生的三民主義，我們決心出師北伐，與此同時，我國民軍全體將士集體加入中國國民黨！」

劉伯堅登上主席臺，宣讀「五原誓師」通電宣言：「國民軍誓師之目的，乃以中山先生聯俄、容共、扶助農工之新三民主義喚起民眾，剷除賣國軍閥，打倒帝國主義，以求中國之自由獨立，並聯合世界上以平等待我的一切民族，共同奮鬥！生死與共，不達勝利，戰鬥不止！」

馮玉祥登臺發表宣言：「我馮玉祥本是一個武人，半生戎馬，未嘗學問。唯不自量，力圖救國，怎奈才識短淺，對於革命的方法不得要領，所以飄然下野，去國遠遊，乃至走到蘇聯，看見世界革命，起了萬丈高潮。中國是世界的一部分，受國外帝國主義與國內軍閥雙重壓迫，我們要解除這深切的痛苦，唯有推翻帝國主義的壓迫，解除軍閥之壓迫！」

會後，馮玉祥與于右任高舉著紅旗，率領全體官兵在五原街上遊行。

誓師大會後，成立了國民軍聯軍總司令部，鹿鐘麟任總參謀長，劉伯堅任政治部部長，烏斯曼諾夫為政治軍事顧問。同時，馮玉祥委託劉伯堅選派了一大批共產黨員分赴各軍，成立了政治處。

九月底，散駐在西北各地的馮玉祥舊部，紛紛前來五原投奔馮玉祥，國民軍總兵力一下子達到了六萬餘人。

重振軍威之後，國民軍在馮玉祥的率領下，向陝甘一帶進軍。

一九四

江西某地，一面寫著「國民革命軍第四軍第三師第八團」大字的軍旗，迎風飄揚。

高明達站在軍旗下，向面前的戰士們喊道：「全體立正！」

戰士們齊刷刷地立正。

高明達：「向我們的軍旗敬禮！」

戰士們齊刷刷地舉起了手臂。

高明達：「作為中國國民黨黨員，我首先請佇列中的共產黨員舉手！」

佇列中舉起了一片手臂。

高明達：「現在，請佇列中的國民黨員舉手！」

佇列中又舉起了一片手臂。

高明達望著那一片片高舉的手臂，激動不已：「我們光榮的第八團，是由中國共產黨員、中國國民黨員、以及一大批熱血青年組成的英雄團！現在，讓我們在這面軍旗下宣誓！」

戰士們莊嚴地舉起了手臂。

高明達：「我們宣誓！我們是光榮的第八團戰士！我們一定要用自己的鮮血和生命，維護革命軍人的榮譽！為打倒帝國主義！為打倒反動軍閥！為中華民族的偉大復興！而英勇戰鬥……」

一九五

一九二六年秋某天，河南開封城外的一個名叫黃石嶺的小村莊內，馮玉祥所屬國民軍第四軍第二十六旅駐地，旅長郝夢齡同幾位參謀緊張地討論著戰況。

「包圍我們二十六旅的至少有三個師！」

「我旅孤軍突出，又沒有電臺，聯絡不到部隊支援，僅憑三個團四千來人，我們守不住黃石嶺！下令突圍吧！總不能讓部隊全部戰死在這裡吧？」

郝夢齡想了想說道：「死，本身就是軍人使命的一部分，沒什麼可說的！當然，我們不能白死！你們都說是敵人這幾個師，把我們旅包圍了，可是，反過來，我也可以說老子以區區一個旅的兵力，把吳佩孚的這幾個精銳師，全部都給死死地釘在這黃石嶺上了！友鄰部隊距離黃石嶺反一二百里的路程，只要把情報送出去，便可以把被這場戰鬥，打成一個中心開花的反包圍戰！現在的問題是，官兵們肯不肯跟我們一起來下這個決心？」

參謀李大成說道：「旅座，軍人生死尋常事，我認為，弟兄們是不會有問題的！」

郝夢齡盯著李大成問道：「你是中國共產黨的黨員吧？」

李大成立正敬禮：「中國共產黨一九二三年的黨員！」

郝夢齡轉身盯著王公益問道：「你呢？」

王公益立正敬禮：「中國國民黨一九二一年的黨員！」

郝夢齡哈哈一笑：「哈哈……左膀右臂，一共一國，好！我這裡可真正是國共合作了呀！」

李大成與王公益一齊上前，同聲高喊：「旅座！下命令吧！」

郝夢齡一擺手：「生死筱關的大事，還是要跟弟兄們商量一下啊！通知營以上正職軍官，馬上到旅部來開會！對了，還有騎兵連邱至剛，讓他也來！」

一九六

旅指揮部大院中，幾十名戰傷累累的軍官，筆直地站立著，郝夢齡走到軍官們面前，莊嚴地敬了一個軍禮：「弟兄們！你們都是跟著我征戰多年的生死兄弟了！你們的中間，有國民黨員，也有共產黨員，咱們先不講國共合作的大義，我郝夢齡有幾句心裡話，今天，想對弟兄們說一說！」

軍官們刷地一下立正高呼：「請旅座訓示！」

郝夢齡：「我們二十六旅面臨著一場危機！我們被吳佩孚至少三個師的兵力，包圍在黃石嶺上，我們想突圍，可東面八十里就是開封城，吳佩孚一個整編師駐紮在那，我們打不下來！南面正對著黑水河，兩岸都是敵軍，我們衝不過！北面八百多米開闊地，敵人的幾十挺重機槍，不會放我們過去！所以，我們二十六旅陷入了絕境！怎麼辦？要是過去，為了保全弟兄們的身家性命，我郝夢齡，願意打著白旗去投降！因為，過去我們都是軍閥，打來打去不就是他媽的為了升官發財嗎？可是，五原誓師之後，我們不再是軍閥了！我們是三民主義大旗下的革命戰士，我們是為了國家而戰、為了民族而戰、為了社會進步而戰的國民革命軍人！我們不再是一群打不義之戰的軍閥了！因此，我們不能投降！」

軍官們馬上齊聲高呼：「我們不投降！絕對不投降！」

郝夢齡：「我親愛的弟兄們！黃石嶺上戰鬥，是我們二十六旅參加北伐後的第一仗，我郝夢齡想把這一場仗打勝！」

王公益一聲響亮：「旅座，有話直說！」

郝夢齡：「我想把被包圍的戰鬥，打成中心開花反敗為勝的大仗！我們全旅守住黃石嶺，把自己當成誘餌，拖住包圍著我們的敵人，等我們的援軍一到，內外夾擊，消滅這些敵人，打一場漂亮的殲滅戰！可堅守黃石嶺極有可能是一場死仗……」

參謀長方士林立正說道：「旅座，不必多說了！弟兄們跟著你打了那麼多年的糊塗仗，今天，好不容易撈到一場明白仗來打！為國為民，丟了腦袋肩膀還在！怕他媽的什麼呀？」

郝夢齡：「那好！你們回去一定要把話，跟弟兄們講清楚，就說，我郝夢齡今天的軍令是，怕死的，把褲衩脫了當白旗舉起來去投降，我郝夢齡絕對不會向他們打黑槍！不怕死的，就跟著咱們一塊打到底，我郝夢齡一定把自己燒了，給弟兄們當紙錢！」

李大成搖搖頭說道：「我是中國共產黨的黨員，在軍校裡學過守點打援的戰法！我看事情沒那麼悲壯，這黃石嶺上土少石頭多，房子全都是用石頭砌起來的，這幾百間房子，就是幾百個碉堡，再說，咱們的裝備不差，彈藥也充足，堅守三天五天的問題不大！」

軍官們一齊說道：「是啊，旅座，黃石嶺咱們守得住！」

郝夢齡點點頭，喊道：「邱至剛！」

邱至剛挺身出列，立正敬禮：「到！」

郝夢齡：「你們騎兵連現在還有多少人馬？」

邱至剛：「報告旅座，國民軍第二十六旅騎兵連還有六名戰士，八匹戰馬！」

郝夢齡臉上一震：「什麼？還有六名戰士？」

邱至剛：「六名戰士也是二十六旅的騎兵連！連長邱至剛請求旅座下達戰鬥命令！」

郝夢齡走到邱至剛的面前，久久地凝視著他，邱至剛筆直地站立著，雙眼閃爍著一種無所畏懼的光茫，郝夢齡壓低聲音問了一句：「請你告訴我，你是哪個黨的人？」

邱至剛立正敬禮：「報告旅座！騎兵連連長邱至剛是中國國民黨黨員！」

郝夢齡：「你，怕死嗎？」

邱至剛：「報告旅座，騎兵連沒那毛病！二十六旅沒那毛病！中國國民黨沒那毛病！」

郝夢齡鄭重地向他敬了一個軍禮：「邱至剛，我命令，騎兵連全體出動，向西前進，突出敵人包圍，找到友鄰部隊，把我的這封親筆信送出去！」

邱至剛雙手接過信件大聲回答：「是！騎兵連保證完成任務！」

一九七

黃石嶺外敵人陣地上，兩名指揮官舉著望遠鏡觀察著黃石嶺的情況：「程副師長，你說這黃石嶺上，咱們到底圍住了他們多少部隊呀？」

程副師長扳著手指算了一下：「張師長，咱們三個整編師外加兩個獨立旅，持續攻擊六個小時，硬是沒有打動！你想想看，那對方，起碼還不得有兩個主力師？」

張師長一聲令下：「傳我命令，謹慎攻擊！圍上他三天三夜，餓也把他們都餓死了！」

黃石嶺上，邱至剛帶領著五名騎兵戰士，牽著戰馬肅立成一排。

郝夢齡走到邱至剛身邊，撫摸著邱至剛的大白馬說道：「我常說，軍人生死尋常事！可今天，我命令你們活著出去！一定要活著衝出去！你們繫著咱們二十六旅四千多名弟兄們的身家性命！繫著咱們五原誓師之後，第一場大戰的勝負成敗呀！」

邱至剛立正敬禮：「請旅座放心！騎兵連保證完成任務！」

郝夢齡一揮手：「上馬！南面的突圍佯動打響之後，你們立即出發！」

邱至剛領著五個戰士翻身上馬，齊聲回答：「是！」

黃石嶺南面，號兵們吹響衝鋒號，參謀長方士林端著機關槍率領戰士衝了出去。

黃石嶺西邊，邱至剛一馬當先，率領著五名騎兵戰士在羊腸小徑上飛馳而去。

敵人的陣地上，一個軍官高聲呼喊：「有人往西跑了，馬隊，馬隊，快給我去追呀！」

幾十個敵人騎兵向邱至剛追擊掃射，一名斷後的戰士中彈落馬。

邱至剛策馬而奔：「快！快……」

槍林彈雨中，又一名戰士中彈落馬，他頑強地舉起手中的衝鋒槍，向追敵射擊，幾個敵軍被擊斃，一顆子彈打在戰士的臉上，戰士的衝鋒槍落在了地上。

邱至剛策馬而奔：「快！快……」

敵追兵不斷射擊，騎兵連戰士們相繼中彈犧牲，邱至剛伏在大白馬的背上，回過頭去，舉起手中的衝鋒槍，一排子彈打出去，幾個敵人中彈落馬。

敵騎兵窮追不捨，山口轉彎處，邱至剛勒住馬頭，縱身躍下，將懷中的信件塞在馬鞍裡面，深情地向大白馬說道：「老白，就剩下咱們兩個了！路你認識，信一定要給我送到！快走吧，我來掩護你！」
大白馬順從地奔馳而去，邱至剛伏在一塊石頭後面，將一梭子彈插入衝鋒槍，敵人的馬隊狂奔上來，邱至剛手中的衝鋒槍響了起來，敵人一片一片倒下去，一顆子彈打中了邱至剛，鮮血湧流了出來，馬蹄聲響起大白馬又跑了回來。
邱至剛急了：「老白！你這是怎麼一回事呀？誰讓你回來的？啊？」
大白馬用嘴巴緊緊地咬住邱至剛的軍衣，企圖把他拉起來。
邱至剛一邊掙扎，一邊焦急地對大白馬說道：「老白！你是看我受傷了是吧？你糊塗啊你，這封信，要是送不出去，咱們二十六旅四千多名弟兄們，全都得死！你懂不懂呀？啊？」
大白馬死死咬住邱至剛的軍衣，四腿彎曲，伏在地上，企圖讓邱至剛騎上來。
槍聲再次響起，敵人馬隊又衝了上來。
邱至剛用雙手拼命地掰開大白馬的嘴巴，動情地說道：「老白！三年了，老朋友了！我邱至剛今天拜託你，千辛萬苦，要把信送出去！」
大白馬雙眼滾出淚水，慢慢地站立了起來。
敵人的馬隊上來了，邱至剛一邊向敵人射擊，一邊向大白馬喊道：「老白！快跑！我命令你，快跑！」
大白馬流著眼淚，不肯離去，邱至剛說道：「為了黃石嶺上的弟兄們！為了北伐戰爭的勝利！我以一個國民黨員的名義，命令你，快跑！」
大白馬前蹄躍起，仰天一聲長嘶，圍著邱至剛轉了一圈之後，終於向西飛馳而去。

邱至剛手中的衝鋒槍響了起來，青山翠谷之中，槍林彈雨之下，大白馬在飛快地奔馳著。

邱至剛的衝鋒槍，準確地向敵人射擊著，敵人的追兵，一群一群地倒了下去。

大白馬無聲無息地奔跑了起來，終於，消失在了遠方……

一九八

一九二六年十月，轟轟烈烈的北伐戰爭，已經席捲了半個中國，凡是具有愛國之情、反帝之心的正義軍人，幾乎全都加入到了這場推動著中國歷史滾滾向前的偉大革命洪流中去了。

而那些被北伐軍列入必殺名單上的大小軍閥們，也已經一反往日作威作福的傳統，變得惶惶不可終日，一個個形似驚弓之鳥。

然而，蘇州城裡，孫傳芳手下的大將趙安武，倒是頗為沉得住氣，這一日，豪華的將軍府上，趙安武正為其父的七十大壽慶典忙碌著。

一個軍官走上來獻計：「將軍，咱弄上七十個兵，持槍站崗！不正應了老太爺七十大壽嗎？」

趙安武聽了一樂：「古往今來，有拿大兵當算盤珠子，來計算壽辰的嗎？那些兵，你留下找北伐軍拚命去好了！」

王參議動了一下腦筋，試探著說道：「將軍，敢問老太爺喜歡不喜歡聽聽崑曲什麼的呀？」

趙安武忙一點頭：「喜歡呀！還經常自拉單胡，清唱幾曲哪！你有什麼上好角色推薦嗎？」

王參議趕緊上前說道：「部下知道一對唱紅江南各省的崑曲藝人，正好在蘇州！」

趙安武忙問：「噢？正在蘇州？在哪一個園子裡演出？」

王參議：「他們不進園子，只是在一些茶樓酒肆唱！」

趙安武輕蔑地一揮手：「唉，茶樓酒肆裡，能有什麼好的角色？」

王參議：「將軍有所不知，他們不進園子，聽說是另有隱情，主唱的女子，風骨峭峻，才華橫溢，因為她父親當年得罪袁克定遭了殺身大禍，這才流落了江湖。」

趙安武稍一思索，大度地說道：「噢……那你就去把她請來，如果，唱得真好，本人倒不妨把她挽救出來！」

一九九

黃昏，蘇州城內一間茶樓裡，一個美麗無比的女子，懷抱著柳琴正在唱著一首崑曲，一個大她幾歲的男子拉著胡琴為她伴奏。

「無意苦爭春，一任群芳妒，零落成泥碾作塵，只有香如故……」

台下，聽眾任老闆忍不住讚歎了一句：「天籟之音！唱得迴腸盪氣，動人肺腑啊！」

旁邊的那位穿著灰長衫的聽眾，看來似乎是個外行：「少見！少見！這就是正宗的崑曲嗎？」

任老闆連忙熱心地指點：「這就是正宗的崑曲！高音大雅，千古絕唱啊！」

灰長衫聽眾點頭說道：「嗯，以臺上這兩位的造詣，在上海大世界，那也是賣得出票子的呀！」

任老闆一聲歎息：「唉，你們是不曉得呀！臺上的這位女子，可不是等閒之人！她父親歐陽健是金陵大學教授，赫赫有名的國學大師！可惜，唉……死了！」

任老闆的介紹引起了聽眾們的興趣，大家一齊把腦袋伸過來說道：「歐陽健？死了？怎麼死的？講來大家聽一聽！」

任老闆又是一聲歎息：「唉，那是洪憲年間的事情！袁世凱的長公子袁克定討小姨太，非要把人家歐陽健先生拉來裝門面！一連發了九張請帖！可歐陽健硬是不買帳，這袁克定火了！派兵把人家綁到了婚宴上！結果，歐陽健掀翻了酒席的桌子，說是君子不屑與豺狼共戴一天！袁大公子發火了，七顆子彈，唉，全都打在胸口上！」

灰長衫聽眾一聽，忙問：「那他臺上的這個女子？」

任老闆壓低了聲音：「臺上這女子是歐陽健的獨女，名叫歐陽美蓉，當時只有十八歲，一起也被抓了，她身邊的那拉胡琴的先生，叫賀國章，是歐陽健的學生，他花費重金買通看守，將這個歐陽美蓉救了出來，從此，一男一女，二琴相伴，五湖四海，以歌為生！」

灰長衫聽眾連連點頭：「難怪他們的曲聲悲冷，而又可歌可泣，回味綿長啊！」

任老闆又說：「他們這兩個人，才更是可歌可泣呀！以他們兩人的學識才華，隨便求一碗安穩的飯菜，絕無問題！可貴的是，他們卻以傳演崑曲藝術為名，流蕩四方，傳播著反對帝制、民主共和的道理！而且，演唱所得全部都給了那些窮孩子們上學，有的時候，他們兩個還義務上講臺，親自教授呀！」

聽眾們紛紛動情：「義士俠女！有此金男玉女，中華不滅！社稷不滅！」

那個灰長衫聽眾從手下取下一個金戒指，鄭重地遞到跑堂手裡，說說：「請交給臺上二位！代我們說一聲敬佩……」

二〇〇

一家簡易的旅社中，王參議對歐陽美蓉、賀國章說道：「唱一場堂會一百塊現大洋！趙將軍還說了，唱得好，將你們兩個人從江湖之上挽救出來！」

歐陽美蓉斷然拒絕：「我們不唱什麼堂會！我們也不存在什麼挽救不挽救的事情！」

王參議一聲冷笑：「你們是不屑去唱吧？我勸你們一句，別學得那麼清高！人家趙將軍也是名人啊！」

歐陽美蓉反唇相譏：「名人？勾結外國列強，塗炭中華兒女的名人？鎮壓杭州七五學潮，殺死數名教授和幾十個學生的名人？敗類！衣冠禽獸而已！」

王參議顯出一副流氓相來，威脅道：「歐陽美蓉，你別不識抬舉，難道，你真想學習令尊大人的榜樣嗎？」

歐陽美蓉大義凜然：「作女兒的，不學家父，難道還要去學軍閥嗎？」

那個王參議狠狠地留下一句硬話，轉身走了。

賀國章馬上與歐陽美蓉商議，兩個人都覺得，在蘇州無論如何是待不下去了。

於是，急收收拾東西，匆匆忙忙退掉房間，離開了旅社。

沒想到，他們剛走出巷口，就被王參議帶著兵攔住了。

賀國章挺身將歐陽美蓉護在身後：「你們要幹什麼？」

王參議得意洋洋地笑了笑：「別怪我王某無禮！文請請不動，我也只好武請了！」

歐陽美蓉深情地望著賀國章：「國章，美蓉連累你了！」

賀國章雙眼閃爍著不屈的光芒：「說什麼連累？你我相知相愛，原本就志同道合！」

歐陽美蓉略一思忖，挽起賀國章的胳膊說道：「國章哥，那，咱們走？」

賀國章毫不猶豫：「咱們走！山海天涯，龍潭虎穴，咱們今生一起走！」

二〇

夜晚，趙安武的府上，燈火通明，烏煙瘴氣，人聲鼎沸，酒宴正濃。

趙安武溫文爾雅地說道：「大家掌聲有請歐陽美蓉小姐！有請賀國章先生！」

歐陽美蓉與賀國章懷抱樂器，並肩而出。

趙安武俯身對其父說道：「爸爸，你老人家想聽點什麼呢？點上一支曲子吧！」

老太爺搖頭晃腦地說道：「崑曲始於元而盛於明，阮大鋮的《燕子箋》，就是一支很著名的！」

趙安武：「好！就請歐陽美蓉小姐費心唱上一曲《燕子箋》吧！」

歐陽美蓉一聲冷笑：「阮大鋮乃一代奸臣，將軍父子想聽《燕子箋》，想必同為一丘之貉吧？」

將軍府上舉座俱驚，耳背的老太爺，豎起耳朵問：「什麼？她說什麼？」

趙安武顧及父親的生日連忙俯首掩飾：「爸爸，她說《燕子箋》她不會唱！」

老太爺自恃才華搖頭嘲笑：「連《燕子箋》都不會！唉，文墨太淺！文墨太淺啊！那就唱《滿江紅》！」

趙安武急忙瞪著眼說道：「《滿江紅》！歐陽小姐，你可得好好地唱！」

歐陽美蓉橫眉冷對：「岳武穆英雄蓋世，他的詞，這裡沒有人配聽！」

老太爺：「什麼？還是不會！唉，笨呀！那就隨便撿你們會唱的唱吧！」

文武官員面面相覷，氣氛緊張的到了極點，趙安武鐵青著臉，王參議不敢出一點聲音，只管朝著臺上，殺雞抹脖子地亂比劃，唯獨老太爺興致勃勃地在等著聽戲。

歐陽美蓉：「那，我今天就給你們唱上一段好聽的！國章哥，咱們彈起來！」

賀國章大義凜然：「好！小妹，咱們彈起來！」

悠揚悲冷的琴聲，抑揚頓挫地奏響起來，歐陽美蓉蛾眉一揚，開口唱道：「暮雨迎，朝雲送，暮雨朝雲去無蹤，百歲光陰一夢蝶，重回首，往事堪嗟呀，縱橫荒墳立斷碑，父親血！今日秋風野，明朝亂花謝，眼前紅陽又西斜！不爭鏡裡添白雪，上陣與君共相別。看密匝匝螻蟻排兵，亂紛紛惡蠅爭血，和露摘黃花，帶霜分紫蟹，煮酒燒紅葉，再抬眼，一場猙獰盡燃滅……」

歐陽美蓉那淒美的唱腔，在賀國章的伴奏下朗朗響起，整個大堂頓時被她的曲聲震懾住了，老太爺伸長了脖子，一動不動地傻呆呆地聽著，趙安武的臉色逐漸地變得平緩下來，王參議的臉上也有了一絲人色，大堂裡面，緊張的氣氛隨著歐陽美蓉那動人的演唱，慢慢地鬆弛了下來。

歐陽美蓉亮起嗓音：「風過時情生院宇，景盡處淚濕琴書。笑清風，歌明月，一路塵，描新眉，淡舊脂。一心恨，豺豹院前煮鶴焚琴，三生石上紅血無痕，良辰美景奈何天斷魂！我欲哭，君不語，可惜顛折了這頂天立地的不壞身……」

賀國章的琴聲激情蕩漾，歐陽美蓉的唱曲如泣如訴，大堂上有人開始喝采叫好。

賀國章與歐陽美蓉手中的琴，逐漸快了起來，歐陽美蓉一聲響亮的高腔：「綠袖甩罷歌雲徹，雙雙踩紅塵，煙消萬里雲，取清魂！辛亥槍聲響，武昌城頭亮，好不易天地澄清，陽春浩蕩。不義人，舉刀槍，結外寇，逞強梁，狗腸狼肝肺，霸惡貫城鄉！革命黨，志如剛，南天起義旗，北伐軍歌壯，看你狂徒亂舞，張揚有幾晌？賊皮賤骨，軍閥奸黨，且看我女兒抖擻肩，英郎熱血淌，化千秋雄鬼，提你等下地獄，見閻王，油鍋煎幾趟……」

趙安武忍無可忍，文武官員咬牙切齒，王參議嚇得呆若木雞，老太爺突然大喊起來：「她在罵人！這哪裡是在祝壽？她這是在罵人啊……」

歐陽美蓉與賀國章扔掉樂器，大義凜然地雙雙站立起來，慢慢地相抱在一起。

歐陽美蓉：「國章，國章哥哥，來世，我們還做夫妻，好嗎？」

賀國章緊緊地抱著歐陽美蓉：「一定！來世，我們還做夫妻！」

趙安武從牙縫裡，擠出了一句冰冷冷的命令：「王參議，你來給我送客！」

山谷中架起乾柴，燃起一片紅紅的大火，在一群士兵的刺刀之下，歐陽美蓉與賀國章相擁相抱，走向熊熊的火焰，歐陽美蓉那震撼人心的曲聲，在火焰中再度唱響：「綠袖甩罷歌雲徹，雙雙踩紅塵……且看我女兒抖擻肩，英郎熱血淌，化千秋雄鬼……」

二〇二

一九二六年十一月一日，江西撫州，北伐軍指揮部，白崇禧正在召開軍事會議。

眾多的將領們圍在一個巨大的沙盤前，肖大山、高明達等一些團級軍官，坐在將軍們的後面。

白崇禧以指揮棒點著牆上的軍事地圖，興奮地說道：「自武漢會戰以後，我國民革命軍勢如破竹，掃蕩鄂境，踏平兩湖，吳佩孚已經是兵敗如山倒！倒是這個孫傳芳，從蘇、浙、皖三省，緊急調了十萬大軍同入贛，擺開了一副與我們的北伐部隊大決戰的氣勢！你們大家都知道，我白崇禧的外號叫『小諸葛』，是很喜歡打硬仗的！拜國民政府的信任，把在江西的全部北伐部隊的指揮權，交給了我白崇禧！請諸位相信我們在江西，將會取得極大的勝利！」

杜師長卻不甚樂觀：「白總參謀長，我……我可以說兩句嗎？」

白崇禧放下指揮棒：「軍事會議嘛，人盡其言！有什麼話，杜師長儘管說！」

杜師長：「我有一點擔心，我怕江西的局面，一兩次戰役打不開？」

白崇禧有點吃驚：「噢？為什麼呢？請杜師長直言不諱！」

杜師長：「第一，自從北伐開戰以來，孫傳芳的主力部隊，還尚未遭到我國民革命軍的正式打擊，戰鬥力沒有削減；第二，一九二四年，直奉戰爭結束後，孫傳芳首鼠兩端，從段琪瑞那裡獲得了不少好處，江浙戰爭爆發之後，他又逼走盧永祥，占了浙江的富庶之地，財大氣粗；第三，單純從兵力方面來對比，我們也是眾寡懸殊！白總參謀長是否思考過，我軍為什麼三次攻打南昌而不下呀？」

白崇禧拿起指揮棒：「杜師長的小心謹慎，是對軍事行為負責任的表現，值得提倡！我也仔仔細細地分析、思考了，我軍南昌攻擊戰三次失利的原因，我認為，三打南昌而失利，關鍵的原因是我軍的先頭部隊，太急功近利了！大家請看一下沙盤，南昌與九江這是孫傳芳重兵的集結地，我們的先頭部隊，一連三次攻打南昌的時候，都是由於被來自九江的敵人增援部隊抄了背後，而被迫撤出戰鬥的！現在，我們的大軍壓境，孫傳芳一定認為我們會再打南昌，所以，急匆匆地又調來了四個旅，協防南昌。可我們呢？我們不打南昌了！先行集中兩個師的兵力，打南潯鐵路，這裡，德安！打掉德安，南昌與九江這兩大集團的敵人便沒有聯繫了！然後，我們留下一半的部隊監視南昌，以另外一半的部隊，解決九江！在九江方面得手的同時，監視南昌的部隊便開始攻城，由於，到了那時，南潯鐵路已經到了我們的手上，因此，解決九江的部隊便可以很快地趕過來支援，這一連三仗打下來，江西全境，將從此再無戰事！」

肖大山衝動地站起身來，激情澎湃，脫口而出：「好！白長官說得好！」

白崇禧一愣，隨後笑著問道：「這位小老弟眼生的很，是第一軍的吧？」

肖大山急忙立正敬禮：「報告白長官，第一軍第七旅肖大山！」

關旅長也趕緊立正敬禮，對白崇禧說道：「報告白總參謀長，他是剛剛從營長的位置上被提拔成代理團長的，黃埔第二期畢業，湖南的伢子，講話冒失，干擾各位長官了！」

白崇禧連連擺手：「黃埔第二期的學生？好，那我來考考你，你說，剛才你為什麼叫好？」

肖大山雙手恭敬地接過指揮棒：「謝謝白長官容我放肆！長官們請看，九月三日，國民革命軍第十四軍賴世璜部向贛州發起攻擊，雖然軍事方面的勝利不大，但是，卻打掉了孫傳芳心中的膽量，使他不顧軍事常識，將重兵統統集結在南昌至九江的這兩點一線上。十月上旬，李宗仁長官攻佔樟樹、豐城，三小時功夫，在箬溪幹掉了孫傳芳的一個主力師，極大的震撼了孫部的軍心！現在，白長官決心先打掉德安，再打掉九江，然後，調動全部主力四攻南昌，兩道閃電，一聲雷霆，此戰而必勝無疑！」

白崇禧聽了不住地點頭：「好！你這個小老弟說得好！我再問你，此戰必勝的關鍵，在哪裡！」

肖大山放下指揮棒挺身立正：「快打猛攻！不讓敵人喘息片刻！」

白崇禧一拍雙手：「小老弟講得完全正確！我這一次將參戰部隊的團以上指揮官，統統地叫來參加作戰會議，就是想要大家都明白，這次作戰，我的命令只有一句話，快打猛攻！要迅雷不及掩耳！」

肖大山急匆匆地說道：「請白長官將打擊德安的任務交給我們團！」

白崇禧一搖頭：「不是給你們團，而是給你們旅！小老弟，好好幹！我白崇禧喜歡好軍人！」

二〇三

夜晚，北伐軍人們在槍林彈雨之中，向德安的敵人守軍發動了猛烈的進攻。

站在幾位號兵的身邊關旅長下令：「弟兄們！吹！吹衝鋒號！給我使勁兒地吹！吹足了我們北伐軍的士氣！吹出我們第一軍的威風！」

幾隻軍號一齊響起，嘹亮的軍號聲動地驚天。

高明達奮臂高呼：「第八團的弟兄們！衝啊！」

戰士們縱身躍起，高舉著軍旗，向敵人的陣地衝殺而去。

肖大山懷抱著一挺輕機槍，緊隨著一杆飛揚的軍旗衝鋒：「戰友們！衝啊！我們北伐軍是勝利者！」

德安城頭，敵人的十幾挺輕重機關槍一齊掃射，大批的戰士們中彈倒下。

一個敵人軍官兇惡地命令：「給我打！打死一個北伐軍，賞大洋五塊！」

敵人的機關槍拼命掃射，第八團的戰士們，被迫臥倒。

肖大山爬在一個敵人的死屍堆中，架起機關槍，瞄準敵人的重機槍手，一個點射，打啞了一挺重機槍，又一個點射，打啞了另一挺重機槍。

趁著敵人的重機槍停止掃射的一瞬間，高明達縱身躍起，高呼一聲：「衝啊！」

第八團的戰士們從地上爬起來，高呼著再一次衝向城頭。

城牆上，敵人軍官用手槍逼著幾個士兵：「你們給我上！重機槍不能停！上！」

士兵們被迫搬開重機槍手的死屍，幾挺重機槍又瘋狂地掃射起來，一片北伐軍戰士中彈倒下了。

肖大山急了，扔下機關槍，從一個死去的戰士手中拿過炸藥包，向城頭上衝去。

一位排長撲上來，一下子把肖大山壓倒在地：「肖團長！我去！」

肖大山一聲怒吼：「你給我閃開！」

排長一拳打在肖大山的背上，順勢搶過炸藥包，說：「你是團長！你的任務是指揮全團！讓我去！」

排長抱著炸藥包，在槍林彈雨中穿梭飛奔，肖大山架起機關槍掩護排長，一顆子彈打中了排長，他晃動著倒下了。

肖大山再一次向前衝擊，想去拿過排長的炸藥包，排長卻猛然一下子跳了起來，繼續向城頭衝去，又一顆子彈打中了他，排長再一次倒下。

肖大山的機關槍又一次瞄準，一個掃射擊斃了幾個敵人的機槍手，敵人的重機槍又啞了，排長抱著炸藥包，艱難地向城牆爬去。

城牆下，排長架起炸藥包，拉開了導火索，高喊一聲：「為了勝利，衝啊……」

隨著一聲爆炸，城牆被炸開一個口子，敵人的機槍一下子停止了射擊。

肖大山流著眼淚高呼：「為了勝利，衝啊……」

二〇四

十一月八日，克復之後的南昌城，市民，商人，學生，紛紛擾擾地走上街頭，萬民沸騰，鼓樂喧天。

關興烈與肖大山帶領著幾名警衛，走在歡樂的人群中。

關興烈：「大山哪，我是打過幾年仗的人了，北伐之前，也曾經打過勝仗！可是，從來沒有像今天這樣，受到老百姓們的歡迎啊！而我自己的心中，也從來沒有過今天這樣的豪邁之情！」

肖大山：「是啊，關旅長！以前在家鄉的時候，我們都很怕當兵的！我小時候，淘氣，不聽話，我爹、我娘就用兵來嚇唬我，只要說一聲兵來了，嚇得我呀，連動都不敢一動！」

關興烈：「哈哈……如今，怕兵的人，成為了帶兵的人！哈哈……」

前方，一陣喧鬧，密集的人群中，不斷傳來歡歌笑語，關旅長與肖大山停止了腳步，一個士兵迎面走來。關旅長問：「喂，那裡是怎麼一回事呀？」

士兵立正敬禮：「報告長官，是北伐支援隊的人在演活報書！」

肖大山凝神說道：「唉，要是能夠碰上盧婉亭就好了！」

關興烈：「他們的總部就駐在南昌城裡，現在，白總參謀長正在接見他們！晚上，我去幫你打聽一下兒……」

二〇五

海陸豐地區的一個醫院裡，姜一凡在細心地照料著北伐軍傷患。

一個傷患感動地說道：「一凡姐！你真好！能夠遇上你這樣的好護士、好姐姐，我寧願多負幾次傷！」

姜一凡輕輕地拍打了他：「小兄弟！別說傻話了！以後，在戰場上，千萬要小心！要想辦法多打死一些狗軍閥！可千萬不要再傷到自己了！記住了嗎？」

傷患望著姜一凡的眼睛說道：「一凡姐，我記住了！唉，我怎麼總是覺得你有心事呀？是不是，在想念什麼人呀？」

姜一凡點了點頭說：「是呀！我在想念我第一次救過的一個傷患，他也是北伐軍的，當時，他是一個連長！」

傷患忙問：「一凡姐，告訴我他叫什麼名字？說不準，我還認識他呢？」

姜一凡笑了笑：「別說傻話了！北伐軍這麼多人，你怎麼會認識他呢？」

傷患堅持不懈：「一凡姐，告訴我吧！萬一我真的認識他呢？」

姜一凡帶出一片深情，小聲說道：「他叫高明達，是湖南長沙人，黃埔軍校第二期的畢業生……」

二〇六

一九二六年初冬，解放之後的南昌城裡，白崇禧司令部中，一大群男女青年正在向白崇禧提問題，白崇禧喜笑顏開地招呼著大家，盧婉亭坐在離白崇禧很近的一張椅子上。

一位漂亮的女青年拿著個筆記本，充滿敬意地問：「請問白總參謀長，為什麼，北伐軍在江西能夠勢如破竹，在幾天之內，一下子發起了三個戰役，全部殲滅了孫傳芳經營了近二十年的軍事力量呢？」

白崇禧面帶笑容，瀟瀟灑灑地回答：「全賴於國民革命軍的將士用命！全賴於江西父老的大力支持！全賴於你們的精神鼓舞啊！哈哈……哈哈……」

盧婉亭被白崇禧的大將風度深深感染了：「白總參謀長真是謙謙君子！把戰功都推給了部下！我們都聽說白總參謀長用兵如神，奇襲德安、巧奪九江、強攻南昌城，一戰三部曲，美名天下揚啊！」

白崇禧連忙謙虛地一擺手：「那都是宣傳隊編出來拿去嚇唬北洋軍閥的！古語說，一將功成萬骨枯，我說得全賴部下，那是一句心裡話！有一個名叫肖大山的團長，軍事會議上，第一個領會了江西戰場的複雜情況，打德安的時候，他簡直就是一隻猛虎啊……」

盧婉亭忽然一陣驚喜，她衝動地說道：「肖大山？白長官，你說的肖大山是不是湖南人啊？」

白崇禧：「是呀？湖南湘潭的人，黃埔二期的！怎麼？盧委員認識他？」

盧婉亭的臉上驟然升起一片紅暈，她充滿幸福地小聲說道：「認識！我們是從小一起長大的！後來，又一起到廣州參加了革命！請問白長官，他在哪裡呀？」

白崇禧微微一笑，他仔細打量著盧婉亭的神情，親切地說道：「肖大山現在人在哪裡，問題都不大！不過，我們先得要猜猜，美麗的盧委員和我們的肖大山團長，到底是一種什麼樣的關係，從小在一起長大，一起到廣州參加革命青梅竹馬，對不對呀？」

一位男青年快人快語：「白總參謀長猜得對！他們是青梅竹馬！等北伐勝利了，他們就結婚！」

白崇禧豪氣沖天：「等北伐勝利就結婚？北伐已經勝利了！我們打垮了吳佩孚，我們打垮了孫傳芳，我們的北伐戰爭已經勝利了！如今的中國，國民革命軍已經是天下無敵了！相戀甜亦苦，何必待遙期？你們現在就結婚吧！如果，你們不嫌棄的話，我白崇禧，願意來當你們的證婚人！」

男女青年們一下子全都熱烈地歡呼起來，盧婉亭羞澀地紅了臉……

二〇七

白崇禧司令部裡，張燈結綵，到處貼著紅色的雙喜剪字，正房之內，一張碩大的婚床，十分顯眼，北伐軍的幾個士兵和北伐支援隊的女青年們，正在一邊談笑風生，一邊忙忙碌碌地佈置新房。

「你們的盧委員可真幸福啊，嫁了我們軍的一位北伐英雄！」

「我們的盧委員也不差呀！人家不光是人長得美麗，工作也很強啊，才二十幾歲，就當上了一個區的工農運動委員會的委員！」

「我們聽說這個盧委員，是一位共產黨黨員！」

「不光是共產黨員，她還是一個支部的書記呢！」

「我們的肖團長，那可是地地道道的國民黨員，明天，他們兩個這麼一結婚，那可是真正的『國共合作』了！」

「哈哈……哈哈……真正的『國共合作』！沒錯，他們這才是完全徹底的『國共合作』……」

二〇八

軍營裡，肖大山正在指揮戰士們進行操練，關興烈旅長走了過來，高聲喊道：「肖大山！」

肖大山跑步過來，立正敬禮：「報告旅長，第一團官兵正在操練，請旅長訓示！」

關興烈一聲令下：「部隊繼續操練，你立即出發，跑步到白崇禧總參謀長那裡報到！」

肖大山興奮地：「關旅長，是不是又有仗打了！」

關興烈狡猾地眨了眨眼睛，微笑地說道：「軍事祕密，天機不可洩漏！」

白崇禧指揮部的大門外，肖大山氣喘吁吁地跑步到達了，他一邊整理了一下衣冠，一邊停止了腳步，向門口的一位副官立正敬禮：「國民革命軍第七旅第一團團長肖大山，奉白長官口令，前來報到！」

副官打量了一下肖大山：「肖大山！」

肖大山大聲回答：「到！」

副官忍住笑，繃著臉說道：「白長官命令，命令你跑步前進，立即去剃頭、洗澡！」

肖大山有點莫名其妙：「剃頭、洗澡？什麼任務？」

副官擺出嚴厲的樣子大聲說道：「白長官命令！誰敢多問？還不快去執行命令！」

肖大山一愣，趕緊立正敬禮大聲回答：「是！」

二〇九

街市上，肖大山以軍人的姿式跑步前進，衝進了一間理髮店，理髮師嚇了一跳，忙問：「長官？你有什麼吩咐？」

肖大山向理髮師敬了一個軍禮：「奉上峰軍令！理髮！」

白崇禧指揮部的大門外，肖大山氣喘吁吁地跑步回來，立正敬禮向副官報告：「報告！肖大山理髮任務執行完畢！請指示！」

副官樂呵呵地上下了一下肖大山，說道：「白長官還有一個任務讓你去完成！」

肖大山響亮地回答：「第一團團長肖大山保證完成任務！請長官下達命令！」

副官：「白長官命令，命令你去完成結婚任務！」

肖大山一愣：「結婚任務？」

副官：「對，結婚任務！」

肖大山：「跟誰結婚？」

副官終於繃不住了：「跟中國共產黨的工農運動委員會的女委員，盧婉亭啊！」

肖大山喜出望外：「什麼？盧婉亭？她真的來了？」

副官羨慕地捶了肖大山一拳：「肖大山，你小子三生有幸啊，白總參謀長，要親自主持你們的婚禮！」

二〇

黃昏，南昌城裡一間小房子內，時任國民黨江西省黨部執行委員兼農民部部長的中國共產黨高級幹部方志敏，嚴肅地和盧婉亭交談著。

方志敏：「小盧同志，杭州的地下黨組織，突然之間遭到了反動軍閥的巨大破壞！我們黨的好女兒鄧蘭芳同志，慘遭敵人的凌遲殺害！現在，我們黨在浙江的工作差不多進入了全面癱軟的低潮階段。可是，北伐軍馬上就要進攻浙江了，那裡不能沒有我們黨的工作！因此，黨決定，立即從江西北伐解放區，抽調一批有能力、鬥爭意識堅強的幹部到浙江去。周恩來同志，親自點了你的將！」

盧婉亭當即鄭重地說道：「謝謝黨組織對我的信任！我去！隊伍什麼時候出發？」

方志敏十分為難地說道：「現在！同志們已經在緊急集中了！可是，我剛剛才知道你的婚禮……要不……」

盧婉亭堅定不移地說道：「不！別說了！我馬上就出發！」

方志敏又說：「那麼，趕快先見上肖大山一面？」

盧婉亭起身說道：「不！不見了！山河未定，何以家為？肖大山會理解的！只是，白崇禧總參謀長那裡，需要組織上出面，說明一下情況！」

二二

晚上，佈置的漂漂亮亮的新房裡，點燃著一對紅色的蠟燭，燭光的照耀之下，理過髮的肖大山，穿著一身嶄新的軍裝，默默無語地坐在大床上。

圓圓的明月之下，一條崎嶇不平的小路上，七八個共產黨員，背著行囊，在緊急地行進著，盧婉亭突然停止了腳步，慢慢地轉回頭去，眺望著遠方那正在褪去的一片燈火，不知不覺當中，她的眼角淌下了兩行淚水：「對不對，大山哥！再等一等吧，等到我們的北伐戰爭徹底勝利的那一天，婉亭我一定來做你的新娘……」

二三

一九二六年十一月的一個凌晨，西安，大雪紛飛，陝軍總司令兼第一師師長李虎臣，副總司令兼第三師師長楊虎城站在鐘樓上，遠處不斷地傳來激烈的槍炮聲。

李虎臣憂心忡忡：「虎城兄，我們天天都在盼望援軍，可這北伐的援軍，究竟在哪裡呀？」

楊虎城急忙安慰：「馮玉祥在五原誓師之後，隊伍馬上就往關中開，吉鴻昌的人馬日夜兼程地向咱們這裡趕，還有，孫良誠帶領的先頭部隊，不是已經打進了咸陽嘛！」

李虎臣長歎了一聲：「唉，可吉鴻昌現在究竟到了什麼地方呢？孫良誠只有一萬人槍，讓劉鎮華的六萬精兵圍在那未央宮一帶，整整七天了呀，還是寸步難行啊！」

楊虎城點了點頭說：「難！確實是很難！但我們既然參加了國民革命，再難，也得挺住啊！」

李虎臣搖頭長歎：「唉，還不夠挺嗎？長安城被圍八個月了，不說弟兄們死了多少，當兵的斷頭亡命，那是份內的事！可長安城裡的老百姓，已到了易子而食、折骸而炊的絕境呀！」

楊虎城堅定地說道：「但，我們是勝利者！你我區區兩師人馬，牽制了劉鎮華十多萬大軍……」

槍炮聲突然之間變得更加猛烈起來，一位軍官帶著一臉的血污跑了過來：「報告！報告李總司令、楊副司令，劉鎮華的部隊又衝鋒了！」

李虎臣：「這次是從哪邊上來的？」

軍官報告：「東西南北，四個方向同時發起攻擊！」

楊虎城：「啥?東西南北四個方向同時發起攻擊？我看，劉鎮華也沉不住氣了！」

李虎臣：「你去傳達我和楊副司令的命令，守！無論如何也要守！不管他們從哪邊來攻，只要援軍不來，你也不用再報告了，還是那句老話，死守待援……」

楊虎城：「劉鎮華從四個方向同時攻擊，他這是急眼了，我估摸我們的人是快到了！」

李虎臣：「虎城兄，守城的命令，我李虎臣是下了！可到底能不能守住……」

楊虎城：「守！一定要守住！多少名將士，多少名百姓，為了守這座長安城，丟掉了性命啊！先不說北伐革命的大事，就是為了那山一樣的屍首也得守住！這長安城要是破了，你我兩人，還有臉見人嗎！只能夠吊死在這個鐘樓上了！」

二三

白天，西安城內，除了槍炮聲之外，毫無動靜，如同死寂一般，傷殘的官兵們靠在屋簷下，無聲無息地擦拭著槍械彈藥，被饑餓折磨得軟弱無力的百姓們，默默地以盆罐，接收著天上降下來的雪水……

陳連長帶著兩個士兵，推開了一扇破舊的房門，一位白髮蒼蒼的老太太，斜靠在坑上，她的身後坐著一個懷孕的女人。

陳連長摸出了半個凍的乾硬的窩頭：「趙大娘，你老人家就吃上一口吧！」

老太太望著陳連長雙手捧過來的窩頭，堅定地搖了搖頭。

陳連長：「趙大娘，你老人家不吃，弟兄們的心受不了呀！」

陳連長身後的一個士兵哭了：「是呀，趙大娘，你總得讓弟兄們心裡過得去，是吧！」

老太太：「不！我不吃！餓死不吃軍糧，這是我娃立下的規矩！」

陳連長：「趙大娘，我們的趙營長，已經戰死了！」

老太太：「人死了，規矩不能死！」

陳連長伸手一指床上的孕婦：「好，你老人家不吃，咱嫂子總得吃吧？她肚子裡面，可是有咱趙營長的骨血呀！」

老太太：「她，她可以咬我的血喝！」

陳連長情緒衝動淚眼潮濕：「趙大娘！窩頭我給你老人家放下了！弟兄們，咱們走！」

老太太：「你給我拿走！告訴你，放下，我們也不吃！」

二一四

寂靜的街市上，不時傳來槍炮聲，陳連長帶著兩個士兵，邊走邊哭。

楊虎城身披黑色的大氅，率領幾名副官巡視情況，看到了他們幾個人，迎面走了過來。

楊虎城：「你們幾個，都給我站住！」

陳連長帶領士兵立正敬禮：「楊副司令！」

楊虎城：「你們是哪個部隊的？」

陳連長：「報告楊副司令，我是三師三團一營三連連長陳繼平！」

楊虎城：「噢，陳繼平！你的仗打得不錯嘛！哭什麼鼻子！咋？挺不住了？」

那個士兵急忙解釋：「報告楊副司令，不是我們陳連長挺不住了！是……是……」

楊虎城：「哼哼嘰嘰地幹啥？到底是咋回事情，你給我照實了說！」

陳連長：「楊副司令，我們的趙營長陣亡了！」

楊虎城：「這我知道！都過去十幾天了，幹啥還要為這個事情哭？要哭到多久？啊？」

陳連長眼淚奪眶而出：「楊副司令！趙營長的老娘和他的媳婦兒，也快要不行了！」

楊虎城一驚：「啥？到底是咋回事情？你給我說！」
陳連長淚流滿面：「天天吃鋸末，現在連鋸末……都沒的吃了！」
楊虎城：「你們咋不想點辦法？」
陳連長：「剛剛給她們送去了半個窩頭！可是老太太放下話了，說是餓死不吃軍糧！」
楊虎城：「餓死不吃軍糧？」
陳連長：「是！餓死不吃軍糧！」
楊虎城衝動地說道：「走！帶我去！」
趙大娘的家中，破桌子上放著那半個凍硬的窩頭，老太太已經餓死在床上，懷孕的女人沒有眼淚，帶著一臉視死如歸的剛強，端坐在床上。
陳連長與士兵們淚下如雨，楊虎城流著眼淚脫下身上的大氅，輕輕地蓋在老太太的身上，轉過身去，嗚咽地向陳連長他們下達了命令：「塞！拿熱水化開，給我硬往她的嘴裡塞！」

二一五

一九二六年十一月十七日白天，渭河邊上雨雪交加，孫良誠的進攻，又一次被數倍於己的劉鎮華部隊所擊退，孫良誠絕望地站在泥雪之中，放聲大哭：「馮老總啊……這個仗老子打不下去了！這個仗老子實在是打不下去了……」
一群軍官和士兵圍了過來，臉上顯示出義無反顧的決心。
「總指揮！你下命令，帶著我們繼續打！」

「總指揮！西安正苦撐著等我們去解圍，我們的進攻不能夠停止呀！」

「總指揮！打！我們有力量再攻！我們不怕死……」

孫良誠絕望地繼續大哭：「我不管了……不怕死，你們攻！去攻啊……」

一批軍官帶上了敢死隊的袖標，帶領著士兵們英勇無畏地高喊著衝殺過去：「衝過渭水河！解救西安城……」

二六

一九二六年十一月二十五日白天，風雪之中，吉鴻昌身背大刀，率領著大軍，在竭盡全力地向前衝鋒。

吉鴻昌光著膀子，騎在馬背上高喊：「弟兄們！西安城內的兄弟們，在盼望著我們！西安城內的老百姓們，在盼望著我們！衝啊！跟著我吉大膽衝啊……」

一九二六年十一月二十六日，清晨，劉鎮華部隊攻打西安城的槍炮聲再度響起，李虎臣與楊虎城在指揮部裡，焦急地走來走去。

忽然，楊虎城抓過一支步槍：「李總司令！你在這裡坐鎮指揮，我上城牆，當兵去！」

李虎臣拉住楊虎城的胳膊：「虎城兄！不行！這長安城裡，離不開你楊虎城！」

楊虎城奮力掙脫：「你讓我去！長安城要是被攻下來，我楊虎城做鬼，都沒地方冒煙！」

幾名副官也齊聲阻攔著楊虎城：「楊副司令！你不能去……」

楊虎城：「少說廢話，凡是能打槍的，都跟著我楊虎城到城牆上去！」

二一七

傍晚，渭河邊上，孫良誠的部隊，終於衝過了河水，劉鎮華的人馬開始潰退，軍號聲中，血色的晚霞，照耀著革命軍將士們衝鋒陷陣的英姿……

天色將亮，吉鴻昌抽出大刀，奮臂高呼：「西安城就在眼前，弟兄們，不怕死的，跟著我吉大膽衝啊！」

西安城牆上，楊虎城手持步槍向進攻的敵人射擊，一連幾個敵人中彈死去。

陳連長奮臂高呼：「弟兄們！楊副司令在城牆上！大家狠狠地打呀！」

西安城內，一批又一批負傷的官兵，手持步槍，艱難地向城牆上爬行。

「弟兄們！楊副司令上城牆了！」

「扶我一把，我們就是死，也得死到城牆上去……」

遠方，依稀地傳來一片軍號聲，攻城的敵軍突然之間開始潰退。

楊虎城一下子癱倒在了城牆上，扒著血跡斑斑的城磚嚎啕大哭：「援軍到了！是我們的援軍到了！八個月啊，長安，我們守住了……」

二一八

一九二六年十一月十六日，武漢，一個不算寒冷的白天，湖北省總工會大門前，五千多名少年兒童整齊地列隊，共產黨人曹策等幾位工會領導人，衣領上繫著紅領巾，從大樓裡走出來。

曹策大聲地宣佈：「我們的農工勞動童子軍團，今天，正式成立了！」

孩子們高興地跳躍著，發出了一片暴風雨般的歡呼聲。

曹策望著那些衣衫襤褸的孩子們，動情地說道：「從今天起，你們不再是一群無家可歸的流浪者，你們不再是一群被人看不起的叫花子！你們成為了中國共產黨和湖北省總工會領導之下的童子軍團！成為了北伐戰爭中的一支嶄新的力量！你們是光榮的童子軍團，是國民革命的一個戰鬥單位了！」

孩子們齊聲高呼：「噢……」

曹策：「現在，讓我們舉起右手，宣讀我們的誓言！」

廣場上，五千多名少年兒童，齊整如一地舉起了手臂。

「我們宣誓！」

「我們是革命的童子軍團！」

「紅領巾是我們光榮的標誌！」

「我們光榮的誓言是，準備著打倒帝國主義！準備著打倒軍閥！」

「我們時刻準備著做全世界的主人！」

莊嚴的宣誓結束後，曹策捧出一疊鮮豔的紅領巾：「現在，授紅領巾！請第一分隊長楊水妞上臺……」

北伐軍駐武漢部隊政治部副主任柯士萍，滿含熱淚地，走到台前大聲地說道：「親愛的孩子們！光榮的勞動童子軍團的小同志們！我祝賀你們！我們的北伐戰爭，正在以勝利的姿態向全國展開！我們苦難的中華民族已經看到了新生的曙光！一個獨立的、平等的、自由的中國已經在我們的眼前出現了！親愛的孩子們，你們是國家的希望，是國家的種子！你們是中華民族崛起的最新力量！我希望你們，學會革命道理，學會救國的本領，學會做新社會的主人！」

二九

晚上，武漢街頭，鄧滿志、楊水妞、王漢成等童子軍繫著紅領巾，捧著鮮花在一間歌舞廳門前叫賣。

一對衣冠楚楚的男女走了過來，楊水妞急忙迎上前去：「買一束鮮花吧！鮮花上灑著革命烈士的鮮血！我們是要把錢捐給北伐軍的！」

那位先生連連擺手：「去！去！去！北伐軍跟我們有什麼關係？」

旁邊的太太掏出手絹捂住鼻子：「快走開！真髒！」

楊水妞憤恨地瞪著他們的背影，鄧滿志說：「哼！他們兩個肯定是反動派的走狗！」

王漢成說：「等他們兩個出來，我非整整他們不可！」

一位教授走了過來，望了楊水妞他們一下兒，停下了腳步：「你們是童子軍吧？」

楊水妞上前向教授敬好！行了個童子軍禮：「是！老伯伯！我們是童子軍！賣花為北伐軍捐款！」

教授親切地說道：「好！我來買一朵花！你們給我一朵很小的花就行！」

楊水妞取下一朵鮮花，教授遞給楊水妞四塊銀元：「給！這是我半個月的薪水！」

夜晚，那對拒絕買花的男女，趾高氣揚地從夜總會出來，王漢成將一堆香蕉皮鋪在路上，那對男女唉喲一聲，雙雙滑倒在地。王漢成等人大笑著四散跑開……

二三〇

白天，武漢醫院裡一群負傷的北伐軍官兵，在觀看童子軍的演出。

輪到楊水妞出場了，她奶聲奶氣地說道：「叔叔們！現在由王漢成、鄧滿志和我，給叔叔們演活報書，《帝國主義嚇哭了》，不過，我們得向叔叔們借上一頂北伐軍的軍帽，還要借一件北伐軍的軍裝！」

一位傷患扔過軍帽，另一位傷患趕緊脫下軍裝。

「沒問題！」

「孩子們，給！」

楊水妞把一頂畫著米字的紙帽子，扣在頭上，又用毛筆嘴巴上，畫了兩撇黑鬍子。

王漢成戴上了大沿帽，身上的軍裝長得過了膝蓋，惹得北伐軍官兵們轟堂大笑。

楊水妞搖頭晃腦地出場表演：「中國財富千千萬，我們要把便宜占，軍閥是我好走狗，替我來把事情辦！嗯，好的！好的！勾、疙瘩、……」

楊水妞的滑稽表演，令北伐軍官兵們發出一陣又一陣愉快的笑聲。

鄧滿志裝出一副醜態：「我是大軍閥，專門賣國家，洋人是爹媽！為了洋人把仗打，哪裡管中華？」

王漢成穿著一身過膝的軍裝，一副義正詞嚴的樣子：「北伐軍聲響，革命救國家，消滅反動派，打倒狗軍閥！」

楊水妞急忙扮做哭相：「唉喲喲！不好啦！北伐軍戰鬥勇，革命人民得天下！我的走狗垮臺啦！唉喲喲，不好啦！要挨揍快跑吧！四萬萬人民都奮起，中國不是我的啦！嗚嗚……」

北伐軍官兵們哈哈大笑，熱烈鼓掌……

二二

總工會大廳裡，曹策指著黑板上的四個大字，給孩子們上課：「北伐戰爭！」

孩子們齊聲朗讀：「北伐戰爭！」

曹策在黑板上又寫了四個大字：「拯救國家！」

孩子們齊聲朗讀：「拯救國家……」

晚上，王漢成、鄧滿志正在睡覺，楊水妞溜進來叫道：「唉，快出來！」

王漢成捅了捅身邊的鄧滿志，兩個人躡手躡腳走出了宿舍，鄧滿志問：「幹什麼？」

楊水妞說：「有奸細！我剛才聽到北伐軍武漢保衛部的黃副部長，在給搜索隊的叔叔們佈置任務！我來的時候，搜索隊所有的北伐軍叔叔，全部都出去了！」

鄧滿志：「那咱們也找黃叔叔去，要求去參加抓奸細吧！」

楊水妞：「不行！黃叔叔肯定連門都不讓我們出！」

王漢成：「你有沒有看見搜索隊的叔叔們，往哪邊走了？」

鄧滿志：「漢陽？漢陽有咱們北伐軍的兵工廠！奸細想破壞咱們的兵工廠啊！」

王漢成：「不行！我們童子軍也是革命戰士！我們去幫助搜索隊抓奸細！」

楊水妞：「可我們不知道奸細長什麼樣！再說奸細嘛，那一定會有手槍……」

王漢成：「你真笨！晚上好人都在家睡覺呢！我們看到不三不四的就上前盤問，或者，就偷偷跟著他！看見了他幹什麼壞事情，咱們就趕快去報告北伐軍！」

楊水妞拿出哨子：「王漢成說得對！我是分隊長，有哨子！發現了奸細就吹哨子！」

鄧滿志摸出彈弓：「我這有彈弓，看見了奸細，就拿彈弓打他的頭！」

二三

漢陽，楊水妞他們緊張而又莊嚴地巡視著。

一個男人東張西望地走來，孩子們一齊衝上去問：「說！你是什麼人？半夜三更的跑出來幹什麼？」

男人和藹可親地看了看孩子們：「你們是勞動童子軍的吧？」

鄧滿志：「你是什麼人？」

男人：「我，哈哈，我是你們的師傅啊！」

楊水妞：「師傅？你是什麼樣的師傅？大概是奸細吧？」

男人微笑著從衣袋中取出一個袖標：「孩子們，你們看！」

楊水妞：「武漢工人糾察隊！」

鄧滿志：「假的！」

男人哈哈大笑：「假的？警惕性挺高嘛！」

男人拿出手電筒，照著長滿老繭的手說：「袖標能假，這工人階級的手能假嗎？」

孩子們難為情地笑了。

男人說道：「孩子們，回去睡覺吧！北伐軍的搜索隊全到了漢陽，我們工人糾察隊，也動員起來了！奸細是逃不掉的！回去吧，孩子們！」

王漢成：「不！師傅，我們不回去！我們要幫助你們把反革命的奸細抓住！」

工人師傅慈愛地摟住王漢成和楊水妞，把自己的手電筒塞進白梅的手中：「那好！孩子們！奸細一共是兩個，一個三十來歲、高個、駝背、有槍！你們千萬要小心！」

王漢成：「放心吧，師傅，我們不怕！我手裡有彈弓！」

師傅：「彈弓怎能與槍打呢？你們一定不能夠蠻幹！發現了他，就把手電筒照向天空！搜索隊和工人糾察隊，看到了就會馬上包圍過來！記住了嗎？孩子們！」

四個孩子齊聲回答：「我們記住了！師傅！」

二三

朦朧的星光下，一個瘦長駝背的黑影閃了出來，跑到一間平房角上。

楊水妞：「高個子，駝背！是奸細！」

王漢成狠狠地拉開彈弓瞄準奸細的腦袋，嗖地一下，打得奸細一聲慘叫，鄧滿志連忙把手電筒射向天空，楊水妞立即吹響了哨子。

奸細向著孩子們開了一槍，轉身就跑。

王漢成的彈弓又嗖地一下，打在了奸細的腳腕子上，奸細一個跟頭跌倒在地上，幾名北伐軍戰士迅速衝了過來，那位師傅帶著工人糾察隊員也趕來了：「不許動！」

一輛吉普車開來，黃副部長從車上跳下來，楊水妞他們一看趕緊偷偷地溜走。

黃副部長大喝了一聲：「你們都給我站住！怎麼著？仗打完了，睡覺的逃兵們，想溜了？」

黃副部長親切地走向孩子們：「嘿嘿……怎麼，嘿嘿兩聲就完了？」

王漢成：「嘿嘿……嘿嘿……」

楊水妞不好意思地低下了頭：「黃叔叔！」

黃副部長張開手臂，把四個孩子全都摟在自己的身邊，動情地說道：「孩子們！我的童子軍戰士們！你們真的是好樣的！你們抓住的這個人想炸掉咱們的軍火庫啊！」

四個孩子齊聲說道：「炸咱們的軍火庫？」

黃副部長：「是呀！不過，現在他已經炸不成了，他已經被我們的童子軍給俘虜啦！」

四個孩子齊聲歡呼：「噢……」

黃副部長：「孩子們！立了大功啊！」

四個孩子齊聲歡呼：「噢……」

黃副部長轉身下令：「齊排長！用我的吉普車，護送這些可愛的孩子們回去！」

四個孩子歡天喜地：「噢！坐汽車嘍！坐汽車嘍……」

二三四

江西九江附近的一個山村，清晨，汪江萍身穿著北伐軍軍服，英姿颯爽地走出一個草房，吹響了哨子。

片刻之後，十幾名身穿軍服的青年男女在院子裡集合完畢。

汪江萍向大家說道：「同志們！我們小分隊，奉國民革命軍第四軍政治部的命令，要趕赴九江城裡，去向在江西英勇戰鬥的北伐軍部隊進行慰問！現在，江西境內，雖然已經被我們英勇的北伐軍克復，但是，小股的敵人還不時對民眾進行騷擾！我們一路上，千萬要小心！現在，出發！」

江西九江高明達團的駐地，白天，戰士們正在訓練，高明達在訓練場上對戰士們高聲宣佈：「弟兄們！大家都精神一點！北伐宣傳隊的同志們就要來了！到我們師，我們團慰勞大家！凡是軍裝破了、髒了的，都去洗洗！頭髮長了、鬍子長了的，都給我收拾、收拾！別丟了咱們英雄團的臉！」

山林中一條小路上，汪江萍率領著小分隊前進著，突然，一夥被北伐軍擊潰的軍閥散兵，出現在山口。

散兵頭子舉著槍的汪江萍大喊：「都他媽的把槍放下！男的，站在原地不准動！女的，都他媽的給老子慢慢地走過來！」

汪江萍慢慢地停下了腳步，兩個男隊員用身體擋在汪江萍的前面。

男隊員小李對散兵喊道：「連吳佩孚這樣的大軍閥，都被我們北伐軍打垮了！你們幾個散兵，還要與北伐軍為敵嗎？我告訴你們，北伐軍的好幾個師，都駐紮在這附近，只要槍聲一響，你們幾個，誰都跑不掉！」

汪江萍挺身而出，走到兩個男隊員前面，對散兵頭子說道：「我是國民革命軍第四軍政治部的幹部，我勸告你們放下武器，跟我們走！我可以負責任地告訴你們，我保證你們的生命安全！願意參加北伐軍的，我們歡迎！願意回家的，我們發給你們路費和通行證……」

不料，汪江萍的話還沒有說完，瘋狂的散兵頭子突然舉起槍來，向著汪江萍連開了兩槍。

汪江萍急忙大聲喊道：「大家散開！向敵人還擊！」

男隊員小李一把抱住受傷的汪江萍，連拖帶抱，把她隱蔽在大樹後面。

小分隊員迅速地趴在樹幹後、岩石後，向敵人散兵射擊。

汪江萍的胸口流出鮮血，小李趕快拿出急救包，不顧一切地撕開汪江萍的軍衣，為她包紮，汪江萍對吃力地對小李說道：「不要管我……快……快去找北伐軍的部隊……小分隊的同志們都是受過高等教育的人才！都是我們國家民族的精英！不能讓大家死在這一夥散兵手裡……一定要把大家帶出去……」

二三五

高明達團的駐地，一位哨兵聽到槍聲，立即向天鳴了一槍。

值星營長急忙跑過來問道：「發生了什麼情況？」

哨兵立正說道：「報告營長！南面三公里處，發生小規模槍戰！」

營長側耳聽了一下，說道：「哼！肯定是小股的散兵在滋事生非！」

哨兵：「我去報告團長！」

營長：「不用！通知一連，接到命令立即緊急集合，隨我走一趟兒！」

山口上，小分隊員們且戰且退。

汪江萍的胸口上不斷流出鮮血，小李焦急地安慰著她：「汪隊長！堅持住！給部隊送信的人，已經派出去了！你千萬要堅持……」

山口北面，突然響起了嘹亮的衝鋒號聲，敵人散兵頓時亂成一片，四散而逃。

小李興奮地對汪江萍說道：「汪隊長！汪隊長！你聽！衝鋒號！咱們的部隊上來了！咱們的部隊上來了！」

汪江萍的臉上顯出一絲微笑，慢慢地閉上了眼睛……

二三六

九江城裡的一個醫院裡，大夫們對汪江萍進行著搶救。

汪江萍慢慢地睜開眼睛，對身邊的一個醫生說道：「請你轉告北伐軍的同志……我想見一見第四軍第三師第八團的高明達……」

江西九江，北伐軍高明達的團部，高明達正在與幾名幹部討論著北伐的戰局，一個參謀走進來，俯耳對高明達說了一句話。

高明達大吃一驚：「你說什麼？汪江萍分隊長？還是一個女的？」

參謀：「對！共產黨員，國民革命軍第四軍政治部宣傳隊的分隊長！聽說，她傷得不輕！想要見見你！」

高明達一陣眩暈：「她人在哪裡？」

參謀：「在九江城裡的一家醫院！」

高明達急忙說道：「走！以最快的速度趕到醫院……」

二二七

醫院的病床上，汪江萍雙眼緊閉，身上纏著繃帶。

高明達不顧一切地衝進病房，向躺在病床上的汪江萍看了一眼，立即驚呼道：「江萍？江萍！真的是你！真的是你！你怎麼啦？啊？江萍！我是明達呀！你怎麼啦？怎麼啦……」

汪江萍吃力地睜開眼睛：「明達……明達！你來啦……」

高明達俯下身，把臉貼近汪江萍：「江萍！我來了！我來了！你怎麼樣啊？傷在哪裡了？讓我看一看！」

汪江萍：「不用了！明達……能見到你……真好……」

高明達：「江萍！我沒有想到你還……看了你的信，我還以為你……」

汪江萍：「明達！我知道！我知道你的事情……我一直都知道你的事情……知道你打仗很勇敢！知道你負了兩次傷……」

高明達：「你為什麼不來找我？江萍！你為什麼不來找我聽？啊？」

汪江萍：「明達！在海陸豐……我見到姜一凡了……她救了你的命！她很愛你！她是一個好姑娘……」

高明達：「江萍！那是因為我還以為你……已經死在了嚴哲雲的家裡！對了！嚴哲雲那個狗軍閥死了！死在我的槍口下！」

汪江萍：「我知道！我都知道！明達！記住，你的身體裡有姜一凡的血！等到北伐成功了，你一定要去找她……」

高明達：「江萍！你不要再說了！你現在最要緊得是好好養傷……」

汪江萍：「不！明達，你一定要答應我……現在就答應我！」

高明達：「江萍！」

汪江萍：「明達！答應我！」

高明達大淚失聲：「好！江萍，我答應你！」

汪江萍安慰地一笑：「明達，你幫我一個忙，好嗎？」

高明達：「當然！你說！江萍，你說！」

汪江萍：「將來，北伐革命勝利了，你回到長沙之後，代我照料我的父母，你告訴我爸爸，我沒有能按照他老人家所希望的，成為一個教育家！但是，我汪江萍做到了我們這個時代的青年，對國家、對民族應該做出的努力和貢獻！我不後悔！告訴他們，他們的萍兒，是一名光榮的中國共產黨黨員！」

高明達一把一把地抹去自己的眼淚：「江萍！你會好起來的！你一定會好起來的！將來，我們一起去！一起去告訴他老人家！好嗎？」

汪江萍的聲音越來越小：「明達！答應我……代我照料……爸爸媽媽……」

高明達哀疼之極：「江萍！不要這樣，你的傷一定會好起來的！」

汪江萍：「明達！答應我！」

高明達連忙點頭：「好！江萍！我高明達的父母早就不在人世了！以後，汪伯伯、汪伯母就是我的親爹、親娘！我高明達一定會盡到孝心的！江萍，你不要激動！好好養傷！我會一直陪在你的身邊，等你好起來的！」

汪江萍：「明達！明達！抱抱我……來……抱抱我……親我一下吧……明達……」

高明達大淚滂沱，一下子撲倒在汪江萍的臉上：「江萍！江萍！你不要走！你不要走啊……江萍……」

二三八

江西九江，第八團的駐地，白天，全體戰士集合在軍旗下。

高明達站在高坡上，向全團官兵下達任務：「同志們！我們的北伐戰爭，在革命的中國國民黨和中國共產黨的領導下，在人民群眾的支持下，已經取得了決定性的勝利！但是，被我們打垮的反動軍閥們，並不甘心退出歷史舞臺，他們中的一部分死硬分子，已經成為了一夥又一夥武裝割據，占山為王，殘害百姓，搶掠民財的土匪！中國共產黨的優秀黨員，對北伐革命做出過很大貢獻的汪江萍同志，就死在他們的槍口下！現在，這一夥反動土匪，正非常猖獗地活動在九江地區，對我們，對被我們剛剛從軍閥孫傳芳的統治下解放出來的工農民眾，具有很大的威脅！為此，國民革命軍江西總司令部命令我們，主動出擊，搜山剿匪，乾淨徹底地消滅在九江地區的一切反動武裝！保衛北伐戰爭的勝利成果！保衛人民群眾的生命財產安全！保衛國民政府的政令和社會秩序的穩定！我已經向長官們拍了胸脯，不剿滅這些反動土匪，誓不甘休！同志們！大家有沒有信心？」

全團官兵齊聲高呼：「誓死消滅反動土匪！堅決完成戰鬥任務！誓死消滅反動土匪！堅決戰鬥完成任務！」

大山深處，高明達率領著一隊官兵搜索前進，附近突然傳出一陣槍響。

高明達急忙說道：「通信兵！快去看看！發生了什麼情況？」

一個山洞裡面，一個軍閥散兵頭子瘋狂地叫囂著：「弟兄們！前天我們把一個北伐軍的女官兒，給打死了！他們是來找我們報仇的！誰要是落在北伐軍手裡，非得讓他們抽筋扒皮不可呀！咱們這個山洞地勢險要，咱們有的是子彈，守！守到天黑就有辦法突圍了！」

山洞外面的山口上，高明達用望遠鏡仔細觀察著，洞裡好幾挺輕重機關槍，瘋狂地向外掃射，攻擊部隊被阻擋在山坡下，高明達充滿仇恨地下達了命令：「突擊隊！帶上炸藥包、手榴彈，從兩側迂迴過去，炸！炸得他們這些狗東西喘不過氣來！」

一個又一個炸藥包和手榴彈飛進山洞，機關槍停止了射擊。

高明達奮臂高呼：「同志們！跟我上……」

硝煙之中，山洞裡的機關槍又一次響起來，高明達胸口連中數彈，驟然撲倒在了衝鋒官兵們的最前面……

參謀長難過地高呼道：「團長！團長……」

一個戰士憤怒地紅了眼，抓起地上的一個炸藥包，一咬牙拉開了導火索，高喊道：「王八蛋！爺爺陪你們一起上西天……」

山洞裡傳出一聲巨烈的爆炸，戰士們排山倒海地衝殺了過去……

二三三

一九二六年十一月，北伐軍在江西戰場取得決定性勝利之後，身為國民革命軍總司令蔣介石的實力，迅速膨脹。

帝國主義列強為了維護其在中國的殖民利益，加緊了分化革命的統一戰線，拉攏蔣介石的活動。蔣介石也進一步加緊了對軍隊和政權的控制。

帝國主義列強對蔣介石的態度也發生了變化，認定他是未來反共的力量，開始對他進行拉攏。隨著北伐戰局的發展，不少原來屬於北洋軍閥或地方軍閥的軍隊，也紛紛接受蔣介石的改編。同時，一批又一批政客、官僚，也投靠到蔣介石的身邊。

一九二七年一月三日，國民黨召開中央政治會議第六次臨時會議，決定遷都武漢。

一月五日，蔣介石發出「中央黨部及國民政府暫駐南昌」的通電，引發了一場遷都之爭，鬥爭的結果是蔣介石不得不讓步。

三月二十日，武漢國民政府正式成立，推舉尚在回國途中的汪精衛任主席。

三月一日，國民黨中央委員和國民政府委員，組成了「國民黨中央執行委員會暨國民政府委員會臨時聯席會議」，以徐謙為主席，鮑羅庭為總顧問，作為正式的中央國民政府的過渡機構。

孫中山夫人宋慶齡，以及受到美國支持的宋子文，廖仲愷的夫人何香凝，均當選為委員。

三月十日，在武漢南洋大樓召開了國民黨二屆三中全會，這是共產黨聯合國民黨左派同蔣介石右派集團鬥爭的一次具有重要意義的會議。

會上，代表們群情激憤，通過了一系列抵擋和限制蔣介石在國民黨中央和軍事委員會中過大權力的決議案。

但是，會議仍然保留了蔣介石國民革命軍總司令的職務，使他繼續執掌著軍隊的實權。

全會選舉當時還在國外的汪精衛，擔任國民黨中央和國民政府的主要領導人，決定邀請共產黨人參加國民政府的領導工作，共產黨人蘇兆徵、譚平山隨後出任了國民政府的勞工部部長和農政部部長。

三月十日，蔣介石公開發表講話：「中正乃先總理之忠實信徒，必定嚴守聯俄、容共、扶助農工之三大政策，非但沒有打算不與共產黨合作，而且，還堅定主張把共產黨，永遠當作國民黨最親愛之兄弟！」

但是，洶湧澎湃的革命洪流，並不能掩蓋和遏制潛在的暗流，在帝國主義和國內反對派的分化瓦解之了，南方革命陣營終於出現分裂，並且，開始明朗化了。

二三九

一九二七年三月十八日，武漢國民政府增設實業部，任命孔祥熙為部長，可是，孔祥熙並沒有赴武漢履新。卻於三月二十九，從廣州趕到了上海，專事為蔣介石拉攏國內外各方勢力的工作。

四月一日，汪精衛由歐洲回到上海，孔祥熙和宋靄齡出面宴請汪精衛和蔣介石，從中撮合汪精衛與蔣介石合作。

四月三日，蔣介石和汪精衛在上海會晤。

四月五日，汪精衛與陳獨秀在上海發表了一個聯合宣言：「陳獨秀重申，共產黨接受孫中山的三民主義，汪精衛闢謠，說國民黨準備解除共產黨工人糾察隊的武裝，並將共產黨開除出黨等純屬謠言！」

四月六日，孔祥熙和宋靄齡成功地說服了宋子文和宋母，促成了蔣介石和宋美齡的婚事。

蔣介石通過宋子文和孔祥熙，密切地與江浙財閥們進行聯繫，同時，對外爭取到了英美政府的支持，得到了外國資本對他的投資，從而穩定自己的財政基礎和外交陣腳，獲得了國際帝國主義的政治支持和經濟保障。

由於共產黨人在北伐戰爭中的英勇犧牲和無私奉獻，共產黨的力量和聲望，已達到的頂點，周恩來等人竭盡全力，真心誠意地支持著國民黨左派，盡全部努力，來維護國民黨的團結和孫中山先生聯俄、容共、扶助農工的三大政策。

馮玉祥、李濟深、宋慶齡、何香凝等國民黨左派領袖，也盡心竭力地弄奔走呼籲，希望國民黨能團結一致，沿著孫中山先生開創的革命道路走下去。

北伐軍中，蔣先雲、陳賡等共產黨員，堅定不移地與賀衷寒等國民黨右派分子進行鬥爭，盡力爭取著與國民黨的繼續合作。

四月八日，蔣介石接見上海青幫的主要頭目杜月笙。

一三〇

海陸豐地區的一個醫院裡，姜一凡在處理完一個傷患後，默默地走到視窗，眺望著遠方。

江西九江一個青山坡上，一處新墳前立著一塊石碑——國民革命軍第四軍第三師第八團團長高明達之墓。

白天的田野上，一片翠綠，春意昂然，姜一凡用一張白紙折成一個飛燕，拋向天空，然後，她仰起臉來，向在天空中翱翔的飛燕說道：「小燕子！你能飛到北方嗎？如果你能飛到北方，請你幫我帶一封信給他！就說我會一直等著他！等著他勝利歸來！等著他來做我的新郎……」

三三

一九二七年一月十一日白天，浙江省邊境的一個龍王廟裡，一場重要的軍事會議正在進行。

蔣介石、李宗仁、何應欽、程潛、唐生智等國民革命軍的高級將領，神情鄭重地端坐在會議桌旁，身穿軍裝的蔣介石，站立在主持人的位置上。

面對著諸位將軍們，蔣介石侃侃而談：「是這樣的，北伐戰爭的進程艱難，卻又十分的順利！我們已經成功地消滅了，天字第一號軍閥吳佩孚全部的作戰部隊。我們又勝利地打垮了孫傳芳的絕大多數主力。我們的國民革命軍，從北伐誓師時候的不足十萬兵力，已經成功地發展壯大成為了一支擁有四十個整編軍，八十萬精兵的強大部隊。借用白健生將軍的一句話，我們的北伐軍，所向披靡，已經無敵於天下了！但是，我還有一番話，要與你們共勉，先總理的遺言有訓，革命尚未成功，同志仍需努力！目前的形勢，正如同先總理所講得那樣，也並不見得，什麼事情都那樣一帆風順了！張作霖的奉軍，張宗昌的直魯聯軍，正在一路南下，所作所為，實在是猖獗得透頂！孫傳芳收集了殘部八萬餘人，部署在滬寧鐵路和滬杭鐵路沿線及皖南地區，大有抗擊我國民革命軍進攻的味道。英國人，把皇家海軍的艦隊，開進了長江，日本與美國的軍艦，也擺在了吳淞口外的海面上。他們這樣做的目的是什麼呢？無非，是想讓我，無非，是想讓我們，現在就停止步伐，與他們妥協。我這裡，今天一個照會，明天一個通電，威脅與利誘俱全。我們的這一場北伐戰爭，究竟，還打下去，不打下去呢？我們現在，是不是應該將國民革命徹底地進行下去呢？先總理的教導歷歷在目，革命尚未成功，同志仍需努力！啊，我請大家都來發表一下自己的意見！」

把話講完以後，蔣介石一臉倦容地坐在了籐椅上面，舉起一隻玻璃杯，喝了一口白開水。

李宗仁站起身來說道：「原來，廣州國民政府打算出征北伐的時候，我本人，雖然在廣西的軍事會議上，果斷地支持了北伐，但是，從心底裡來說，還存在有著一些謹慎情緒，對於我軍能否取勝，忐忑不安。長沙之戰，北伐軍一舉成名，我多少還感到有一些突然。然而，經過指揮汀泗橋、賀勝橋的戰役，我對軍閥部隊的實際作戰能力，已經看得非常充分了，簡單一句話，烏合之眾，不堪一擊！所以，我李宗仁認為，健生所言，我北伐革命軍天下無敵，在軍事上，是有說服力的！至於帝國主義的列強們，我可以斷言，他們雖然有霸佔我中華的野心，卻並沒有以武裝侵略中國的準備和決心。他們期待著那些軍閥來替他們染指、瓜分利益，但是，如果我們把軍閥都消滅了，他們，也只能夠承認我們的中華民國國民政府！所以，我的意見是十分明確的，打！堅決地打！把我們的北伐戰爭打到底！」

程潛也站起來表示：「德鄰兄講得這番話，十分透徹！中華民族不能夠被軍閥們，搞得四分五裂，國家需要有一個號令天下的統一政府。打下去！打勝這一場北伐戰爭，是四萬萬同胞的意志和心願！打！」

唐生智起身發言：「程頌公所言極是！中國積弱，外寇強行，其惟一的關鍵，便是中央政府號令無力於達及四方，一國資源無能被有效使用。軍閥不除，永無寧日！只有把軍閥們都消滅了，國家才有抬頭的可能！」

何應欽挺身肅立：「意見既已統一，只等總司令一聲令下！」

蔣介石環顧大家，起身說道：「那麼好，我以總司令部的名義，下達命令，我們分為三路大軍，由程頌之將軍，統率第二軍、第六軍，加上獨立二師，組成江右方面軍，由贛、鄂邊境沿長江南岸向安徽、江蘇一帶進攻，戰略目的是南京。由李德鄰將軍，統率第七軍、第十軍，以及第十五軍，組成江左方面軍，沿長江北岸發動攻擊，戰略目的也是南京。由何敬之將軍，統率第一軍和第十四、第十七、第十九、還有第二十六軍，組成東路軍，從江西和福建直插杭州，攻擊上海。由唐孟瀟將軍，統率第四、第八、第九、第十一軍，組成西路軍，經湖南進河南，監視、牽制北方的一切敵人。我有足夠的理由期待著，三個月之後，我們的下一次會議，是可以在上海舉行的！」

二三二

一九二七年三月十九日，程潛下達了總攻南京的命令。

二十日，江右軍全線出擊，在尖頭山、觀音山、將軍山、牛首山、寒山五大戰場，同敵人鏖戰兩晝夜，全殲敵軍。

二十二日，江右軍連續攻佔了採石磯、溧水、慈湖等地，程潛登上山頭，下達了著名的「感憤令前軍，疾趨雨花臺」攻擊令，江右軍乘勝直撲南京。

二十三日晚，第六軍攻下雨花臺，衝入中華門，佔領南京城。

一九二七年三月二十四日，下午，剛剛進入南京市區的程潛將軍，帶領著一群高級軍官，在走進臨時司令部的時候，突然之間聽到了隆隆的炮聲，程潛驚奇地停止了步伐，轉過身去問道：「哪裡來的炮聲？這南京城不是被我們克復了嗎？」

眾軍官們一齊停止腳步，互相張望，面面相覷。

一位傳令兵滿臉通紅地跑進院子，氣喘吁吁地大聲報告：「報告程長官，江面出事了！英國軍艦『良美拉爾特號』，還有美國驅逐艦『諾亞３４３號』、『潑利司登３４４號』突然向南京城裡開炮射擊！我們的軍民毫無準備，一下子，已經有兩千多人死於炮火之下！」

程潛大驚失色：「什麼？他們竟然向我們開炮了？」

傳令兵：「是的！三條軍艦同時用艦炮轟擊南京城，我們已經死傷了兩千多人！」

程潛一把抓住了傳令兵的衣領喝問：「告訴我！哪個部隊離江岸最近？」

傳令兵：「報告程長官！第六軍！我們的第六軍現在就駐紮在江岸！」

程潛大聲命令：「告訴第六軍，接到命令立即開炮！把它們給我打沉在長江裡面！」

傳令兵悲憤填膺，立正敬禮回答：「是！」

一個高級軍官小聲地提醒：「頌公！這可是國際事件啊！掌握不好分寸……」

程潛橫眉冷目：「在我們中華民國的內河中游，哪來的什麼國際事件？打！給我往沉打！老子是軍人，手裡掌握的是兵，豈能容忍外國的軍艦，炮轟我們的同胞？打！堅定不移地打！打出來任何事情，等到國民政府來了南京以後再說！」

二三三

長江岸上，憤怒的北伐軍炮兵，在拼命地向炮膛裡面填著炮彈。

一些步兵也架著重機槍，滿懷怒火地向英、美軍艦射擊。

部隊的後面，站立著眾多的市民百姓，人們身上帶著鮮血，臉上流著眼淚，激憤而又興奮地歡呼起來：「打得好！打得好！北伐軍萬歲！北伐軍萬歲！北伐軍萬歲……」

一名老知識份子號淘大哭：「打得好！打得痛快！百年之恥，雪於今日啊……」

江面上，英美的軍艦中彈冒煙，「良美拉爾特號」燃起了火苗，它們緊急地拉響了氣笛，驚慌失措地向下游駛去。

市民一陣歡呼：「他們逃跑了！他們的軍艦逃跑了！北伐軍萬歲！北伐軍萬歲……」

有人帶頭唱起了歌，廣大民眾很快回應，一時間，威武雄壯的歌聲響徹雲霄：「打倒列強！打倒列強！除軍閥！國民革命成功！國民革命成功！齊歡唱！齊歡唱……」

二三四

一九二七年三月二十八日夜晚，浙江省的蕭山地區，一個有規模的工廠裡面，盧婉亭與自己的兩名同志，正在向工友們講話：「親愛的工人兄弟們！親愛的同志們！轟轟烈烈的北伐戰爭，已經取得了決定性的偉大勝利！三月二十三日，北伐軍的江右方面軍，佔領了南京城！第二天，萬惡的帝國主義者，不顧國際公法的規定，悍然向我南京軍民開炮，打死打傷我們的軍民，共計兩千多人，製造了轟動世界的『南京慘案』……」

上百名工友發出一陣憤怒的驚呼。

盧婉亭示意大家安靜：「但是，我們是勝利者！光榮的第六軍官兵，在程潛司令官的支持下憤然而起，開炮打傷了帝國主義的三艘軍艦，把它們給趕出了長江！」

工友們爆發出一陣歡呼。

盧婉亭再次伸出雙手，示意大家安靜：「工友們！工人兄弟們！現在，我們的北伐軍，正在以不可阻擋之勢，分成三路，向浙江殺來！向上海殺來！向我們這裡殺來！全仗親愛的工人同志，如今，我們已經成功地控制住了這間工廠，扣押了日本廠長和萬惡的工頭們！我們，要馬上組織起工人護廠隊、工人糾察隊來！保護好工廠的機器設備和原材料！等待著北伐軍打過來！我們當家作主人！」

馮師傅挺身而出：「小盧書記，你放心好了！我們全廠九百多個工友，一切都準備好了！只要我們工會一聲令下，所有的工人兄弟，全都是護廠隊和糾察隊！」

盧婉亭緊緊地握著馮師傅的雙手：「太好了！馮師傅！我把小王、小陳給你留下來！他們一個懂得工廠的管理，還有一個是從軍隊裡面帶來的，打過仗！」

馮師傅：「好！小盧書記，那你呢？」

盧婉亭：「我要到桐廬去，組織那裡的農民自衛軍，迎接北伐軍過富春江！」

馮師傅：「小盧書記，你要小心啊！」

盧婉亭：「放心吧！馮師傅！大軍北望，敵人已經倡狂不了幾天了！」

馮師傅深情地說：「越是那快要死了的瘋狗，咬人越狠！丫頭兒，小心啊，小心！」

盧婉亭感激地拉著馮師傅的手：「謝謝你！謝謝你！馮大伯！」

一三五

湖南省與湖南省交界的一個山口，唐生智將軍的千軍萬馬，正在大踏步地前進著，唐生智猛然勒住馬頭，翻身下馬，向一塊刻著「河南界」三個大字的碑石走去，幾個將領下馬跟隨。

唐生智手撫碑石：「進河南了！我們的大軍開進河南了！在湖南，我們一路掃蕩殘餘之敵，勢同席捲！到了河南一馬平川，我真是不知道，這仗還怎麼去打？」

高師長哈哈一笑：「哈哈……怎麼去打？軍旗指處，望風披靡，戰鼓一敲，傳檄而定！」

李參謀長也豪邁地說道：「是啊，廣州誓師以來，只用了一年多的時間，我們的北伐戰爭便勝利了！」

唐生智望著眼前那片荒蕪的田野，忍不住同情地說道：「河南的人民苦啊！慢說那些一貧如洗的工農百姓們，就是那些個買賣人家、工商業者，在軍閥的苛捐重稅以及明搶暗索之間，又能獲取什麼利益呢？」

高師長跟著說道：「是啊，正如我《北伐宣言》所說，全國人民，入則有老弱待哺之憂，出則無立業謀生之地，行則逢擄身喪命之變，居則罹舉家凍餒之禍，災害深於水火，困苦甚於倒懸，凡此皆帝國主義之侵略，及賣國軍閥之竊權所致也！我們中國之人民，如今是膏血已盡苦盼獲救呀！」

唐生智凝眉望天，沉思良久：「是啊，膏血已盡，苦盼挽救！通知部隊，傳我的命令，一、全軍加速前進！二、凡進入河南境內的我軍軍人，絕對不准向地方徵糧！三、成立執法隊，全軍上下，任何一人如有糜爛地方、騷擾百姓者，無論官居何職，就地正法！」

一三六

一九二七年三月，奉系軍閥張宗昌三萬人馬接替戰敗的孫傳芳，突然進駐了上海。

鑑於張宗昌與孫傳芳交接混亂及北伐軍的攻勢，中共中央提出了舉行上海第三次武裝起義。

三月五日晚上，周恩來、羅亦農、趙世炎、彭述之、汪壽華等組成起義最高決策機關。

會上，羅亦農憂慮地說：「蔣介石已被中外一切反革命勢力所包圍，很可能丟棄孫中山聯俄、容共、扶助工農的三大政策與反革命勢力妥協，將國民革命運動停止！」

趙世炎非常支持羅亦農的意見：「完全正確！因此，上海三人武裝起義必須由共產黨獨立領導！」

周恩來再三思索之後，下了決心：「革命運動的發展，使我黨在上海必須堅定地去領導革命的人民，積極地向一切反革命勢力進攻，建立人民政權，要打破那種不相信自己的力量，不懂得人民政權的意義，只是專門等待北伐軍到來的錯誤觀點。以實現我黨領導下的上海人民與北伐軍合作，推動國民黨與北伐軍繼續革命！」

三月六日，周恩來來到國民黨左派楊杏佛的家中，爭取到了他對起義的支持。

根據周恩來的指示，共產黨迅速恢復了前兩次起義中被打散的組織。

很快，上海市工會會員發展到近三十萬人，並祕密組織了工人武裝糾察隊。

三月十日，閘北商會決定組織保衛團。

當晚，周恩來來到商務印書館，介助孫悟空鑽入鐵扇公主肚子裡面的故事，向工人們講解了參加這個保衛團的意義，然後問道：「大家說，我們是不是要參加這個保衛團？」

一個工人疑惑地說道：「我們參加保衛團？難道去保衛資本家？」

周恩來哈哈一笑問道：「我們缺什麼？」

工人說：「缺槍！」

周恩來說：「保衛團有槍啊，我們打進去就是為了把槍掌握在我們手中！」

三月十一日，在羅亦農、趙世炎的領導下，鐵路工人中斷了上海的鐵路運輸，使上海警備司令畢庶澄部三千敵人和兩千多名員警，處於孤立無援的境地。

三月二十日，北閥軍攻佔上海近郊區的龍華鎮。

三月二十一日上午九時，周恩來發出總罷工和武裝起義的命令。

正午十二時，上海八十萬工人舉行總罷工，隨即轉入武裝起義，整個上海爆發了一場轟轟烈烈的大革命。

經過激烈的戰鬥，當晚，除了閘北之外的重要部門，均被武裝工人所佔領。

張宗昌主力所在地，閘北二十多處軍事據點和五千多守軍，以鐵甲車、大炮向起義工人反撲，起義工人傷亡上千人，戰鬥激烈而又殘酷。

總指揮部決定，集中力量各個擊破，經過一晝夜激戰，起義工人終於攻下了天通閹火車站，守軍三百多人繳械投降。

二十一日下午，周恩來派彭述之前往龍華，與北伐軍東路軍聯繫。

龍華，東路軍總指揮何應欽的指揮部裡，彭述之焦急地說道：「為了執行一月十一日北伐軍總司令部軍事會議的決議，配合北伐軍進攻上海，我們中國共產黨領導下的上海工人武裝起義已經爆發，並取得了決定性勝利！現在，起義工人正在進攻閘北張宗昌的最後據點，戰鬥非常激烈！請何總指揮立即派出軍隊進入上海！」

何應欽卻一再搖頭：「我沒有接到蔣總司令的命令，不能私自用兵啊！」

彭沭之憤怒地說道：「難道，你何應欽要眼看著工人犧牲？要眼看著張宗昌屠殺工人？你到底是革命軍人，還是反動軍閥？」

何應欽雙手一攤：「軍人，以服從命令為天職！沒有接到命令，我也沒有辦法呀？」

彭沭之氣急敗壞：「你何應欽是中山先生的叛徒！是三民主義的叛徒！是北伐戰爭的叛徒！是中華民族的千古罪人！」

何應欽一聲冷笑：「來人！給我送客……」

二三七

一九二七年四月八日，鑑於國民黨中央和國民政府在武漢成立，中共中央也從上海遷到了武漢，以利於支持國民黨的團結，以利於支持國民政府的統一，以利於支持正在取得偉大勝利的北伐戰爭。

四月九日，毛澤東縱觀國內外形勢的發展趨勢和最新變化，敏銳地看到了英美兩國出自於對在華利益的考慮，全面放棄對正在土崩瓦解的北洋軍閥的支持，並急於從正在取得全中國統治權的國民黨內部，尋找新的代理人這一企圖，敏銳地看到了被國內外反對派所包圍著的蔣介石，已經全面具備了投靠英美帝國主義，投靠江浙財閥，以搶奪北伐戰爭的勝利果實，以登上中國最高統治者的地位為目的，而背叛孫中山先生聯俄、容共、扶助農工的三大政策，叛變國民革命，成為新軍閥的嚴峻形勢。向中國共產黨中央提出了，要嚴重警惕有人舉起屠刀砍向共產黨，反對一切服從國共合作的錯誤路線，共產黨人必須獨立自主地進行武裝鬥爭的報告。

四月九日，周恩來也向黨內發出了蔣介石極有可能發動反革命政變的警告。

但是，以陳獨秀為首的中國共產黨中央卻對國內外形勢做出了錯誤的判斷，仍然相信陳獨秀與汪精衛的聯合宣言，仍然相信國共合作是中國革命事業的唯一出路，仍然堅持一切服從國共合作路線，堅決反對毛澤東周恩來等人所提出的，共產黨要立即獨立自主地開展武裝鬥爭的意見。

一三八

一九二七年四月十日，那是一個難得的好天氣。

上海孔祥熙公館，宋美齡端莊地坐在椅子上。

蔣介石擺出一副紳士面孔，肅立在宋美齡的面前，非常誠懇地對宋美齡說道：「尊敬的美齡小姐！中正對你一見傾心，朝思暮想。現在，遵照小姐的吩咐，中正已經辦理完畢與毛氏的離婚手續，同陳潔如的關係，也已經一刀兩斷了……」

宋美齡急忙打斷蔣介石的話頭：「對不起！我並沒有吩咐過你任何事情！」

蔣介石頓時領悟：「對！對！是的！是的！是我自己願意同毛氏離婚的！是我自己願意同陳潔如一刀兩斷的！」

宋美齡娓娓地說道：「介石，你託大姐和姐夫所帶來的口信，我認真地考慮過了！我本人不僅僅是中山先生的小姨，我自身也是中山先生的崇拜者！拋開家族關係不講，我之所以同意嫁給你蔣介石，最重要的因素，便是覺得你是中山先生忠實信徒！」

蔣介石連忙說道：「是的！是的！當年，先總理在永豐艦上，遭遇到叛徒陳炯明的炮擊……」

宋美齡再一次打斷蔣介石：「介石啊，這件事我知道，我也十分地欽佩你！但是，往事已不可追了！我真正同意與你結婚，那是因為我相信你蔣介石，是有能力繼承中山先生的遺志，將中山先生未竟之事業來發揚光大的！」

蔣介石鄭重地說道：「請美齡小姐放心！作為中山先生的忠實信徒，即使中正得不到美齡小姐的垂愛，也一定會為貫徹先總理所宣導的三民主義的！」

宋美齡抬起頭來，嫣然一笑：「好！真是偉人之志，丈夫所言，值得美齡敬重！如今，既然家母已經同意了你對我的求婚，那麼……」

蔣介石連忙接過話題，興奮地說道：「那麼，我們馬上結婚！」

宋美齡又是一笑，然後，她認真地說道：「不！我本人還有三個要求，第一，我是受過洗禮的基督教徒，所以，我要求你必須也同我一樣，虔誠地信仰上帝！第二，我們宋氏家族與英美兩國有著很深刻的淵源和友誼，因此，你今後在政治行為方面，一定要尊重英美！第三，我是一個具有良好家庭教養的女性，我要求你必須先行建立起良好的生活習慣！」

蔣介石連連點頭：「我答應！我答應！美齡小姐的三個要求，我統統答應！尤其是美齡小姐提出的第二個要求，尊重英美的問題，我現在就可以正式地告訴你，這一件事情，我蔣中正已經下定了最後的決心，兩天之後，便要開始去向你履行我所做的承諾了！」

上海市區，大批的國民黨軍隊在進行調動。

幼年的中國共產黨陷入了一場嚴重的危機之中。

一三九

黎明，蕭山郊外，身穿農婦服裝的盧婉亭，急步行進在鄉間小路上。

突然，幾個身穿便衣的特務，從樹叢裡面閃出，惡狠狠地橫在了路上，一個領頭的特務上下打量著盧婉亭問道：「站住！這麼早，你一個人上哪裡去呀？」

盧婉亭停下腳步：「我有事情，我去探親！」

領頭的特務：「探親？你是湖南人吧？在我們浙江，有什麼親可探？」

盧婉亭：「不！我就是浙江人！我嫁到浙江來了！」

領頭的特務以浙江方言說道：「哼，嫁給了浙江人？古語說，嫁雞隨雞，那你用浙江話來談一談吧！」

盧婉亭沉默不語：「我……」

特務：「不會說？跟我走！到我們團部，我一句話、一句話地，慢慢教你說！」

盧婉亭張望了一下四周，突然拔出手槍，當頭一下將那個領頭的特務擊斃。

其他的特務們一下子散開，拔出槍來還擊。

盧婉亭邊打邊跑，回首扣動板機，然而，手槍沒響。

特務一同叫嚷著衝了上來：「抓活的！她沒有子彈了！抓活的呀！」

終於，盧婉亭被押送到了敵人的團部裡面，敵人的團長谷風林仔細看著從盧婉亭身上搜出來的盧婉亭與肖大山兩個人的合影。

參謀長站在一邊，向他彙報著：「什麼辦法都用盡了，她一句話都不肯說！從她的身上，我們只搜出了這一張照片！」

谷風林老練地說道：「一張照片已經足夠了！講老實話，都到了今天這個份上，我們還需要人家的什麼情報？現在，我惟一想要做到的，只是想把咱們的這一團人馬帶出去！參謀長，你把這個人看住了，什麼也別審了，好吃好喝地當做觀音菩薩貢起來，到時候，她對咱們是會有很大、很大作用的！」

二四〇

三月二十二下午六時，在羅亦農、汪壽華的領導下，工人武裝以不可阻擋的氣勢發起攻擊，敵人最後的一個據點閘北火車站，終於被佔領了。

午夜，蔣介石的辦公室裡，蔣介石沉思良久，突然拿起了電話：「給我接何應欽！」

龍華指揮部，何應欽抓起電話：「喂？我是何應欽！」

蔣介石對著話筒說道：「敬之，命令薛嶽率第一師，立即開進上海，打掉張宗昌一切殘餘的據點！」

何應欽疑惑地問：「蔣總司令，我們不是要讓張宗昌消耗他們嗎？」

蔣介石大吼：「張宗昌是頭蠢豬！他已經快讓共產黨打光了！我們再不進上海，上海就是周恩來的了！上海就是共產黨的了……」

二四一

夜色之中，薛嶽率領第一師，跑步向上海市區前進。

薛嶽騎在馬上高喊：「快！快！誰掉隊，我槍斃了他！」

閘北，敵人在工人武裝的攻擊下，已經快頂不住了。

薛嶽見狀，大吼著下令：「吹衝鋒號！使足了勁吹！全師不必計較戰鬥序列，一起給我上！」

嚮亮的衝鋒號聲中，第一師官兵向敵人最後一個據點發起進攻。

二四二

三月二十三日，中國共產黨領導下的上海市民代表大會，隆重召開，周恩來激動地宣佈：「我們『上海市特別臨時政府』宣告成立了！這是中國共產黨歷史上，第一個無產階級領導下的統一戰線政權」

楊杏佛登上主席臺，激動地說道：「上海人民的勝利，是中國共產黨人，領導英勇的工人階級，為了中華民族的光明前途，經過流血犧牲而取得的！我代表忠實於中山先生的國民黨人，向這一偉大的勝利表示祝賀！我代表忠實於革命事業的國民黨人，向偉大的中國共產黨人表示祝賀！中國共產黨萬歲！中國國民黨萬歲！國共合作萬歲！」

周恩來動情地說道：「楊杏佛先生的話講得好！講得很鼓舞人心啊！人心是什麼呢？當前，中國人民最大的心願是什麼呢？是反對帝國主義！是反對軍閥！是國共兩黨長期合作下去，把長期以來騎在中國人民頭上的帝國主義和反動軍閥打倒！是國共兩黨長期合作下去，把我們的中華民族振興起來！使我們中國永遠不受帝國主義列強的欺辱！把我們中國建設成一個獨立的、民主的、繁榮昌盛的強國！正如楊杏佛先生所講，我們中國共產黨人是真心誠意地支持和維護國共合作的！是真心誠意地支持國民革命的！是真心誠意地要把北伐戰爭打到底的！因為，北伐戰爭是全體中國人民，在面臨國家滅亡、民族滅亡的緊急關頭，在已經走投無路的時刻，所爆發出來的最後的吼聲！是為了挽救國家、挽救民族、挽救自己，所被迫進行的戰爭，是一場決死之戰！正義之戰！現在，這場偉大的戰爭，已經和正在取得偉大的勝利！可是，我們卻非常不幸地看到，有一些人，卻以一己的私利出發，企圖背叛國家和民族的根本利益，背叛當初自己的莊嚴誓言，背叛中山先生聯俄、容共、扶助農工的三大政策，背叛自己曾經所信仰的三民主義，背叛這場偉大的革命，而企圖成為帝國主義的代理人，企圖成為新的軍閥！我周恩來感到非常的痛心啊！我們中國共產黨人為此感到非常的痛心啊！因為，他們曾經是我們的同志，曾經是我們的戰友，我們曾經在同一面旗幟下，肩並肩、手挽手，一同英勇地戰鬥過！我們曾經是親兄弟！是親密無間的朋友啊！在慶祝上海工人武裝起義勝利的大會上，在北伐戰爭取得了決定性勝利的今天，我要呼籲，我周恩來真誠呼籲，我們中國共產黨人呼籲，呼籲我們的兄弟和朋友，呼籲與我們一同為國為民英勇奮鬥過的戰友，趕快懸崖勒馬吧！不要走到錯路上去！一失足成千古恨啊！在這重要的歷史關頭，是千萬不能失足的！失足了，便會成為國家和民族的千古罪人！失足了，便會遺恨永遠的……」

二四三

一九二七年三月底，白天，富春江南岸，國民革命軍重兵集結，已經做好了渡江作戰的一切準備。

肖大山帶著兩名衛兵，站立在一個高崗頂上，雙手緊握著望遠鏡，向江水對岸的桐廬鎮，觀察著情況，他們身後的土坡上，盛開著一片黃色的迎春花。

一個衛兵帶著崇拜的表情說道：「團長，你打過了那麼多的硬仗、大仗、勝仗，這個桐廬鎮，對於咱們的北伐軍來講，那還不是舉起鐵錘砸核桃啊？」

另一個衛兵也說：「是啊，肖團長！不就是等衝鋒號一吹，你大吼一聲，帶著我們過江去，把俘虜一抓，不就完了嘛？你站在這都看了半天了，到底有什麼好看的呀？啊，團長？」

肖大山仍然舉著望遠鏡：「我不是在看地形，我，是在看人啊！」

兩名衛兵先是一愣，然後立刻恍然大悟。

「看人？在看什麼人呀？」

「唉呀，這你還不明白？咱們的肖團長是在看盧婉亭大姐唄！」

「噢！是啊，打下南昌時，白崇禧長官要親自來主持肖團長和盧婉亭大姐的婚禮，連洞房都給佈置好了！唉，可惜呀！咱們的盧婉亭大姐卻突然之間走了，連肖團長的面，也沒有來得及見上一下兒呀！」

肖大山慢慢地放下望遠鏡：「她那也是因為臨時有緊急任務！她那也是為了北伐戰爭的早日勝利！是為了國民革命的早日勝利呀！」

「肖團長，我怎麼就弄不明白呀！咱們軍人有任務，可是，人家盧婉亭大姐，她是老百姓啊！為什麼，老百姓也有任務呢？」

「是啊，肖團長，盧婉亭大姐有什麼任務，走得那樣急？連白崇禧長官為你們專門舉行的婚禮，都等不及了！」

肖大山揚揚得意地說道：「你們不知道啊，其實，人家盧婉亭也是一名革命戰士！而且，還是一名非常重要的戰士！她所起到的作用，頂得上我們的一個團，甚至一個師！」

衛兵們頓時傻了：「乖乖！頂得上一個師！」

二四四

皓月當空，指揮部門口的一棵大樹下面，關旅長一邊擦拭著手槍，一邊與肖大山親切地交談著。

關旅長：「大山哪，我四十多歲了，當了二十來年的兵，從小馬夫慢慢地熬到了旅長。過去，每次打仗之前，我都會在心裡面嘀咕、嘀咕，想這一回上了戰場，我老關，還能不能活著下來呢？託關老爺的洪福，這二十來年的仗打下來，嘿，別說命還在，這全身上下，居然連一個窟窿兒，也他媽的沒穿！哈哈……」

肖大山與關旅長一起大笑：「哈哈……關旅長，你跟關老爺一定是親戚！有他的在天之靈護衛你，你呀，一定會百戰百勝，長生不老的！」

關旅長：「唉，大山哪，說老實話，這仗啊，我也實實在在是打夠了！不想再打了！我呀，真想回到山東老家去，鑄劍為鋤，茅舍竹籬！安安穩穩地過上幾年舒心的日子！唉，我們山東，那可是一個好地方啊！梨、蘋果，還有大棗，那一到秋天啊，遍地都是果子！好地方啊好地方！」

肖大山動情地說：「關旅長！這應該是我們北伐戰爭的最後一仗了！等打完了這一仗，我肖大山帶著一個警衛連，敲鑼打鼓地護送關旅長回山東老家！」

關旅長笑咪咪地搖了搖頭：「警衛連就免了吧！要不然，人家鄉親們，還以為是那軍閥又回來了呢！那，還不得再接著打仗啊？啊？哈哈……」

肖大山也哈哈大笑起來：「哈哈……哈哈……」

關旅長：「唉，大山啊，這北伐戰爭結束之後，你打算幹點什麼呀？」

肖大山微微一笑：「我？我先得執行白總參謀長的命令，和盧婉亭結婚哪！」

關旅長：「這我知道呀？我是說，等到北伐戰爭勝利了以後，你幹什麼事情？難道，你還想當兵嗎？」

肖大山：「想！我想！關旅長，軍閥打光了，咱們中國不是還得有軍隊嗎？咱們不是還得提防小日本、大英國那些個帝國主義嗎？所以，我還是想當兵，給咱們老百姓，給咱們中國人看守家園！給咱們中華民族長威風，樹膽量！」

關旅長：「好！大山，好樣的，好樣的，有志氣！」

燦爛潔白的月亮照耀著安靜的陣地，照耀著那棵大樹，照耀著樹下關旅長和肖大山的臉……

二四五

東方的天空上，漸漸地亮起了一道血紅色的朝霞，朝霞遠遠地照耀著江水邊上，站著一名持槍的哨兵。

江水無聲無息地滾滾流淌著。

突然，江水邊上，躍起了四名年輕的號兵，衝鋒號驚天動地，北伐軍官兵們以餓虎撲食一般的勇猛態勢，浩浩蕩蕩地向江水的北岸衝去，殺聲四起，戰塵彌漫。

關旅長橫刀立馬，一聲高呼：「衝啊！」

肖大山抱著一挺輕機槍高喊：「衝啊！衝啊……」

在北伐軍狂風掃落葉一般的攻擊下，敵人迅速地土崩瓦解，有的四處逃竄，有的雙腿跪地，舉槍投降。

激戰之間，一座破廟裡面突然伸出了一面白旗，兩個敵兵伸出腦袋，朝著衝鋒的北伐軍官兵高聲大喊起來。

「喂，北伐軍的弟兄們！別開火了！別打槍！別打槍！」

「我們給你們看一個人！北伐軍的弟兄們，別打槍！我們給你們看一個人！一個你們的女人！」

關旅長一愣，連忙揮手示意部隊停止進攻：「別開槍！部隊停止前進！」

北伐軍官兵停止了腳步，手握槍支，緊張地盯著那個破廟，破廟的大門，猛然一下子被推開了，盧婉亭被繩索五花大綁著的，由幾個敵軍士兵推出了廟門。

關旅長和肖大山大吃一驚。

肖大山一聲驚呼：「婉亭？盧婉亭！」

關旅長的臉上閃出一片痛惜：「唉！盧隊長！」

破廟中，敵人的團長和參謀長慢慢地走了出來……

敵參謀長得意洋洋地說道：「唉呀，看來你們是認識呀？唉，認識就好！認識就好啊！哈哈……」

肖大山五內如焚：「婉亭！」

盧婉亭淚如泉湧：「大山！」

肖大山：「婉亭！你……」

盧婉亭掙扎著大聲喊道：「大山！別管我！快開槍！快開槍啊！開槍……」

關旅長憤怒地向敵人喊道：「你們想幹什麼？」

敵團長：「幹什麼？想讓你們好好地談談！」

盧婉亭：「沒什麼好談得！大山！關旅長！快開槍！快開槍打死他們……」

關旅長：「你們算是什麼軍人？你們算是什麼男人？兩軍交戰，把一個女人弄出來當擋箭牌？王八蛋！丟人不丟？」

敵參謀長：「只要命不丟！丟人算什麼？啊？怎麼樣？咱們好好談談？」

敵團長：「一個女人？對你們，她只是一個女人！可對我們，她是一個活菩薩！」

盧婉亭：「關旅長！別理他們！開槍！趕快開槍啊……」

敵團長一揮手，向押解盧婉亭的敵兵命令道：「不談也罷！不談就算了！咱們走！押著這個活菩薩！咱們走！」

敵參謀長：「再見！北伐軍弟兄們！大路朝天，各走半邊！再見了……」

肖大山突然大喝一聲：「給老子站住……」

二四六

肖大山的怒吼聲把敵人震住了，敵團長轉過身來問：「你要幹什麼？」

肖大山雙目噴火：「把她放開！」

敵團長：「我也沒打算殺她！只想靠她這個活菩薩，向你們借一條生路！」

關旅長伸出手臂大聲說道：「可以！你們把她放了！我一定給你們一條生路！」

敵團長一聲冷笑：「哼，把她放了？把她要是放了，我恐怕死都找不到墳頭兒！」

敵人押著盧婉亭，一步一步地向北伐軍走去，盧婉亭一邊掙扎一邊大聲地呼喊：「肖大山！你開槍！你們開槍啊肖大山！」

肖大山臉色變得鐵青，淚水奪眶而出，戰士們手握槍支，被迫向後退去。

盧婉亭：「肖大山！你開槍啊肖大山！你是北伐軍的團長，你不能被敵人嚇倒！開槍啊肖大山！」

肖大山咬緊牙關，鮮血從嘴角慢慢地淌下，戰士們淚流滿面。

盧婉亭：「肖大山！你開槍啊！弟兄們！趕快開槍！你們不要管我！開槍啊！趕快開槍！關旅長！你下令開槍啊！」

關旅長翻身下馬，一邊挺身向敵人走去，一邊大聲地說道：「你們放開她！我帶你們過富春江！」

敵人手中的幾支衝鋒槍一齊開火，關旅長前胸連續中彈，踉踉蹌蹌地跌倒在了血泊之中，關旅長的戰馬躍起前蹄，仰天一聲長嘶。

肖大山大聲悲呼：「關旅長！」

盧婉亭頓時淚落如雨：「關旅長！肖大山！你還等什麼？趕快開槍！弟兄們！快點開槍！」

敵人的衝鋒槍再度響起，一連幾個戰士倒了下去。

盧婉亭急了說著，：「肖大山！你還是不是軍人？快開槍啊……」

肖大山雙手舉起手中的輕機槍，從地上慢慢地站在來，然後，雙手一鬆，將輕機槍丟在了地上，向敵人喊道：「別開槍！別開槍！別開槍了……」

肖大山高舉著雙手，一步一步地向盧婉亭走去。

敵我雙方的士兵，全都屏住了呼吸，紛亂的戰場，一下子變的死一般的沉寂……

肖大山一步一步走到盧婉亭的面前，他久久地凝視著盧婉亭，受到肖大山的震懾，押解盧婉亭的敵人士兵不由自主地後退了一步。

肖大山顫抖地伸出了一隻手，輕輕地擦去了盧婉亭臉上的血痕。

敵人的團長向前邁了一步。

肖大山狠狠地瞪了敵團長一眼，敵團長充滿恐懼地站住了。

盧婉亭：「大山……」

肖大山突然之間雙膝撲地，跪在了盧婉亭的面前：「婉亭！我的愛人！我的新娘！婉亭！我親愛的新娘！」

盧婉亭大顆的淚珠滾滾而落，砸在肖大山高仰著的臉上：「大山……」

敵人慢慢地包圍上來，肖大山突然之間縱身躍起，將盧婉亭壓倒在了自己的身體底下，隨即，肖大山以迅雷不及掩耳之勢，雙手從自己的腰背上拉響了兩顆手榴彈，高高地舉了起來，與此同時肖大山高喊了一聲：「為了勝利，前進！前進……」

手榴彈在肖大山高高舉著的雙手中爆炸了，敵人的團長和押解盧婉亭的士兵們血肉橫飛。

北伐軍的戰士們齊刷刷地從地面上猛跳而起，悲憤的淚水，在戰士們的臉頰上流淌，肖大山的衛兵拾起肖大山丟下的輕機槍，發出一聲淒厲的怒吼：「殺……」

北伐軍官兵們手中的槍支噴吐著火舌，敵人一片一片地倒在了地上……

二四七

青翠的山坡上，肖大山的遺體，被一面青天白日滿地紅的軍旗覆蓋著，八名戰士持槍肅立，莊嚴地守護在他的身旁。

身旁一身軍裝的盧婉亭，在幾名北伐軍將士的簇擁之下，默默地走向肖大山的遺體。

盧婉亭慢慢地向蓋在肖大山身上的軍旗伸出了一隻手，在即將觸碰到軍旗的那一剎那，盧婉亭身子一歪，靜靜地癱倒在了青翠的草地上。

盧婉亭匍匐在地上，哀傷無比地用嘴巴緊緊地咬住被自己的淚水打濕了的青草，張開兩條手臂，撲在肖大山覆蓋身體的軍旗上：「大山！親愛的大山哥！來世吧，來世，來世，來世我一定要做你的新娘……」

八名守護在肖大山身旁的戰士，整整齊齊地向著天空，舉起了自己手中的步槍。

隨著一陣莊嚴的槍響，盧婉亭拿起肖大山用過的手槍……

不朽的跋文

名標青史千年在，功播清時萬古傳。

北伐戰爭，是中國近代史上，一次開天闢地的人民革命運動，是中國國民黨人，出於挽救中華民族的生存，聯合中國共產黨人與各種先進力量所進行的一場波瀾壯闊的偉大戰爭。

北伐戰爭，得以將統治了中國人民近二十年的反動軍閥悉數殲滅。

北伐戰爭，得以讓中華民族獲得了統一，北伐戰爭，令自清朝末年開始，長期騎在中國人民頭上的帝國主義列強們，看到了中華民族那不屈不撓的自強精神。

SHOW小說02　PG0960

北伐戰爭

——長篇歷史紀實小說

作　　者／朱士奇
責任編輯／劉　璞
圖文排版／張慧雯
封面設計／秦禎翊

發 行 人／宋政坤
法律顧問／毛國樑　律師
出版發行／秀威資訊科技股份有限公司
114台北市內湖區瑞光路76巷65號1樓
電話：+886-2-2796-3638　傳真：+886-2-2796-1377
http://www.showwe.com.tw
劃撥帳號／19563868　戶名：秀威資訊科技股份有限公司
讀者服務信箱：service@showwe.com.tw
展售門市／國家書店（松江門市）
104台北市中山區松江路209號1樓
電話：+886-2-2518-0207　傳真：+886-2-2518-0778
網路訂購／秀威網路書店：http://www.bodbooks.com.tw
國家網路書店：http://www.govbooks.com.tw

2013年4月BOD一版
定價：360元

國家圖書館出版品預行編目

北伐戰爭 : 長篇歷史紀實小說 / 朱士奇著. -- 一版. -- 臺北市 : 秀威資訊科技, 2013. 04
面； 公分. -- (SHOW小說02 ; PG0960)
BOD版
ISBN 978-986-326-103-2 (平裝)

857.7 102007082

讀者回函卡

感謝您購買本書，為提升服務品質，請填妥以下資料，將讀者回函卡直接寄回或傳真本公司，收到您的寶貴意見後，我們會收藏記錄及檢討，謝謝！

如您需要了解本公司最新出版書目、購書優惠或企劃活動，歡迎您上網查詢或下載相關資料：http:// www.showwe.com.tw

您購買的書名：______________________________

出生日期：________年________月________日

學歷：□高中（含）以下　□大專　□研究所（含）以上

職業：□製造業　□金融業　□資訊業　□軍警　□傳播業　□自由業

□服務業　□公務員　□教職　□學生　□家管　□其它_____

購書地點：□網路書店　□實體書店　□書展　□郵購　□贈閱　□其他

您從何得知本書的消息？

□網路書店　□實體書店　□網路搜尋　□電子報　□書訊　□雜誌

□傳播媒體　□親友推薦　□網站推薦　□部落格　□其他__________

您對本書的評價：（請填代號　1.非常滿意　2.滿意　3.尚可　4.再改進）

封面設計____　版面編排____　內容____　文／譯筆____　價格____

讀完書後您覺得：

□很有收穫　□有收穫　□收穫不多　□沒收穫

對我們的建議：______________________________

____

____

____

請貼
郵票

11466
台北市內湖區瑞光路 76 巷 65 號 1 樓
秀威資訊科技股份有限公司 收
BOD 數位出版事業部

（請沿線對折寄回，謝謝！）

姓　名：____________　年齡：________　性別：□女　□男

郵遞區號：□□□□□

地　址：____________________________

聯絡電話：（日）____________　（夜）____________

E-mail：____________________________